# LA RAGAZZA SULL'ISOLA

RACHEL HAWKINS

# LA RAGAZZA SULL'ISOLA

*Traduzione di*
CRISTINA INGIARDI

PIEMME

Questo romanzo è un'opera di fantasia. Personaggi e situazioni sono invenzioni dell'autrice e hanno lo scopo di conferire veridicità alla narrazione e sono quindi utilizzati in modo fittizio. Qualsiasi analogia con fatti, eventi, luoghi e persone, vive o scomparse, è puramente casuale.

Pubblicato per

PIEMME

da Mondadori Libri S.p.A.

*Reckless Girls*


ISBN 978-88-566-8650-0

I Edizione maggio 2023

Anno 2023-2024-2025 - Edizione 1 2 3 4 5 6 7 8 9 10

Per papà e la *Rachel K.*

23/12/2024

# Prologo

Acqua salata e sangue hanno lo stesso sapore.

Non ci aveva mai pensato fino a quel momento, fino a quando non ha cominciato ad affogare in entrambi, il sangue che le sgorga dalla ferita alla tempia, l'oceano che le si riversa in bocca.

Entrambi sono caldi, penetranti.

Entrambi minacciano di sopraffarla.

È buio, ma riesce a sentire le onde che si infrangono contro la fiancata dell'imbarcazione, la lite furibonda in atto là sopra. Fino a qualche istante prima quella discussione le premeva, ma ora riesce a pensare solo al male alla testa, al sale che brucia, al dolore che le stringe il torace.

In un certo senso, è più facile mollare. Lasciare che succeda.

Non è forse quello che ha fatto fino adesso? Non è forse quello che l'ha condotta qui, persa nell'Oceano Pacifico, stordita, sul punto di annegare e sola?

Respira a fondo.

Fa male, l'acqua entra dove dovrebbe farsi largo soltanto l'aria.

Dopo il dolore, però, arriva una sorta di pace. Ora è finita. Finita del tutto.

Sprofonda lentamente, sempre più in basso.

Senza più risalire.

*Fino alla Seconda guerra mondiale, l'isola di Meroe era nota soprattutto per il naufragio che le diede il nome. I marinai della britannica* Meroe *rimasero bloccati sull'isola per oltre cinque mesi e la manciata di sopravvissuti alla fine venne processata in Inghilterra per l'assassinio dei compagni. Cupe voci di cannibalismo circondarono il processo, i cui dettagli vennero considerati troppo truculenti per venire anche solo menzionati sui giornali. Soltanto uno degli otto sopravvissuti, un certo tenente Thornton, venne condannato. La sua impiccagione attirò migliaia di spettatori, inclusi alcuni personaggi celebri dell'epoca quali Lord Byron e J.M.W. Turner. L'isola di Meroe divenne una triste nota a piè di pagina negli annali della storia nautica fino agli anni Quaranta, allorché la posizione strategica non la rese preziosa per le forze degli Alleati nel Pacifico. Da allora è rimasta più o meno abbandonata, anche se di recente è diventata una meta in voga presso un certo tipo di turisti particolarmente avventurosi.*

*Hidden Histories*, Traveler's Press, 2010

# ADESSO

# 1

A volte mi domando se chi è in vacanza non sia per caso convinto di trovarsi su un altro pianeta.

O forse in un'altra dimensione?

È l'unica spiegazione che mi viene in mente per giustificare quello che ho visto negli ultimi sei mesi, da quando lavoro all'Haleakala Resort di Maui. E non parlo solo delle stranezze che probabilmente vi aspettate: coppie dall'abbronzatura perfetta che mi chiedono se sia interessata a «unirmi a loro per la tarda serata», gruppi di donne che indossano canotte coordinate con la scritta PROVA A FERMARMI! che sperperano un mucchio di dollari in shot di tequila per poi finire a lagnarsi e piagnucolare al bar, per non parlare degli stronzi presuntuosi di Wall Street che lasciano strisce di coca sul mobiletto del bagno e poi accusano la cameriera che gli ha pulito la stanza di essersele sniffate.

Queste sono situazioni incasinate che sono sempre riuscita a gestire – in un modo o nell'altro – ma ciò a cui mi riferisco ora sono le faccende davvero folli, tipo quel tizio che mi ha offerto duecento dollari per mangiare un ananas intero davanti a lui (non l'ho fatto), o la nonnetta che ha trascorso tutto il soggiorno – una settimana! – chiusa in camera noleggiando a ripetizione film per adulti e ingozzandosi di patatine fritte del servizio in camera (intendiamoci, eh, buon per lei). Mi è capitato anche di dover pulire una stanza in cui avevano soggiornato alcuni ragazzi di una confraternita e di trovarci una serie concentrica di cerchi di urina a imbrattare la moquette (il paparino di uno di loro alla fine ha tirato fuori la carta di credito per pagarne la sostituzione dopo che ho fornito alla direzione le prove fotografiche del danno).

Il che mi porta a oggi. In piedi nella Makai Suite, sto fissando l'esercito di sex toys schierati sul letto mentre cerco di capire come definire di preciso questa esperienza: è più disgustosa, inquietante o assurda?

«È da squinternati» borbotta Maia vicino a me, le braccia ancora cariche di asciugamani bagnati. «È come Stonehenge, ma con i dildo.»

Sbruffo un grugnito. Sto già infilando i guanti. «A voler essere precisi, vedo solo due – okay, no, tre – dildo. Quello» indico il disco fucsia sulla destra «è un vibratore, e quello lì, viola, è... d'accordo, non so che cosa sia, ma comunque complimenti a loro, è evidente che si stanno divertendo mica poco qui sull'isola.»

Maia scuote il capo e torna al carrello della lavanderia. È più bassa di me e la gonna dell'uniforme le arriva sotto le ginocchia. Dovrebbe conferirle un aspetto sciatto o trasandato, ma con Maia non è mai così. Sembra la supereroina sexy di una serie, che si degna di interpretare la parte di una cameriera.

«Non sono contraria al fatto che la gente si diverta, Lux. Solo, a volte mi domando se si ricordino mai che c'è chi... ecco, *vedrà* la loro roba.»

«Ma forse loro *vogliono* che la vediamo» replico mentre recupero dal mio carrello un sacchetto di plastica con il logo dell'albergo. «Forse è parte del divertimento.»

«Che schifo!» Maia ha un brivido e io raccolgo il vibratore fucsia e lo lascio cadere nel sacchetto.

«Puritana.»

«Sciroccata» ribatte lei, eclissandosi nel bagno. Sogghigno e mi rimetto all'opera.

Maia è nuova, ha iniziato solo il mese scorso, ma nonostante mi piaccia parecchio sono convinta che se la svignerà nel giro di un paio di settimane. Sono stata qui abbastanza a lungo da capire che il personale dell'hotel tende a ricadere in tre categorie: le ergastolane, donne impiegate qui da tipo dieci anni che ci rimarranno per altri trenta; le "è un lavoro temporaneo" che però sono qui da almeno un anno; e, da ultime, le ragazze come Maia, quelle che si sono fatte assumere perché convinte che lavorare in un resort a cinque stelle sarebbe stato divertente, non troppo impegnativo e tutto sommato sufficientemente remunerativo.

Io in teoria dovrei appartenere all'ultimo gruppo ma ormai sono qua da sei mesi, l'entusiasmo se n'è andato, e mi sa che sto per finire nel secondo.

Sono venuta alle Hawaii per un ragazzo – cosa che, mi rendo conto, suona stupida – ma vorrei proprio vederla la donna che, sentendosi chiedere da Nico Johannsen di raggiungerlo a Maui, non si sarebbe precipitata ad acquistare un biglietto aereo.

E, comunque, non era solo per il ragazzo in sé. Era per ciò che quel ragazzo mi poteva offrire. La possibilità di viaggiare, di girare il mondo in barca a vela, di fare finalmente un po' di esperienze nuove.

Vivere un'avventura.

«Ah sì, tutto questo è un vero sogno» borbotto mentre osservo il letto, indecisa su come procedere. Dovrei mettere i sex toys in fila su un asciugamano sul mobile del bagno, come farei con i pennelli da trucco?

Di colpo, tutto quello che desidero è andarmene. Strapparmi di dosso l'uniforme, abbandonare il carrello delle pulizie, uscire a passo di marcia dal resort e tornarmene a casa.

Sì, ma quale casa?

Tecnicamente, vivo in un buco minuscolo sul versante sud dell'isola, un posto che Nico e io condividiamo con due suoi colleghi del porticciolo e le loro rispettive ragazze. Solo che non abbiamo neppure una camera, lì dentro. Dormiamo su un materasso che di notte stendiamo nel soggiorno. La casa puzza costantemente di sale e lozione solare, le lenzuola sono sempre un po' umide e sabbiose. In sei ci dividiamo due bagni, dove i costumi gocciolano dall'asta della doccia e gli asciugamani ammuffiscono in fretta perché in quel posto niente sembra riuscire a stare asciutto.

In teoria avremmo dovuto vivere sulla barca di Nico, la *Susannah*.

È doloroso anche solo pensarci, me la vedo là, nel suo bacino di carenaggio, con un cazzo di buco nello scafo. Nico ci è venuto qui da San Diego, mentre io l'ho raggiunto in aereo. Biglietto di sola andata, tutta la mia vita chiusa in un borsone con le rotelle e uno zaino.

Arrivata a Wailuku, però, ho scoperto che non solo il motore della *Susannah* era morto durante il viaggio, ma pure lo scafo era andato. Mentre la rimorchiavano nel porticciolo in cui avrebbero dovuto sistemarla, infatti, una manovra sbagliata l'aveva fatta deragliare, ed ecco il famoso squarcio nello scafo. E la riparazione era troppo onerosa per le tasche di Nico.

Anzi, mi correggo. Nico *non voleva chiedere* i soldi per ripararla. I suoi sono ricchi sfondati. Gestiscono uno studio legale enorme: lesioni personali, cause civili, roba del genere. Ma Nico vuole farsi strada da solo.

Qualità davvero lodevole, se non fosse che ha mandato a puttane i nostri progetti e mi ha inchiodata qui, a pulire i sex toys di qualche sconosciuto.

«Forse quella nave è maledetta» gli ho detto giusto ieri sera, sussurrando contro la pelle calda e salata del suo collo mentre ce ne stavamo raggomitolati sul nostro materasso, la pioggia che tamburellava sul tetto di lamiera.

«O forse è colpa tua» ha replicato. «Si sa che una donna a bordo porta male.»

«O forse tu sei un coglione» ho risposto io, ma lui si è limitato a ridere e baciarmi, e a quel punto il nostro piccolo e sabbioso materasso non è più sembrato tanto male. Nico è bravo in queste cose, mi sa distrarre, il suo indefesso ottimismo riesce sempre a tirarmi fuori dalle spirali di preoccupazione e dubbi e "E adesso che cazzo si fa?". Lui non si preoccupa del futuro. E anche se una vocina maligna nella mia testa a volte sussurra che Nico *non ha bisogno* di preoccuparsi di queste stronzate perché intanto ci sono io a farlo per lui, la ignoro.

O quantomeno ci provo.

Comunque, prima della *Susannah* e delle Hawaii, vivevo in California, ma non l'ho mai considerata come "casa", non davvero. Mi ci sono trasferita con mia madre a dodici anni; arrivavamo dal Nebraska e quando – undici anni più tardi – lei è morta, sono rimasta a San Diego solo perché non avrei saputo dove altro andare.

Ora, a venticinque anni, tutta la mia vita comincia a sembrare una serie di scelte sbagliate e occasioni perdute. Una svolta a sinistra quando avrei dovuto girare a destra. Andare a zig-zag invece di rigare dritto.

Disfo il letto e ficco le lenzuola in fondo al carrello. Sento aprirsi la porta della suite mentre Maia va in corridoio a prendere altri asciugamani, o forse sono gli shampoo al profumo di banana e ibisco.

«Che dici, dovrei fare una scultura di asciugamani a forma di cazzo per questi coglioni?» butto lì. «So che di solito si fa un cigno, ma visti i loro gusti...»

Alle mie spalle, qualcuno si schiarisce la gola. Mi raddrizzo e vedo due persone sulla soglia, lui in camicia hawaiana di un rosso-verde violento, lei in prendisole abbinato. Tra le dita due Mai Tai, i volti arrossati dall'imbarazzo o dal sole o da entrambi.

Offro un sorriso pallido e saluto timida: «Aloha...».

Un'ora dopo sono in piedi nel parcheggio dell'Haleakala, in pantaloncini e maglietta. La divisa e la targhetta con il nome sono rimaste nelle mani del mio capo – be', il mio *ex* capo, ora –, Mr Chen, e invece di dare di matto, come sarebbe logico, rivolgo il viso al sole e sorrido.

Niente più lenzuola. Niente più asciugamani. Niente più dita che "per errore" mi palpano il culo. Ormai era un mese che volevo levare le tende, ma c'è qualcosa di liberatorio nel fatto che la scelta mi sia stata sottratta. Non è colpa mia se i Sanderson sono tornati di soppiatto. Men che meno è colpa mia se hanno lasciato tutte le loro cosacce sul letto.

Non è colpa mia se non ho più un lavoro.

Ora, devo solo dirlo a Nico.

# 2

«Giuro, è la prima volta che mi capita di perdere il lavoro per colpa di un dildo.»

Dal momento che sono ufficialmente disoccupata, posso pranzare con Nico nella sua tavola calda preferita. Mi siede di fronte, odora di acqua salmastra e grasso per motori, ma è comunque talmente bello che sento un vuoto allo stomaco, le ginocchia molli. Indossa una bandana rossa per tenere indietro i capelli biondo rossicci, ha la pelle abbronzata e liscia, un tatuaggio che gli si arrotola intorno al bicipite.

A essere sincera, il tatuaggio poteva risparmiarselo. Un classico tribale da ragazzetto bianco, del tutto privo di significato, però tre giorni dopo che ci siamo incontrati ci ha fatto aggiungere una *L* tutta arzigogolata, per me. È stato dolce, almeno.

*Lui* era dolce.

Lo è ancora, naturalmente, ma è diverso da quando ci siamo conosciuti. Agli inizi del nostro rapporto, la calma che irradiava da Nico è stata un gradito balsamo dopo gli anni passati ad affrontare il tumore di mia mamma. Gli ospedali, gli effetti collaterali della chemio, le liti furiose al telefono con mio padre.

Nico è il tipo di ragazzo che riesce a dirti frasi come: «Non addossarti fardelli inutili» e portarti davvero a crederci – credere che lui abbia trovato un modo migliore di vivere, più illuminato – senza neanche farti venire voglia di prenderlo a schiaffoni.

Be', *non sempre*, almeno.

In questo momento, si limita a ingollare la sua bibita e farmi un cenno d'assenso. «Quel lavoro era una puttanata, comunque.»

«Un'*enorme* puttanata.»

«E puoi trovarne un altro, tipo, domani» aggiunge levando il bicchiere verso di me.

Pugnalo i noodles e scrollo le spalle. «Perché non facciamo due conti? Vediamo quanto abbiamo messo da parte, magari finalmente riusciamo a far sistemare la *Susannah*?»

Anziché rispondermi, scuote la testa da destra a sinistra, in un gesto che ormai gli ho visto fare un migliaio di volte. In pratica è un misto di «Eh» e «Ne parliamo dopo», e la frustrazione mi assale di colpo.

Non si scappa, Nico è felice qui. Dice di volere riprendere il viaggio, come avevamo pianificato, ma più il tempo passa e più lo vedo sistemarsi, mettere radici. Gli piace lavorare al porticciolo turistico e gli piace lavorare con le barche. Si fa amici ovunque perché è quel tipo di persona e tutti i suoi colleghi lo adorano (da qui, il materasso piazzato nel loro soggiorno). Se c'è qualcuno che "sboccia dove lo pianti", è Nico.

Io non credo di essere mai sbocciata da nessuna parte. A volte mi chiedo se succederà mai.

Forse è per questo che mi attira così tanto l'idea di *non* mettere radici.

O forse è solo che sono stufa di pulire la merda altrui, a volte alla lettera.

Continuo a pugnalare il mio cibo e guardo il bancone, dove la coda si è finalmente assottigliata. Sono quasi le due, il che significa che stanno per chiudere, e Nico tornerà al porticciolo mentre io... tornerò a casa, suppongo. Seduta sul divano, ad aspettare che lui rientri?

È addirittura quasi più deprimente che pulire stanze d'albergo e all'improvviso mi rendo conto di essere un po' dispiaciuta per quello che è successo oggi. Forse mi sarei davvero dovuta scusare con i Sanderson, mi sarei dovuta prostrare, perfino. Implorare Mr Chen di concedermi un'altra chance.

Ma non posso permettermi di imboccare questa china, perché se comincio a pentirmi di una cosa, altre mille la seguiranno a ruota e mi trasformerò in un ripensamento vivente. Avere mollato la scuola, aver lasciato marcire il rapporto con mio padre, e poi il modo in cui ho vissuto gli scorsi anni, una festa dietro l'altra con amici che tutto erano tranne che amici. Il mio lasciarmi andare alla deriva, vivere senza scopo. Fino a quando non ho incontrato Nico.

«Ho conosciuto due ragazze, oggi» mi dice, strappandomi ai miei pensieri.

Gli lancio un'occhiata curiosa. «E me lo stai dicendo perché...?»

«Ecco, stavano cercando un *accompagnatore* per la vacanza e ho deciso che sarebbe stato molto più divertente che riparare motori, quindi a quanto pare anche io avrò presto un nuovo lavoro.»

Gli mostro il medio e aspiro qualche altro noodle. «Sii serio, per favore.»

Con un ghigno, mi fa l'occhiolino prima di scostare il piatto vuoto. «Sul serio, Lux, ho conosciuto queste due ragazze. Americane. Della East Coast.»

Lo dice con abbastanza sdegno da indurmi a inarcare

di nuovo le sopracciglia. «Non possono essere tutti divinità californiane come me, Nicholas.»

Mi aspetto che scoppi a ridere e invece scorgo un'ombra irritata nella ruga che gli compare sul dorso del naso. Non mi è chiaro perché, ma in ogni caso agito la mano come a scacciare il problema, non voglio affatto litigare. «Scusa. Continua.»

Decide di lasciar perdere. «Ecco, stavano cercando una barca da noleggiare per qualche giorno, ma il tizio con cui avrebbero dovuto accordarsi non era lì, perciò ci siamo messi a chiacchierare. Penso che potrebbero ingaggiare me.»

Non sono una tipa gelosa, non proprio – con un ragazzo stupendo come Nico, ti tocca imparare a non esserlo, se non vuoi impazzire – eppure avverto uno strano guizzo di inquietudine. «Ingaggiarti perché le porti in giro in barca? Intorno all'isola?»

Nico si abbandona contro lo schienale. Fuori ha cominciato a piovere, una pioggerella leggera che so cesserà in pochi minuti, lasciando l'aria afosa e greve. «Credo. Mi hanno chiesto di bere qualcosa insieme questa sera per parlarne. Ho detto che avrei portato la mia ragazza.»

«Ma guardati, il mio fedele bastardo» lo prendo in giro, e stavolta mi sorride, allunga la mano sul tavolo per afferrare la mia, mi bacia le nocche.

«Più che altro avevo paura che me l'avresti tagliato via nel sonno se le avessi incontrate senza di te.»

«Fedele *e* furbo.»

La pioggia si infittisce, picchietta decisa sul tetto, e Nico guarda fuori prima di tornare a guardare me. Ha degli occhi stupendi, nocciola scuro, circondati da un ventaglio di piccolissime rughe che compaiono ogni volta che sorride.

«Ho pensato che, se anche non dovessero ingaggiarmi, quantomeno ci pagheranno un paio di birre, e non è che stasera avessi altro da fare.»

«Idem.» Scoppio a ridere. «Cioè, cazzo, a questo punto non ho proprio altro da fare in generale.»

Detesto che al momento non suoni affatto come una battuta.

# 3

Le ragazze hanno scelto un bar da turisti. Ovviamente.

Pineapple Pete's è troppo affollato e ha quell'odore particolarmente fastidioso, un misto di lozione solare, birra e profumo da duty free che aleggia sempre in questo genere di posti. Con la mia fortuna, sta' a vedere che incapperò negli ospiti dell'Haleakala che oggi mi hanno fatto licenziare.

Dopo pranzo Nico era tornato al lavoro, a pulire e cambiare motori al porticciolo, lasciandomi a casa a prepararmi. Dal momento che anche i nostri coinquilini stasera uscivano, però, è stata una lotta conquistare il bagno anche solo per due minuti, giusto il tempo di farmi una doccia e darmi un'occhiata allo specchio, il che significa che ora sono in ritardo e ho ancora i capelli mezzo bagnati. In ogni caso, non so perché sono stata lì a sforzarmi di mettermi carina. Nico si sarebbe solo cambiato, infilando al volo la maglia e i pantaloncini di ricambio che si è portato al lavoro. Non è che io ci tenga a fare colpo su due ricche ragazzine del college in vacanza, ma mi sono comunque ritrovata a tirar fuori il mio abito preferito, quello giallo allacciato dietro il collo che mi lascia le spalle e la schiena scoperte, con un'infilata di uccellini minuscoli ricamati lungo l'orlo, la cui gonna mi fa la ruota intorno alle ginocchia e spinge sempre Nico a indugiare con lo sguardo sulla curva dei miei fianchi.

Mi piace da impazzire quando mi guarda così. Sin dalla prima volta che ci siamo incontrati, in un bar non poi tanto diverso da questo in termini di luci basse e birra schifosa, ma per il resto, tutto un altro mondo. Stavo facendo la cameriera in un localino sulla spiaggia di San Diego e una sera è entrato Nico. Aveva appena acquistato la *Susannah* e la stava sistemando prima di fare vela verso Baja, e poi giù per la costa del Messico e via nel Pacifico, fino a chissà dove. Le Hawaii, Tahiti, forse addirittura l'Australia.

"Un giorno ci andremo" mi dico mentre mi faccio largo tra la folla, cercandolo. "Abbiamo solo avuto un piccolo intoppo, e poi partiremo, come aveva promesso."

Finalmente lo vedo in fondo al bar, dietro uno dei tavolini alti che non hanno sedie. Mi vede anche lui e alza una mano, che già regge una birra, e le due ragazze che gli stanno di fronte si voltano a guardarmi.

Non fanno espressioni strane, cosa che già ritengo un buon inizio. Anzi, i sorrisi sembrano sinceri, non melensi e falsi come Giuda. Non assomigliano neanche alla maggior parte delle ragazzine ricche che girano da queste parti. Niente stampe floreali, niente lucidalabbra brillante. Quella sulla destra ha i capelli scuri raccolti in una crocchia mezza sfatta, e quella sulla sinistra, i capelli molto più chiari, indossa un paio di jeans e una canotta e ha un viso pulito, senza trucco.

Nico gira intorno al tavolino e mi si avvicina per baciarmi, l'alito caldo e odoroso della birra che sta bevendo. «Eccoti, finalmente» mi saluta, la mano che scende appena a stringermi il fianco.

«Ti prego, dimmi che mi avete già ordinato da bere»

rispondo alzandomi in punta di piedi per mordicchiargli il labbro e lui sorride e strofina il naso sul mio.

«Vado a prenderti qualcosa adesso.»

Io lancio un'occhiata alle ragazze. Non ci guardano più, intente a chiacchierare tra loro.

«Vengo con te.» Ma Nico scuote il capo e mi dà una spintarella, indirizzandomi verso il tavolino.

«Non preoccuparti, piccola.» Una frase che gli ho sentito in bocca un miliardo di volte, da che sto con lui.

Le ragazze ci guardano, e Nico me le presenta. «Brittany» dice indicando quella con la crocchia, «e Amma», quella in jeans. «Lei è Lux. Lux, Brittany e Amma.» Un altro sorriso, questa volta un po' goffo. «Vado a prendere qualche altra birra.»

Si dilegua nella ressa e io rimango lì, mezza imbarazzata, a fissare Brittany e Amma.

Brittany è la prima a rompere il ghiaccio. «Lux» commenta. «Come nelle *Vergini suicide*.»

Sono sorpresa e parecchio compiaciuta. Nessuno fa mai il collegamento. Di solito quando sentono il mio nome pensano a un nomignolo, o al diminutivo di qualcosa. «Esatto! Mia mamma adorava quel libro.»

«Però è una scelta curiosa, il personaggio è bello problematico...» commenta Brittany, ma sorride mentre si porta la bottiglietta alla bocca.

«Hai ragione! Quando ho letto il libro avevo tredici anni, e la mia prima reazione è stata: "Mamma, ma che cazzo?".»

A questo punto sia Brittany sia Amma scoppiano a ridere, e all'improvviso mi rendo conto di quanto tempo è passato dall'ultima volta che ho parlato con qualcuno che non fosse un collega, mio o di Nico. Anche a San Diego, avevo cominciato a perdere i contatti con i miei amici non appena mamma si era ammalata.

Ironico pensare a quanto sia avvenuto in fretta, alla facilità con cui persone che vedevo ogni giorno siano sbiadite, scomparse, trasformandosi solo in una manciata di profili Instagram che ancora seguivo. Non che possa biasimarli. La mia vita era diventata triste e deprimente, e nessuno sapeva che cosa dire alla ragazza che all'improvviso si stava prendendo cura di un genitore malato anziché sedere accanto a loro a Sociologia.

Dopo la morte di mamma avevo pensato di riprendere gli studi, ma tutti quelli che conoscevo erano almeno due semestri avanti a me. Significava ripartire da capo, ed era stato più facile trovare un lavoro, concentrarmi solo sul mettere un piede davanti all'altro, e avere di che pagare l'affitto.

«Allora, Nico dice che siete qui alle Hawaii da quasi un anno, giusto?» chiede Amma. Da vicino noto che non è bella quanto Brittany, però ha labbra piene e zigomi pronunciati. Nella penombra del bar, gli occhi sono scuri, ipnotizzanti.

«Sei mesi» replico, e subito mi domando se Nico non abbia esagerato per mostrare maggiore familiarità con il posto, perciò mi affretto ad aggiungere: «Nico però c'era già stato molte volte prima che ci trasferissimo, e ha navigato parecchio in questi mari».

L'ha fatto, ma in vacanza con la famiglia, nei resort più belli delle isole, posti dove io non sarei riuscita nemmeno a trovare lavoro come puliscicessi. Questo però non lo dico. Suppongo che lo considerino solo un tipo da spiaggia, un ragazzo socievole con un bel sorriso e un corpo da urlo che lavora sulle barche e non ha la minima idea di quale forchetta si debba usare a una cena elegante.

«E tu?» si informa Brittany. Mentre allunga una mano per infilare una ciocca di capelli dietro l'orecchio, noto un tatuaggio sul polso. «Dove stavi, prima di venire qui?»

*Nel dopo.*

Mi chiedo che cosa significhi quella scritta, se mai significa qualcosa. Forse sono solo parole di una canzone di Taylor Swift che al momento non riesco a ricordare.

«Sono cresciuta in Nebraska. Poi però io e mia mamma ci siamo trasferite a San Diego, ero una bambina. Ed è stato lì che ho conosciuto Nico, un anno fa. Mi ha raccontato di questo suo progetto di percorrere il Pacifico meridionale in barca a vela. Mi ha spiegato che c'erano centinaia di isole che non hanno neanche un nome, posti che a stento si trovano sulle mappe.» È stata questa la parte che mi ha attirato di più, a essere sincera. L'idea di andare in luoghi quasi completamente sconosciuti.

«E tu l'hai seguito?» Amma inclina il capo.

Non mi piace il modo in cui l'ha detto, ma è vero. Sono montata a bordo del sogno di Nico perché il mio allora era diventato impossibile, o almeno così sembrava. I sogni sono per gente con soldi e tempo, persone che non si sentono completamente svuotate dopo essere state a guardare l'unica persona al mondo che le amava morire tra dolori atroci. I sogni sono per chi ha di fronte scelte, possibilità. A me non pareva di avere nulla del genere.

Certo però non è il caso di confessarlo a Brittany e Amma. Perciò mi limito a fare spallucce e sorridere. «Cioè, l'avete visto. Riuscite a biasimarmi?»

Brittany scoppia a ridere e annuisce, ma Amma mi sta ancora studiando. Sento che vorrebbe domandarmi altro, ma ecco che torna Nico, quattro birre tra le dita.

«Allora» dice appoggiandole sul tavolo. «Avete messo al corrente Lux?»

«Prima stavamo facendo la sua conoscenza.» Brittany

mi fa l'occhiolino con fare cospiratorio, neanche fossimo già amiche.

Nico si stringe al mio fianco, sorride e beve un sorso di birra. «Piccola, so già che ti piacerà.» Fa un cenno a Brittany. «Falle vedere.»

Frugando in tasca, lei tira fuori il cellulare. «Amma e io ci siamo conosciute al primo anno di college.» L'altra annuisce.

«Civiltà occidentale. Una noia mortale» aggiunge Brittany con un sorriso. «In ogni caso, è da allora che parlavamo di fare questo mega viaggio una volta laureate. Questa è la nostra ultima tappa e quindi volevamo qualcosa di speciale. Non le solite scemenze che le ragazze delle confraternite femminili postano su Instagram quando vengono in vacanza alle Hawaii. Qualcosa di... fuori dai soliti percorsi.»

Mi passa il cellulare e mi accorgo che sto guardando una mappa. È tutto blu chiaro, nient'altro che oceano. Mi ci vuole un attimo prima di individuare il minuscolo puntino color sabbia in mezzo a tutto quel vuoto.

«È un'isola» spiega Amma.

«Un atollo» la corregge Brittany.

«Un atollo *è* un'isola» ribatte Nico, protendendosi sopra la mia spalla per guardare la cartina. «Fatta di corallo. Ce ne sono ovunque in questa zona. Durante la Seconda guerra mondiale...»

Alzo una mano. «Nico, ti voglio bene, ma gli uomini che parlano della Seconda guerra mondiale mi mettono i brividi.»

Brittany ride a crepapelle, gettando la testa indietro, i denti di un candore abbacinante al bagliore del neon pubblicitario della Bud Light appeso sopra il nostro tavolino.

«Okay, avevo già capito che mi saresti piaciuta per via del tuo nome, ma adesso ti *adoro* proprio.»

Amma sorride, ma la vedo irrigidirsi, lo sguardo che per un attimo si fa distante.

«Comunque, io questo posto lo conosco. Isola di Meroe. Chiamata così dopo che una nave con questo nome vi ha fatto naufragio nel 1800 e rotti. Il corallo fa strage di navi, da queste parti, se ne sono arenate un sacco. Ma quello della *Meroe* è stato il primo naufragio importante, perciò suppongo che il nome sia meritato.»

«È sopravvissuto qualcuno?» domanda Amma, puntellandosi su un gomito.

Nico fa spallucce. «All'incidente sì, quasi tutti. Ma l'isola ha vinto, alla fine. Da oltre trenta marinai, ne erano rimasti solo otto quando li hanno salvati. Non c'è molto di cui sostentarsi, lì. Si può pescare, ma la giungla non è certo ospitale, a quanto ho sentito. E non c'è acqua potabile.»

«E voi perché volete andarci?» chiedo a Brittany restituendole il telefono.

Lei se lo rimette in tasca. «Ho letto questa storia un paio d'anni fa, su un blog di viaggi. Nico ha ragione, l'isola non deve essere un posto semplice e tutto quanto, ma è anche...» Lo sguardo le si fa sognante, leggermente fuori fuoco. «Non lo so. Sembrava bellissima. E remota. Una vera evasione, capite?»

Scoppia a ridere, tornando al presente di colpo. «E francamente mi pare una figata. Trascorrere un po' di tempo fuori dal mondo.» Con un sorriso, strabuzza gli occhi. «Lo so che cosa state pensando: ha visto *The Beach* una volta di troppo.»

Prendo un sorso di birra e sorrido. «No. In realtà stavo pensando che l'avevi *letto* una volta di troppo. Mi sembri la classica tipa "prima-il-libro-poi-il-film".»

Brittany sfiora la mia bottiglietta con la sua. «Puoi giurarci!»

«Il tipo che aveva promesso di portarci non era al porto» aggiunge Amma. Ha staccato tutta l'etichetta dalla bottiglia e ora la sta facendo a coriandoli. «Però c'era Nico, perciò Brittany ha deciso che era destino.»

«*È* destino» insiste quest'ultima. «Un destino davvero brillante, visto che non ci ha portato solo Nico, ma anche Lux.»

La fisso perplessa, e poi guardo Nico, che mi rivolge un sorriso a trentadue denti. Sembra un bambino la vigilia di Natale.

«Che intendi dire?»

Gli occhi di Brittany mandano scintille mentre mi si avvicina ancora di più. «Che vieni con noi.»

# 4

«Non avrai sul serio intenzione di rifiutare, vero?» domanda Nico nel buio.

Siamo sul nostro materasso, nel salotto di Greg e Josh, la mia testa sulla spalla di Nico mentre gli traccio disegni sul torace nudo. Abbiamo bevuto molte altre birre con Brittany e Amma, poi tutti insieme abbiamo cercato un altro bar, migliore, e io mi sono scolata più vodka di quanto avrei dovuto. Ma pagavano le due ragazze, ed era più facile alzare il calice e ballare che dare una risposta seria in merito a quella loro gitarella alla Robinson Crusoe.

«Io non capisco» continua, portandosi una mano dietro la testa. «Tutto quello che hai sempre voluto era andare per mare, e adesso invece mi rifili un "Ci devo pensare"?»

Mi do una raddrizzata e mi puntello sul gomito per guardarlo. «Voglio andare per mare *con te*. Non voglio fare una crociera di due settimane con un paio di ragazzine del college che vogliono spassarsela. Oltretutto, non ti pare strano che dopo che so, saranno stati tre secondi che mi hanno incontrata, si siano subito precipitate a invitarmi? *Te*, posso capirlo. Hanno bisogno di qualcuno in grado di pilotare un'imbarcazione. Ma io?» Scuoto la testa.

Nico si acciglia e mi chino su di lui, gli levigo le rughe sul naso con il pollice.

So perché non ci arriva. Per carità, ha ragione. Morivo dalla voglia di lasciare l'isola, e non è che abbia più un lavoro a trattenermi. Eppure c'è qualcosa in tutta questa faccenda che mi porta a esitare, qualcosa che preferisco non tradurre in parole.

Perciò gli domando: «Accetterai anche se dirò di no?».

Lui sospira e io gli faccio scorrere le dita lungo il tatuaggio, lasciando che l'unghia indugi sull'elegante corsivo della *L*, incastonata lì in mezzo apposta per me.

«Piccola...» Poi tace, ed è allora che capisco. Certo, eccome se accetterà, anche se io rifiuterò.

Mi raddrizzo di nuovo a sedere, tirandomi dietro il lenzuolo anche se fa caldo, la mano che tasta il pavimento in cerca dello spinello che mi ero rollata poco prima. L'idea era di fumarlo subito, ma la testa mi girava già parecchio, e poi di colpo ecco le mani di Nico sui miei fianchi, e così l'avevo lasciato cadere.

L'accendino scatta, illuminando per un attimo il salotto quasi vuoto, il fumo che espiro sembra azzurro nella penombra.

Resto lì seduta per un momento molto lungo, le braccia appoggiate alle ginocchia, prima che il silenzio diventi eccessivo per lui.

«Pensavo ti fossero piaciute» commenta alla fine prendendomi di mano lo spinello e facendo un tiro prima di restituirmelo.

«Mi sono piaciute» replico, sempre senza guardarlo. «Mi piacciono.»

«E allora vieni.»

«A fare cosa? La cameriera?»

Nico sbuffa, si rimette giù. «Non sono quel tipo di persone.»

«Ma potrebbero.» Cerco di immaginare quanto orrendo sarebbe. È vero, mi è piaciuto tornare a essere la vecchia me, quella sera, la ragazza che faceva battute e beveva. La ragazza fica, non quella che serve birre o sostituisce gli asciugamani.

Voglio aggrapparmi a quella versione di me, l'ennesima ventenne spensierata. La persona che fingevo di essere quando ho conosciuto Nico, che è svanita nel nulla nell'istante in cui sono atterrata a Maui e il nostro piano è andato a gambe all'aria.

A volte mi dà ai nervi essere sempre io quella che deve pensare al futuro, a ciò che dovremmo fare per ottenere uno stile di vita più confortevole, mentre Nico sembra perfettamente appagato aggiustando barche e portando fuori l'occasionale gruppetto in gita. È come se venendo alle Hawaii ci fossimo entrambi trasformati in versioni di noi stessi diverse da quelle che eravamo a San Diego.

Scuoto il capo nel tentativo di scacciare il pensiero. Era una vita che non fumavo, ed è chiaro che mi sta incasinando il cervello.

«Dovremmo concentrarci sul far riparare la *Susannah*, per poi partire» gli ricordo. «Vivere la nostra avventura, invece di attaccarci a quella di qualcun altro.»

Riprende lo spinello, aspira con forza, riconosco la smorfia testarda della mascella.

«Il compenso è troppo alto per rinunciare, Lux. Con quello che sono disposte a pagarmi per due settimane di lavoro, potremo levare le tende da qui il giorno stesso in cui rientro.»

Sgrano gli occhi. «Dici davvero?»

«Dico davvero. Cinquantamila, Lux. Per portarle fino all'atollo, fargli vivere il loro momento *Laguna blu* e riportarle qui.»

Cazzo.

Torno a scivolare tra le lenzuola, il mio piede che gli sfiora lo stinco.

Ha ragione. Non può rifiutare. *Non possiamo* rifiutare. Ci serve un motore nuovo e quella falla nello scafo va riparata. In più, dobbiamo rifornire la barca di viveri, prima di partire.

Quel denaro può sistemare un mucchio di cose.

"È denaro che avrebbe potuto avere mesi fa, sarebbe bastata una telefonata a suo padre" sussurra la vocina nella mia testa.

Nico non ha mai detto di preciso quanto è ricca la sua famiglia, ma li ho cercati in rete poco dopo che ci eravamo conosciuti. Ho navigato il sito dello studio legale, studiato i profili di alcuni cugini su Facebook, persino quello Instagram di sua sorella.

Sono sfondati alla cazzo-quanti-soldi. Sfondati da villoni in California, a Vail, in Florida. Sfondati da appartamento elegante a New York. E probabilmente sfondati da portafoglio azionario stragonfio.

Una volta Nico mi ha detto di essersi allontanato da loro soprattutto per via delle aspettative. Volevano che facesse legge, per poi unirsi allo studio del padre. Detestava l'idea di essere solo, per dirla con le sue parole, «una rotella nell'ingranaggio». Credo di apprezzarlo – c'è addirittura una parte di me che ritiene *nobile* il fatto di non limitarsi a vivere la vita che i tuoi genitori hanno costruito per te – ma ci sono anche momenti in cui trovo la sua scelta frustrante da morire.

E gli ultimi mesi sono stati pieni di questi momenti.

E poi mi viene in mente un'altra cosa. E se Nico tornasse con tutti quei soldi e decidesse che, ehi, finché riesce a procurarsi lavoretti del genere, che senso ha lasciare le Hawaii? Che cosa farei io, allora?

«Fatti sistemare la *Susannah*, prima» dico alla fine, e lui mi guarda, sorpreso.

«Cosa?»

«Aggiungilo al prezzo. Spiega che potresti offrire un'esperienza di gran lunga migliore, molto più autentica, sulla tua barca, ma che ha bisogno di qualche riparazione. Insomma, quanto tempo ci potrà mai volere?»

Nico reclina la testa, fissa il soffitto. «Mah, un paio di giorni, direi, non di più. Il problema sono sempre stati i soldi, non il tempo. Dom ha un motore nuovo da vendermi, e il lavoro sulla vetroresina posso farlo da me...»

La voce gli viene meno, poi lascia cadere lo spinello in un bicchiere d'acqua accanto al materasso. «Se usiamo la *Susannah*, verrai con noi?»

Vedendo che non rispondo subito, mi attira più vicina, il mio seno che preme contro il suo torace, il suo alito caldo sul mio viso. «Ti voglio là con me, piccola. Anche loro ti vogliono. Cosa ti trattiene?»

«Pensi che finirà per trasformarsi in una specie di orgia?»

Sorride. «Lo spero proprio.»

Gli sferro un pugno sulla spalla e lui si limita a ridere, prima di farmi rotolare sotto di sé.

«Vuoi solo che ti veda in azione» lo prendo in giro. «Il corsaro sexy. Come ti farai chiamare, "Capitano Nic"?»

«Oohh, dillo di nuovo» scherza, il ginocchio che mi schiude le cosce mentre lo bacio, sorridendo contro la sua bocca.

La *Susannah* riparata, e un mucchio di soldi per fare rifornimenti. Due settimane di lavoro, e poi finalmente – *finalmente* – l'avventura per cui avevo firmato all'inizio.

*Era ora, cazzo.*

# PRIMA

«Golden Boy è tornato.»

Cam, un'altra cameriera del Cove, fa un sorriso ammiccante a Lux mentre percorrono lo stretto corridoio che porta alla cucina, i vassoi carichi di bicchieri vuoti, piatti sporchi di ketchup e tovagliolini appallottolati.

E anche se è esausta, le fanno male i piedi e ha i capelli che puzzano orrendamente di patatine fritte, Lux si sente percorrere da un brivido.

Lo stesso che ha provato ogni volta che l'ha visto in quelle ultime due settimane, e a volte ha l'impressione di bramare il sopraggiungere di quella sensazione – il sussulto di consapevolezza che le dice che può ancora *provare* qualcosa che non sia tristezza o stanchezza – più di quanto in effetti non brami di vedere lui.

Ora però, mentre sbircia da dietro l'angolo, ricorda che no, in effetti anche vederlo è uno sballo.

Non è solo il fatto che è sexy. Di ragazzi sexy ce ne sono a caterve, e il suo particolare tipo di bellezza – californiano abbronzato, tutto bicipiti bronzei e denti candidi e capelli schiariti dal sole – qui non è affatto raro. Lux è andata al college con ragazzi come lui, li vede quasi ogni sera lì al Cove.

Ma Golden Boy è diverso.

Lux non saprebbe dire esattamente perché. Forse è il fatto che spesso venga da solo, che non sia parte di un gruppo schiamazzante, che si spintona e ordina un boccale di birra dietro l'altro e come mancia lascia due spiccioli.

Lui ha quasi sempre un taccuino, oltretutto, e proprio mentre Lux lo osserva lo estrae dalla borsa di tela che ha appeso allo schienale, si tira indietro i capelli e lo apre, un mozzicone di matita in una mano, una birra scura alla sua sinistra.

«Prima ha chiesto di te» dice Cam alle sue spalle e Lux si gira, la fronte aggrottata.

«Stronzate.»

Cam ride, scuotendo la testa. «No, giuro. Okay, non è che abbia proprio detto: "Ehi voi, dove avete messo Lux McAllister, la mia futura moglie?", però ha chiesto se "la cameriera rossa" questa sera fosse di turno.»

Probabilmente è sciocco provare una simile ondata di piacere per un commento tanto innocuo, ma Lux arrossisce mentre torna in cucina, il cuore che va al galoppo mentre appoggia il vassoio sul piano vicino ai lavelli.

Cam la tallona da vicino, le tocca il piede con la punta della scarpa da ginnastica. «Dai, vai a parlargli, dai, vai» le dice canticchiando un motivetto stupido, e Lux la spinge via.

«E che cosa dovrei dirgli?»

«Che hai sentito che ti cercava.»

«Certo, i ragazzi adorano quando parli come fossi in un western del 1956.»

Cam ride di nuovo. «D'accordo. Allora ti dico io cosa facciamo. È nel mio settore. Mi prendo il tavolo 8 del tuo e ti lascio lui. Affare fatto?»

Per poco Lux non le dice di no, e più tardi, molto più tardi, ripenserà a quel momento nella cucina del Cove, con l'odore di pesce fritto tutto intorno a lei, il vapore che aleggia sopra i lavandini industriali, il tintinnio delle posate, i cuochi che si sfottono a vicenda in spagnolo. Non sembra importante, in quell'istante. Non sembra una scelta significativa, non è niente di che. È solo l'occasione di parlare con un ragazzo.

Come può una cosa tanto piccola cambiarti tutta la vita?

«Affare fatto» accetta, e con un sorriso porge la mano a Cam per suggellare il patto.

Golden Boy la vede avvicinarsi al tavolo e il suo sorriso illumina tutto.

Sembra stupido, sentirsi così felice solo perché un bel ragazzo le sorride, ma Lux ha imparato a cogliere questi momenti di gioia inattesa ovunque sia possibile trovarne.

«L'altra cameriera ti ha detto che ho chiesto di te?» La guarda piegando un poco la testa, un sorriso lievemente impacciato. Ha gli occhi di un bel nocciola caldo, i capelli piuttosto lunghi gli si arricciano intorno ai lobi, e non dovrebbe essere tanto affascinante, con quell'aria da cagnolone affettuoso che ha, ma lo è.

Eccome se lo è.

«Può essere.» Lei fa spallucce e lui ha un fremito, si passa una mano sulla nuca.

«Ottimo. Quindi, un minuto di conoscenza, e già mi consideri uno sfigato, giusto?»

«Oh, sì, sfigato è proprio il termine adatto» dico, accompagnando le mie parole con un sorriso.

Lui sorride ancora di più e Lux nota che ha le fossette. *Ovviamente*.

Il ragazzo sospira. «Molto bene, cazzo... no perché sai, in realtà avevo in mente di provare a farmi una bella chiacchierata con te, in modo naturale, qualche domanda interessante ma non invadente...»

«Ma certo» Lux ha male alle guance, tanto sta faticando per trattenere il suo sorriso dal diventare del tutto sognante.

«E poi, proprio alla fine, con altrettanta naturalezza ti avrei chiesto il numero. Ma visto che ormai sono ufficialmente uno sfigato e il piano è andato a rotoli, passerò direttamente al sodo e ti dirò che ti trovo stupenda, e che mi piacerebbe tanto uscire con te, una volta o l'altra.»

Il cuore di Lux sta andando a mille, e lo stomaco a questo punto è un giardino di farfalle. Eppure, si sta divertendo troppo per cedere con tanta facilità. «Non sai neanche come mi chiamo» replica, ma lui indica la targhetta con il nome.

«Ora lo so. Lux. E mi fa sentire ancora più sfigato perché, cazzo, il tuo nome è proprio fico! Lo sapevo che non ero alla tua altezza.»

Il ragazzo si abbandona contro lo schienale e Lux nota il modo in cui la maglia gli si incolla al torace muscoloso.

«Io sono Nico.»

Lei si mette una mano sul fianco. «Anche il tuo è un bel nome.»

«È un diminutivo. Per Nicholas.»

Lux aggrotta la fronte, fingendo di ragionare. «Okay, questo ti fa perdere un po' di punti in figaggine, ma nel complesso resta comunque un bel nome. Approvo.»

Allora lui ride, ride come un bambino, gettando la testa indietro. «Mi rimangio tutto. Non darmi il tuo numero. Sposami.»

«Prima vediamo che mance dai.»

Quand'è stata l'ultima volta che ha flirtato con un ragazzo? Quando l'ultima volta che si è sentita la Lux di prima, quella che aveva sempre la battuta pronta, la più veloce e frizzante della compagnia?

Anni.

Sono passati anni. Ed eccola qui, che lo fa come niente fosse con questo ragazzo.

Presto scoprirà che è un superpotere di Nico, quello di far sì che le persone incarnino all'istante la versione migliore di loro stesse, la più rilassata e a proprio agio. Al momento, però, ferma davanti al suo tavolino un giovedì sera, ancora non lo sa, non capisce che la luce che si è accesa tanto scintillante su di lei splende su tutti quelli che Nico incontra.

Indicando il taccuino ancora aperto sul tavolo, gli domanda. «Cosa scrivi?»

Le luci sono basse nell'angolo appartato, eppure Lux giurerebbe che è arrossito un po', e forse è proprio in quel momento che si innamora di lui.

Nico gira il taccuino in modo che Lux possa leggere. Un elenco di provviste che non suona particolarmente appetitoso – avvista un "CARNE IN SCATOLA" tutto in maiuscolo –, una serie di numeri, una cartina appena abbozzata.

«Vado in barca a vela» le spiega. «Ho preso un otto metri, lo sto rimettendo a posto. Vorrei portarlo alle Hawaii il prima possibile, quindi...» indica la pagina: «Logistica, ecco».

Lux non sa nulla di imbarcazioni, a parte che le piace guardarle. Sarà anche cresciuta in California, ma le sue radici sono nel Midwest. Genitori del Nebraska, suo padre ancora ci vive, insieme alla sua nuova moglie e ai suoi nuovi figli.

Era stata un'idea della madre di Lux quella di trasferirsi a San Diego dopo il divorzio, voleva un nuovo inizio, un posto che fosse tutto loro. Ed era stato fantastico, finché non si era ammalata durante il suo secondo anno di college. Tumore al pancreas, improvviso e devastante, prima non c'era e poi di colpo era ovunque. Sua mamma si era battuta, però. Ce l'aveva messa tutta. Le avevano dato sei mesi e lei aveva tenuto botta tre anni, ma ognuno di quegli anni era stato una guerra, tanto che alla fine, quando era mancata, Lux si era sentita invadere da un sollievo colpevole.

"È finita" aveva pensato. "Finalmente è finita."

Ed era così, era finita, però l'esperienza l'aveva lasciata con uno strano buco di tre anni nella sua vita. L'ultima volta che le cose erano state normali lei aveva vent'anni, andava all'università, conduceva la classica esistenza di una ragazza qualsiasi. Lezioni, feste, qualche appuntamento qua e là.

E poi quella telefonata. La voce di sua madre che tremava all'altro capo della linea. La vita di Lux ribaltata dalla sera al mattino.

I tre anni fra quella telefonata e la sera in cui Lux aveva impacchettato le sue cose e lasciato la casa in affitto che non poteva più permettersi erano trascorsi in una nebbia confusa, e ne era riemersa scoprendo di non essere riuscita a trattenere neanche una minima parte della sua vita di prima. Gli amici si erano stancati di non ricevere mai risposta a messaggi e telefonate, non aveva parenti in California, e suo padre... be', Lux aveva decisamente mandato a puttane qualunque possibilità di rapporto tra di loro.

Da quel momento, è andata avanti con il pilota automatico. Lavora per pagarsi l'affitto di un appartamentino scalcinato che condivide con altre tre ragazze e non pensa più in là della settimana successiva, a volte anche del giorno successivo.

Ma mentre osserva gli schizzi di Nico, qualcosa in lei sembra risvegliarsi.

«Quanto ci vorrà?»

Lui si stringe nelle spalle. «Per arrivare alle Hawaii? Tre settimane, più o meno. Dipende da diverse cose.»

«Ci vai da solo?»

Lux prova a immaginare come si sentirebbe in mezzo a tutta quell'acqua, da sola, tra lei e la morte solo uno scafo in vetroresina e le sue capacità. Si direbbe terrificante, eppure anche... elettrizzante?

«Suppongo che anche questo dipenda da diverse cose.» Nico le sorride e il cuore di Lux fa una capriola.

Il resto della serata trascorre in una sorta di foschia. Lux ha altri tavoli di cui occuparsi, ma è sempre consapevole della presenza di Nico, gli occhi che continuano a saettare verso il suo angolino buio. Quando finisce il turno e lui è ancora lì, ad aspettarla, è come se fosse appena spuntato il sole.

Come se, all'improvviso, la sua vita stesse ripartendo.

# ADESSO

# 5

«Aspetta, quindi in realtà le barche *non* ti piacciono?»

Brittany e io ci troviamo nel reparto scatolame di Foodland, stiamo facendo scorta di provviste. Le riparazioni alla *Susannah* sono quasi terminate, partiremo appena possibile. Ed è per questo che siamo al supermercato. Amma ha deciso di restare al porto, ci ha guardato schifata quando le abbiamo proposto di venire con noi.

Suppongo che una realtà tanto materiale e dozzinale quanto un supermercato sia troppo lontana dalla sua idea di avventura. Posso pure capirla, ma dal momento che non ho nessunissima intenzione di morire di fame sono ben felice di riempire il carrello di cibi non deperibili. Minestre e verdure in barattolo, frutta secca, cracker e un'infinità dell'adorata carne in scatola delle Hawaii, la Spam. E acqua. Nico ha installato un sistema di depurazione a bordo, ma ce ne portiamo comunque un bel po', grossi contenitori di plastica pieni che lasceremo nella piccola stiva della barca. Ci vogliono tre giorni per arrivare all'isola di Meroe, poi le ragazze hanno deciso che ci fermeremo là due settimane. Nico le ha convinte dicendo loro che dopo settantadue ore filate in mare avranno voglia di tenere un po' i piedi sulla terraferma prima di girarsi e rifare tutto da capo.

Questo, ovviamente, se ogni cosa va secondo i piani. Il che, come Nico mi ha ricordato più e più volte, non succede mai.

Al pensiero, prendo altra minestra.

«Non è che non mi piacciano le barche» rispondo intanto. «Però quello con il pallino è Nico, ecco.»

«Capito.» Oggi Brittany ha i capelli sciolti, le danzano sulle spalle mentre si abbassa a controllare il nostro bottino. «Okay, allora dimmi: qual è il tuo, di pallino?» domanda riprendendo a spingere il carrello e guardandomi.

Dall'impianto stereo del supermercato ci arriva una versione strumentale di *The Greatest Love of All* e io sento un rivolo di sudore lungo la schiena mentre fingo di studiare attentamente le scatolette che ho davanti, come se di colpo il mio unico scopo nella vita fosse scegliere la marca giusta di ceci.

Eccola, la domanda da un milione di dollari. Qual è il *mio* pallino?

La verità è che, quando il tuo mondo va a rotoli, il pallino smetti di averlo. Ti concentri così tanto sull'arrivare a sera che cose come gli *interessi* o le *aspirazioni* volano fuori dalla finestra. Non ce l'hai proprio, il tempo per le passioni. Coltivare un amore come quello che Nico nutre per le imbarcazioni e il mare è un privilegio che io per anni non mi sono potuta concedere. Ne avevo tantissimi di interessi, prima che mamma si ammalasse. Alle superiori facevo atletica (corsa), da bambina suonavo la chitarra e ho sempre adorato leggere. Di tutto, dai classici che ti assegnano a scuola fino a quei tascabili *true crime* dalle copertine super truculente. L'idea iniziale era di specializzarmi in Letteratura inglese, però poi al college avevo ripreso in mano la chitarra e stavo quasi meditando di passare a Musica quando mamma mi ha chiamato per dirmi dell'appuntamento dal medico.

A volte penso ancora a quell'altra Lux, quella che non ha visto il suo mondo ribaltato. Quella che in questo momento potrebbe essere seduta in un'aula di musica, circondata da bambini a cui starebbe insegnando a leggere le note. È un bel quadretto, eppure c'è qualcosa che stride. Neanche riesco a immaginare di essere quella persona, non davvero.

Alla fine dico: «Viaggiare». (Certo non potevo risponderle «Sentirmi libera» – troppo scontato – o «Sopravvivere» – troppo sincero, troppo triste.)

«Quale è il tuo posto preferito, di quelli dove sei stata finora?» Una rotella del carrello cigola di colpo, forte.

Mi stringo nelle spalle, le guance che vanno a fuoco. «Be', non è che sia stata chissà dove, ancora.» Adesso Brittany capirà esattamente *quanto* sia patetica la mia vita, e passerò dall'essere la ragazza fica di Nico alla tipa sfigata che si accoda al ragazzo che fa cose fiche. «A dirla tutta, più che altro ho letto un mucchio di guide turistiche.»

Per un po' le ho proprio collezionate, un hobby nato alle medie e portato avanti anche da adulta. La mia libreria – quando ancora ne avevo una – ne era zeppa, i dorsi bianchi tutti ben allineati, i nomi dei luoghi intrepidi, in tinte vivaci. *Australia. Istanbul. Romania. Thailandia.*

La *Thailandia* me l'ha regalata mia mamma, il suo ultimo Natale. È l'unica che ho tenuto.

Brittany sorride. «Sembri me, prima.»

Sono incuriosita. «Prima di cosa?»

Sbatte le palpebre e poi scuote appena la testa. «Prima di incontrare Amma.»

«Vi siete conosciute al college, giusto?»

«Già.» Gli occhi le corrono allo scaffale. «Università

del Massachusetts. Introduzione alle civiltà occidentali. Ehi, che pasta prendiamo?»

Afferra due scatole, una di spaghetti e una di penne, e le guarda per un po'. Alla fine le getta entrambe nel carrello, facendo spallucce. «Un po' di tutto, direi.» Procede raccattando confezioni di farfalle, pipe, addirittura dei noodles all'uovo, e le impila sopra minestre e fagioli.

«Dovete essere molto unite, per avere deciso di viaggiare insieme.» Ripenso alle mie amiche del college. Non ce n'era una con cui avrei affrontato un giro del mondo.

Brittany annuisce ma continua a non guardarmi e comincio ad avere la sgradevole sensazione che proprio non le vada di raccontarmi del perché lei e Amma si siano lanciate insieme in questa avventura. Il che è strano, perché non mi è parso di cogliere alcuna tensione tra loro e, Cristo santo, se si mettono a litigare mentre siamo in barca...

Ormai abbiamo riempito il carrello quasi a tappo, e Brittany sterza verso la cassa mentre io mando un messaggio a Nico.

*Preso tutto.*

*Ottimo*, risponde subito. *Anche qui ho quasi finito. Credo che potremo partire già oggi pomeriggio.*

Non è ancora mezzogiorno quando Brittany e io torniamo al porticciolo, le braccia cariche di borse della spesa. La *Susannah* dondola nel suo ormeggio, più piccola delle imbarcazioni che la circondano, ma di un bianco abbacinante e lustrissima. Le finiture appena ridipinte di rosso mettono allegria e il cuore mi fa una capriola in petto, come la prima volta che ho visto Nico.

Lui è in piedi a prua, i capelli trattenuti dalla solita

bandana e il sorriso vivace mentre mi saluta. «Tutto bene?»

Gli indico l'auto. «Abbiamo tutta la carne in scatola umanamente ingeribile.»

Il sorriso si allarga mentre si porta una mano al torace nudo. «L'amore della mia vita.»

«La carne in scatola, intendi?»

In quell'istante Amma sbuca dalla cabina, e anche se è stupido, qualcosa nella sua immagine – shorts e parte superiore del bikini, occhiali da sole costosissimi che le coprono un terzo della faccia, capelli raccolti in uno chignon morbido – risveglia in me un istinto oscuro e ferino. Sta bene a bordo, sta bene vicino a Nico, è *al suo posto*, entrambi completamente a loro agio con l'ambiente e con i loro corpi. Un agio che personalmente non ho mai provato. E che di certo non provo ora, con i miei pantaloni cargo e i sandali Teva, una camicia bianca infilata al volo sopra la canotta per proteggermi dal sole.

«Non si può snobbare la carne in scatola quando si è in mare» commenta Nico, ignaro dei miei pensieri cupi mentre salta agilmente giù dalla barca volteggiando sopra il parapetto. Le scarpe da vela producono un tonfo quando atterrano sul molo, e mentre mi si avvicina sento il suo odore. Sudore e sale, e quel vago sentore metallico che gli resta sempre addosso quando lavora al porto.

«Pronta a salpare?»

«Prontissima.»

«Ottimo.» Con un cenno, mi indica la barca. «Mi faresti un piacere? Bisogna portare quelle borse nell'ufficio di Hal.»

Hal è il capitano del porticciolo, un tizio in là con gli anni con la pelle che sembra cuoio e gli occhi più azzurri che abbia mai visto. La barca ondeggia leggermente sotto i miei piedi mentre salgo sul ponte e recupero le borse indicate da Nico.

Una, una grossa sacca da viaggio rossa, è piena di ricambi e simili. Pezzi di metallo, qualche attrezzo arrugginito. L'altra, una semplice busta della spesa, è molto più leggera. Guardo dentro e mi acciglio.

«Ehi, questa è la mia roba, o sbaglio?» domando sollevandola, e Nico mi guarda, si scherma gli occhi.

«Piccola, non hai bisogno di tutti quei libri per un solo viaggio, dai. Prendono troppo spazio in cabina.»

Ci saranno una decina di tascabili, qualcuno nuovo, ma anche le vecchie Agatha Christie di mia mamma, e la guida della Thailandia, con le orecchie a quasi tutte le pagine.

Non me li ero portati dietro solo per leggerli. Erano parte del mio tentativo di rendere questo spazio un po' più casa, un po' più *mio*.

Nico ha cacciato nella borsa anche un cuscino ornamentale e un paio di foto incorniciate. Una ci ritrae quando ero appena arrivata qui, in piedi sulla spiaggia, abbracciati, la mia pelle chiara e lentigginosa in contrasto con la sua abbronzata.

Nell'altra ci sono io con mia mamma, quando mi sono diplomata. Strizziamo gli occhi entrambe per via del sole e rammento che avevamo dovuto chiedere alla mamma di Mallory di scattarcela, dal momento che non avevamo nessun parente in zona.

È uno dei pochi ricordi che mi sono portata da San Diego, l'ho tenuta in valigia per tutto il tempo che ci siamo accampati sul pavimento del soggiorno dei colleghi di Nico. Ero così contenta di avere finalmente un posto dove metterla!

E adesso guardala, ficcata in una borsa della spesa.

Nico si esibisce nel suo marchio di fabbrica, la scrollata di spalle noncurante. «Terrà tutto Hal finché non torniamo. Non è un problema.»

Certo che no. Sarà tutto qui, quando torniamo. E capisco che lo spazio è un bene prezioso, con quattro persone stipate su una barca. Eppure...

Amma si avvicina e sbircia nella borsa. «Oh, ma non è poi tanta roba. Tra l'altro, ho completamente scordato di portarmi da leggere. Metto tutto nella nostra cabina, non preoccuparti» aggiunge, guardando Nico.

Mi prende di mano la borsa con un sorriso e la appoggia sul ponte. Le restituisco il sorriso. «Grazie.»

Cortese come sempre, Nico fa spallucce. «D'accordo, allora.»

So che non aveva cattive intenzioni, e non voglio rovinare la giornata, perciò lascio cadere l'argomento e vado a portare l'altro borsone da Hal. Nel giro di un'ora stiamo uscendo dal porticciolo, pronti a lasciarci alle spalle la selva di alberi mentre superiamo yacht decisamente più imponenti ed eleganti della *Susannah*. Brittany e Amma sono a prua, si cingono la vita, il vento che soffia tra i loro capelli. Se non avessi lasciato il telefono sottocoperta, sarei tentata di scattare una foto, schiaffarci un filtro carino e aggiungere una didascalia sdolcinata e pubblicarla sui social. È esattamente quello che sembrano ora: un post perfetto.

Mentre la barca si dirige verso il mare aperto, ho un tuffo allo stomaco. È la prima volta che mi rendo *davvero* conto che lo stiamo facendo. Stiamo partendo per un'isola deserta, alla lettera, con due perfette sconosciute, e non riesco a capire se quello che provo è eccitazione, paura, sollievo, o una strana e vertiginosa combinazione di tutti e tre. Tutto quello che so è che mentre la *Susannah* scivola su un oceano liscio come l'olio, qualcosa dentro di me sembra finalmente allentarsi.

«E si parteee!» urla Brittany alzando le braccia al cielo e allargandole mentre rovescia la testa all'indietro.

«Cazzo, sì!» risponde Nico, e Amma si gira a guardarci con un sorrisone.

"Si parte" faccio eco nella mia testa.

Per questa gita, certo. Ma non solo.

# 6

Sapevo che la *Susannah* era piccola, ma non avevo mai capito davvero *quanto* fino a questa prima sera, in cui ci ritroviamo per la prima volta tutti chiusi di sotto.

La cabina principale fa sia da cucina sia da soggiorno: un lavello, un frigorifero e un fornellino su un lato, e una panca imbottita che gira intorno al tavolo sul lato opposto. E il tavolo farà anche da letto a me e Nico. Si piega in modo da scendere a livello della panca, i cui cuscini si aprono e possono essere stesi su tutta la superficie, e magia, ecco il tuo letto. Pratico e funzionale, anche se non esattamente lussuoso.

C'è anche una piccola cabina a poppa, con un letto a "V". E il nome rende assolutamente l'idea: si tratta di un materasso a forma di "V", che segue la forma della barca. Brittany e Amma dormiranno lì e, sinceramente, sono contenta che mi sia stato assegnato il letto-tavolo. La cabina è minuscola, il soffitto basso, e anche se c'è un boccaporto e Nico ha installato un piccolo ventilatore a parete, è comunque parecchio opprimente.

A parte questo, ci sono solo un bagnetto minuscolo – la *latrina*, come continua a ripetermi Nico – all'altro capo della barca, qualche mobiletto per le provviste, e fine.

Oltre ad "arredare" con i miei libri e le foto, ho fatto

anche una tendina per l'oblò, e preso un allegro tappetino con gli ananas per la cucina. Ma niente riesce a nascondere il fatto che è minuscola.

Brittany e Amma non sembrano darsene pensiero, però. Mentre ceniamo – il primo dell'infilata di pasti a base di riso e fagioli che ci aspettano – non fanno altro che ripetere quanto sia tutto carino, con Brittany che scatta foto da ogni angolazione possibile.

«Da quanto ce l'hai?» domanda bevendo un sorso d'acqua dalla bottiglia mentre indica la *Susannah* con un gesto circolare.

Seduto di fianco a me, in diagonale rispetto a lei, Nico si puntella sui gomiti guardandosi intorno.

«L'ho comprata un paio d'anni fa. È da allora che la sistemo.»

«Perché *Susannah*?» Amma allontana da sé il piatto ancora mezzo pieno.

Nico si stringe nelle spalle. «Quando l'ho acquistata aveva un nome idiota. *Brezza zefiro*. Voglio dire, lo zefiro *è* una brezza, quindi che cazzo di senso ha? Comunque, all'epoca uscivo con questa tipa che si chiamava Susannah, perciò...»

Conosco già la storia, ma ogni volta che la sento il cuore mi si stringe. È il modo in cui archivia la ragazza, come se niente fosse, dopo averle addirittura dedicato una barca. E mi spinge a domandarmi se, un giorno, un'altra ragazza guarderà la *L* sul suo braccio e lui risponderà con le stesse scrollata di spalle: «All'epoca uscivo con questa tipa che si chiamava Lux, perciò...». Come a dire: niente di che.

«Pensavo portasse sfortuna ribattezzare una barca» Amma si mette bene nell'angolo così da avere spazio per sollevare un piede sul cuscino della panca e si abbraccia il ginocchio. «Sai, sfidare il destino.»

Sorride, sta scherzando, ma questa non l'avevo mai sentita. Guardo Nico.

«È vero, c'è chi lo dice. Io però non ci credo. Non sono mai stato molto superstizioso.» D'un tratto sorride e mi assesta una spallata amichevole. «Comunque, quella a cui dovreste chiedere è Lux. La *Susannah* è sua, dopotutto.»

Alzo gli occhi al cielo mentre Brittany si protende verso di me. «Alt. Davvero?!»

«No. Cioè, tecnicamente sì. Sulla carta» specifico.

Un paio di mesi fa, tornando a casa ho trovato Nico con un fascio di documenti. Voleva che glieli firmassi, per trasferire la barca a nome mio. A quanto pareva l'aveva chiamato il padre e avevano parlato di tasse e roba del genere. Sinceramente non ci ho capito granché, però Nico ha continuato a dire che non era nulla, che avrebbe solo reso più facili le cose da un punto di vista puramente finanziario.

Perciò sì, tecnicamente sono diventata la proprietaria della *Susannah*.

Ma non significa nulla. È comunque sempre la barca di Nico.

Sporgendosi ancora più in avanti, Brittany appoggia il mento sulla mano. «Okay, quindi adesso sappiamo la storia della barca, ma quello che mi interessa davvero siete voi due. Ditemi *tutto*. Come vi siete conosciuti, è stato amore a prima vista? Voglio che mi raccontiate roba super personale e melensa, capito?»

Io scoppio a ridere, e anche Nico sogghigna, abbracciandomi e tirandomi più vicina. «Intanto, sì, assolutamente è stato amore a prima vista. Per me, almeno.»

Lo guardo male perfino mentre sorrido. «Balle. Ci siamo conosciuti mentre facevo la cameriera in un locale che aveva le *peggiori* divise mai viste al mondo. Nessun uomo potrebbe innamorarsi a prima vista di una che ha addosso un paio di pantaloncini color cachi.»

«A me è successo!» insiste Nico. «Sono tornato tutte le sere per due settimane solo per vederti con addosso quei pantaloncini.»

«Ovviamente, le mie colleghe e io ci siamo impietosite, povero caro, lo vedete anche voi, è proprio bruttino» proseguo imperterrita. Brittany e Amma scoppiano a ridere, mentre Nico mi dà una spintarella scherzosa e mi toglie la parola.

«Comunque. Alla fine mi sono arreso e ho chiesto di lei, ed è venuta al mio tavolo, e questo è quanto.»

Sorrido al ricordo di quella prima sera, del brivido che mi ha scosso quando Nico ha fatto scivolare la mano nella mia, della sensazione che, finalmente, fossi ancorata a qualcosa. A qualcuno. «Da allora non ci siamo praticamente più separati.»

Brittany ci sta ancora sorridendo, gli occhi che brillano. «Lo adoro. Era destino.»

Appoggio la testa sulla spalla di Nico e sento il suo calore familiare, solido.

*Destino.*

Non sono sicura di credere davvero a queste cose. Il fato.

Secondo me, Nico è semplicemente capitato nella mia vita al momento giusto, gli è piaciuto vedere che avevo bisogno di qualcuno che venisse in mio soccorso ed è stato entusiasta di potermi offrire qualcosa che desideravo tanto. Non solo un'altra persona con cui condividere la vita, ma l'avventura, nuove esperienze.

«Mi è bastato vedere quei suoi occhi tristi e *bam!*, ero spacciato.»

Lo guardo. «Tristi?»

Non me l'aveva mai detto. Di solito scherza sul fatto

che sono stati i miei capelli color carota a richiamare la sua attenzione, il pallore lattiginoso della pelle.

«Eh, già.» Sorseggia un po' d'acqua. «Ogni volta che arrivavo, anche quando stavi sorridendo, sembravi sempre molto triste. Volevo saperne la ragione, suppongo.»

Brittany pare ancora divertita ma non mi piace l'immagine che le si sta formando in testa, la ragazza infelice che spazza il pavimento di una friggitoria di pesce, in attesa che il ragazzo giusto le domandi della sua tragedia.

Mi scosto un poco da Nico. «Voglio dire, sì, era un brutto periodo, ma non è che me ne andassi in giro a piangere. Tenevo botta, nonostante tutto... tutti i miei casini.»

«Quali casini?» Amma ha cambiato posizione, ora ha i gomiti sul tavolo, mi fissa.

«Mia mamma si è ammalata cinque anni fa. Tumore. Ho dovuto lasciare il college per occuparmi di lei, e poi, una volta che è mancata, l'idea di tornare a scuola... Troppo complicato.»

«Era la tua unica parente?»

Brittany ha il volto corrucciato, un'espressione che dice che ci tiene davvero a saperlo.

«Più o meno.» Sono a disagio, mi sento arrossire. «I miei genitori hanno divorziato quando avevo undici anni, dopo che mio padre ha deciso di trasformarsi in un cliché vivente e ha messo incinta la segretaria.»

«Cristo!» sibila Amma.

«Già. E quindi noi due ci siamo trasferite in California per ricominciare da zero, mentre lui metteva su una famiglia nuova di zecca in Nebraska. E quando mamma si è ammalata, io e lui ormai non ci parlavamo più, quindi sì, direi proprio che era la mia sola parente.»

Non racconto della telefonata che ho fatto a mio padre, quasi alla fine. Stavamo terminando i soldi, mamma ormai non riusciva neanche più a mangiare – le ossa che spuntavano ovunque sotto la pelle secca e sottile come carta – e l'assicurazione si rifiutava di pagare l'assistenza domiciliare.

Non racconto quanto fosse calma la voce di lui all'altro capo del telefono.

*Tua madre ha fatto una scelta, Lux. Ha voluto escludermi dalla sua vita. E tu dalla tua. Perciò ora dovete conviverci.*

Già solo il ricordo – la vergogna, la rabbia, l'assoluta incapacità di credere che potesse essere tanto crudele, l'idea di avere il DNA di quell'uomo nel mio sangue – mi attorciglia lo stomaco.

Mi costringo a sorridere. «Comunque, è stato un periodaccio, però alla fine sapete cosa? Mi ha portato qui. A Nico e alla *Susannah*. Se fossi rimasta al college, mi sarei laureata in Letteratura inglese e probabilmente sarei comunque finita a fare la cameriera, solo che avrei avuto sulle spalle pure un debito studentesco.»

«Fare vela verso un'isola deserta suona decisamente meglio.» Guardo Amma con un sorriso, grata che abbia trovato un modo carino per porre termine alla conversazione, ma mi sento ancora parecchio esposta.

Dal piccolo oblò della cabina, noto che il cielo si è scurito. Ormai è notte. Nico si alza e si stiracchia. «Faccio io il primo turno.»

«Turno?» Brittany lo fissa e Nico le rivolge un sorriso che ho già visto prima, quello lievemente condiscendente, a bocca chiusa, le fossette che fanno capolino. Non mi è mai piaciuto, e mi piace ancora meno da questa prospettiva. All'improvviso lo vedo come doveva essere prima, quando non era "Nico il ragazzo super cool che ama le barche" ma Nicholas Johannsen III, cresciuto a

La Jolla, padre avvocato, madre ricolma di botox, uniforme da scuola privata e auto di lusso.

Vederlo così mi spaventa, ricordandomi che, nonostante negli ultimi sei mesi abbiamo vissuto a stretto contatto, c'è ancora moltissimo che non so di lui.

«Non possiamo dormire tutti contemporaneamente» le spiega Nico. «Qualcuno deve tenere d'occhio la situazione.»

«Ma...» Brittany indica il pannello radio, il radar sulla mensolina che sporge un poco dalla parete tra la cucina di bordo e il tavolo-letto. «Siamo nel ventunesimo secolo. Ormai non è tutto digitalizzato?»

«Una parte sì.» Nico si mette a braccia conserte, la pelle abbronzatissima contro le maniche sfrangiate della maglia. Mi accorgo solo ora della scritta sbiadita che la decora. Picnic delle famiglie Johannsen & Miller, 2011.

«Ma niente funziona meglio di questi» aggiunge, indicandosi gli occhi con due dita. «E credimi, l'ultima cosa che potresti desiderare è di non accorgerti di un allarme e vederti piombare addosso una portacontainer alle due del mattino.»

Ho già sentito questo avvertimento, so dove sta andando a parare Nico.

«Un sacco di queste navi gigantesche rientra in porto e scopre di avere pezzi di barchette come la nostra incastrati a prua.» Gli luccicano gli occhi mentre picchia un palmo contro l'altro. «Gli sbattono addosso nel buio e manco se ne accorgono.»

Se si era aspettato di vederle spaventate, ora si sentirà deluso. Brittany non batte ciglio. «No, in effetti non è una prospettiva allettante.» Amma conferma, grugnendo nella bottiglia.

Nico non sa bene come prenderla. Mi alzo e comincio a radunare i piatti. «Ti do il cambio alle tre.»

Mentre lo supero, mi cinge la vita con un braccio e mi scocca un bacio rapido sulla guancia. «Perfetto, piccola. Grazie.»

Appena prima di montare sulla scaletta per tornare in coperta, mi assesta una pacca sul sedere. Mi volto a guardare Brittany e Alma, le guance arrossate. Ma Nico è sempre stato così... superficiale? Voglio dire, sapevo che di base era un po' un eterno maschio da college, amante di birra e battute idiote, ma vederlo attraverso gli occhi delle due ragazze mi fa sentire il bisogno di dirlo. «Mi pare evidente che questa crociera sta tirando fuori il ragazzone da confraternita che vive dentro di lui.»

Brittany sorride e fa un gesto noncurante con la mano. «È un bravo ragazzo, dai.»

Amma annuisce, incrociando le braccia sul tavolo. «E una gioia per gli occhi, oltretutto.»

Parole che non mi rendono gelosa, solo orgogliosa, il che forse è un po' patetico.

«Ti serve una mano?» aggiunge Brittany indicando i piatti.

«Ma no, figurati, ce la faccio. Salite pure in coperta. Le stelle saranno uno spettacolo, mi sa.»

Non se lo fanno ripetere due volte, e sento Nico che le accoglie appena sbucano di sopra.

Senza loro tre, la cabina sembra un po' meno soffocante. Faccio un respiro profondo, godendomi questi pochi istanti da sola.

Mi domando se non sarebbe stato meglio lasciare che trovassero loro una barca, un'altra, più grande, dove non saremmo stati tutti ammassati.

Ma no, vale la pena di stare un po' appiccicati. La *Susannah* finalmente è a posto. E non appena rientreremo da questo giro, Nico e io saremo liberi di cominciare la nostra avventura, e allora non sarà claustrofobica. Sarà... intima.

Accogliente.

Inoltre, di qui a due giorni raggiungeremo l'isola – l'*atollo* – e a quel punto avremo spazio in quantità. Troppo, probabilmente.

Sciacquati i piatti nel piccolo lavello di bordo, torno al tavolo per recuperare le bottigliette dell'acqua, ci infilo le dita per portarle tutte in una volta. È allora che vedo il telefono di Brittany, l'ha lasciato sul tavolo. Il salvaschermo è una fotografia di lei e Amma abbracciate, sullo sfondo il Colosseo. I sorrisi sono enormi, ma sono più pallide di adesso, più magre, anche. Brittany in maniera allarmante, a dirla tutta, gli zigomi talmente prominenti che le disegnano ombre sul viso. Le nocche di Amma sulla sua spalla sono cadaveriche, le dita che le scavano nella pelle.

*Ma cosa...?* Mi avvicino allo schermo con la fronte aggrottata, ma prima che riesca a studiare meglio la fotografia sento dei passi di sopra e torno di corsa al lavello. Sto risciacquando le bottiglie quando fa capolino Brittany, in cerca del cellulare.

«Voglio scattare qualche foto al cielo!» annuncia, poi mi guarda. «Sicura sicura che non ti serva una mano? Mi sento in colpa.»

«Non sentirtici. Un secondo e ho finito.»

«Okay, ma se ti aiuto ce ne metti mezzo» replica, e mi ritrovo a sorriderle. Sono davvero molto carine, entrambe. Non il tipo di ragazze che mi aspettavo.

Brittany mi si affianca, tanto che le nostre anche si sfiorano mentre si allunga a prendere uno dei piatti. La pressione dell'acqua non è granché, ma insieme riusciamo a finire in fretta e in men che non si dica mi ritrovo in coperta con loro, a guardare in alto.

Ci sono così tante stelle che sembrano quasi finte, appoggio una mano all'albero mentre cerco di assorbire più bellezza possibile. L'oceano è aperto e sgombro intorno a noi, il cielo una volta senza fine. È tutto così limpido e vasto che riesco a vedere la curvatura della terra, e all'improvviso capisco perché a Nico piaccia così tanto.

Non mi sento piccola, né spaventata, né sola. Mi sento parte di qualcosa di più grande.

E quando guardo Brittany, il viso all'insù, vedo un sorriso allargarsi sul suo volto.

# *PRIMA*

Brittany sta di nuovo piangendo.

Amma è coricata sul letto di sotto, nelle orecchie i singhiozzi che arrivano da sopra. Sono soffocati perché Brittany ha sepolto il viso nel cuscino – o nella coperta, o si è girata verso la parete – e cerca di nasconderli, ma questi non sono i singhiozzi educati che fanno le ragazze nei film, singole gocce silenziose che scendono lungo gote esangui. Questo è un pianto intenso, dirompente, di quelli che scuotono le spalle, lacrime a cascata, naso che cola, gola che graffia.

Amma lo sa perché ha sperimentato anche lei la sua bella porzione di pianti disperati.

La camera è fastidiosamente calda anche con la finestra aperta, la notte fuori rovente, l'aria ferma. Amma sente abbaiare un cane, due volte, l'unico altro suono a parte i singhiozzi.

Lei e Brittany hanno scelto questo ostello perché costava poco e, all'epoca, venti minuti di treno fuori Parigi non erano sembrati poi molti, tanto più che potevano sfruttare il pass Eurail. Amma però non aveva tenuto conto di quanto sarebbe stata solitaria la periferia, di quanto il ritmo e il rumore e le luci della città avrebbero aiutato a tenere a bada quel tipo di esaurimento. Il silenzio lì è troppo denso, troppo greve, e oltretutto l'anziana che gestisce l'ostello ha fissato un coprifuoco, il che significa che devono essere in camera per mezzanotte, le porte chiuse.

"Avremmo dovuto spendere un po' di più ma restare in città" pensa Amma, sprimacciando il cuscino. Ma iniziano già a essere a corto di soldi, e non è che ne avessero molti neppure all'inizio.

Brittany emette un altro singhiozzo soffocato e sul lato opposto della stanza una delle ragazze americane che stanno all'ostello si tira su a sedere. Forse si chiama Taylor, o Hayden. Qualcosa del genere. Viene dalla Carolina del Sud, questo lo ricorda bene dal breve scambio che hanno avuto a cena, panini e zuppa giù in cucina. Ha un accento molto pesante di quelle parti. «Amica, chiunque sia lui, non se lo merita. Da brava, mettiti giù zitta e dormi.»

Amma è in piedi prima ancora di rendersene conto, il cuscino schiaffato di peso sul letto, la rabbia che le corre nel sangue tanto in fretta da darle il capogiro.

«Taci, stronza.» La sua voce risuona troppo stridula e alta nella stanza silenziosa, e anche la ragazza sopra Taylor o Hayden dalla Carolina del Sud si tira su a sedere.

«*Les nerfs*!»

Il francese di Amma è penoso, fermo alla terza liceo, quindi non sa cosa significhi, ma presume che sia qualcosa tipo "Taci", o "Zitta". O magari un modo di dire tipicamente francese, che convoglia entrambi i significati.

Purtroppo però Brittany sta già scendendo dal letto, una gamba dei pantaloni del pigiama viola che si arrampica su per una gamba scheletrica mentre borbotta: «*Je suis désolée, je suis désolée*».

*Scusate, mi dispiace.*

Questo Amma l'ha capito. L'ha sempre trovata un'espressione esagerata per delle semplici scuse: "desolati", addirittura? Eppure, mentre l'amica sguscia fuori dalla stanza stringendosi al petto il cuscino e continuando a singhiozzare, le sembra davvero l'unico termine adatto.

*Desolazione.*

È proprio la sensazione che sia lei sia Brittany stanno cercando di lasciarsi alle spalle. A ogni nuova meta, Amma si illude che finalmente le siano sfuggite. Durante il primo volo, da Atlanta a Londra, aveva immaginato che tutta la tristezza, tutto il cordoglio che provavano scivolassero fuori dai loro corpi, e poi giù dall'aereo fino a radunarsi in una pozza sulla pista, un torrente di perdita da cui si sarebbero allontanate sempre di più, a ogni nuovo timbro sul passaporto.

E invece la notte torna sempre, e nessun panorama, nessuna esperienza sembra in grado di cacciarla.

Segue l'amica in corridoio, il pavimento ruvido sotto i suoi piedi. Mentre esce dalla stanza sente sussurrare, e sa che domani dovranno andarsene. Già questa prima sera le hanno marchiate come Quelle Strambe. "La ragazza che piange e la sua amica psicotica." Ed è letale per quel genere di posti, che basano tutto su qualità come *atmosfera* e *relax*.

"Che vadano affanculo" pensa attraversando il soggiorno vuoto. Ha sentito Brittany aprire la porta di servizio. "Se solo sapessero, se solo capissero..."

L'ostello ha un piccolo giardino sul retro in cui campeggiano alcuni mobili in ferro battuto e un paio di piante in vaso, ed è lì che trova Brittany, il viso rivolto al cielo mentre fa dei respiri profondi, il cuscino abbandonato ai suoi piedi, sull'erba.

Ha raccolto i capelli e Amma nota quanto è affilato il mento, quanto sono scavate le guance. Sta di nuovo perdendo peso, anche se ancora non è emaciata come la prima volta che l'ha vista. Seduta su una sedia pieghevole nello scantinato di una chiesa, il suo primo pensiero era stato che fosse ammalata. Bellissima, certo, con quei fluenti capelli scuri e i grandi occhi nocciola, ma fragile e priva di consistenza, come se bastasse un nulla per spezzarla.

Brittany è più forte di così, nonostante le orge di pianto notturne, ora Amma lo sa.

L'altra si gira sentendola arrivare, si asciuga il viso. «Mi dispiace» esordisce subito, ma Amma la blocca.

«L'hai già detto. Vero che era in francese, quindi immagino non conti.»

Brittany si lascia sfuggire una risatina piagnucolante prima di gemere e mettersi le mani nei capelli. «Dio. Piangerò in giro per tutta l'Europa?»

«Hai ogni ragione di farlo.» Avvicinandosi, Amma le cinge le spalle con un braccio e la attira a sé. La notte è afosa, ma la pelle di Brittany è gelata, e la ragazza ha un brivido mentre si stringe all'amica.

«Pensavo che sarebbe andata meglio.» Ora la voce è tranquilla e Amma si sente stringere la gola.

Lei non è come Brittany. Piangere non le viene tanto facile, né pare aiutarla. Le lacrime non la lasciano mai sollevata o placata, solo esausta e vagamente vergognosa, come se si fosse concessa qualcosa che non avrebbe dovuto. Un fiotto di sensi di colpa anziché una catarsi purificatrice.

«Andrà meglio, vedrai. Voglio dire, è solo la nostra seconda settimana. Dai tempo al tempo.»

Brittany si scosta, si passa una mano sul viso. «Mi sembri il dottor Amin.»

Amma sa che è vero, e in un certo senso detesta che sia così, ma la voce del leader del loro gruppo di sostegno le risuona sempre in testa in momenti come quello.

*Dai tempo al tempo.*

*Niente di quello che provi è sbagliato.*

*Ci saranno sempre un* prima *e un* dopo*, e devi imparare a vivere nel dopo.*

Quella è la frase preferita di Brittany.

Se l'è fatta tatuare anche all'interno del polso, un bel corsivo svolazzante, leggermente nascosto dai braccialetti di perline che indossa al momento. *Nel dopo.* Se l'è fatto tatuare appena prima di partire, il voto di tornare a godersi la vita.

Era questo l'intento del viaggio in Europa: vedere cose nuove, esplorare posti nuovi e rafforzare il loro legame con nuovi ricordi. In caso contrario, avrebbero potuto dire di essere amiche solo perché accomunate dal dolore, dalle tragedie vissute. E invece volevano esserlo perché si erano scelte. Volevano avere una storia da poter raccontare, una storia che non facesse sussultare il prossimo, che non gli facesse sgranare gli occhi mentre il labbro tremava di compassione o, peggio, pietà.

«Racconteremo che ci siamo conosciute al college» aveva proposto Brittany. «Colpo di fulmine, subito amiche del cuore.»

«Stesso corso di storia» aveva aggiunto Amma. «Magari una confraternita femminile. Partite per questo viaggio durante l'ultimo anno di corso.»

Riuscivano quasi a vederle, quelle loro versioni da casa degli specchi. Lì erano normali.

In questo momento Amma torna ad abbracciare Brittany, stringendola a sé. «Domani andrà meglio.»

Brittany la spinge via. «Cielo, mi hai seguita fin qui solo per farmi da biscottino della fortuna umano?»

È un'altra cosa a cui Amma si sta abituando, questi sbalzi d'umore improvvisi, come se le emozioni di Brittany fossero sempre tutte lì, appena sotto la superficie, pronte a esplodere. Lo capisce, per carità, ma non significa che non sia sfiancante.

*No, ti ho seguita perché piangevi di nuovo come una pazza, e guarda che sei tu quella che si è tatuata un cazzo di messaggio da biscotto della fortuna sulla pelle, quindi vedi di darti una calmata, Britt.*

Parole aspre che ha già sulla punta della lingua, tanto pesanti che riesce quasi a sentirne il sapore, e Amma immagina quanto bene le farebbe tirarle fuori, per una volta dirle davvero quello che pensa. Ma il sollievo durerebbe solo un attimo, subito sostituito dal pentimento. Inoltre hanno ancora due settimane di viaggio e un'altra nazione da visitare, prima di tornare nel New Hampshire. Una lite adesso finirebbe soltanto per rovinare tutto.

«Sto solo cercando di aiutarti» dice quindi, parole esangui e fiacche, e Brittany sospira stringendosi tra le braccia, afferrandosi i gomiti. Al chiaro di luna è quasi cianotica, e per l'ennesima volta Amma si dice che si sarebbero dovute fermare a Parigi, dove avrebbero potuto allentare la tensione con una bevuta a tarda notte o una corsa folle per le vie della città, incontrando ragazzi chiamati Etienne o Alexandre con cui flirtare nella penombra di qualche caffè.

E invece eccole qui, nello squallido giardino sul retro di un ostello di periferia, e quando Brittany dice: «Non penso che tu possa aiutarmi. Non penso che possa farlo nessuno», Amma pensa: "È stato un errore."

Dice a se stessa che sta parlando della scelta dell'ostello.

Ma sa perfettamente che si tratta di ben altro.

*Per essere un atollo tanto piccolo, l'isola di Meroe custodisce moltissime leggende. Così denominato dalla fregata che vi ha fatto naufragio nel 1821, visto dal mare l'atollo è un vero e proprio Eden, un'isola che sembra uscita dall'illustrazione in un libro di fiabe. Niente lascia presagire i pericoli in agguato una volta messo piede sulle sue rive sabbiose. Giungla impenetrabile e assenza di acqua potabile sono le prime sfide da affrontare, ma ce ne sono altre. I pesci che nuotano nella laguna sono meravigliosi e coloratissimi, ma sono velenosi, quindi non commestibili. Una scarna ma letale specie di squali nuota in queste acque cristalline. Gli insetti ronzano e morsicano, con tutto il loro carico di febbri tropicali.*

*Eppure, forse il pericolo maggiore è ciò che l'atollo sembra scatenare in chi vi si trattiene troppo a lungo. A quanto pare, una sorta di follia si impossessa dell'essere umano quando resta per troppo tempo lontano dalla società, e guardando l'orizzonte vede solo mare e cielo.*

Lord Christopher Ellings, *Vagabondaggi e ricordi: i miei viaggi nel Pacifico meridionale*, 1931

# ADESSO

# 7

Il mio turno di guardia termina quando sorge il sole.

Il cielo sembra quasi in fiamme, il rosa chiaro a cui sono abituata qui invece è una vampa scarlatta che sfuma in arancione.

I colori si riflettono sulla superficie liscia dell'oceano tutt'intorno a noi e, anche se è bellissimo, mi sento venire meno.

*Rosso di sera, bel tempo si spera. Rosso di mattina, la pioggia si avvicina.*

È una delle prime cose che mi ha insegnato Nico quando mi ha impartito qualche rudimento sulla navigazione. Già, perché vale anche e soprattutto per i marinai. Guardando questo cielo rosso sangue è difficile immaginare un fortunale in arrivo, eppure riesco quasi a sentirne l'odore nell'aria, una sfumatura fredda, metallica.

Nico fa capolino dalla cabina e si acciglia. «Cazzo» borbotta, e subito torna di sotto.

Sento la paura corrermi su per la spina dorsale, mi affretto a seguirlo.

Siede al tavolo e osserva una cartina meteorologica sul portatile, di quelle che mostrano l'andamento via radar. È torvo in viso. Quando mi avvicino, mi indica una macchia verde in movimento. «Eccola qui.» Due parole, ma bastano a farmi cedere le ginocchia. «Non troppo grossa, e se cambiamo rotta adesso dovremmo riuscire a starle ai bordi, ma...» esala un sospiro e si passa una mano tra i capelli. «Non voglio mentirti. Sarà piuttosto dura.»

«Cosa intendi esattamente per "piuttosto dura"?» Mi stringo le braccia al petto, ma prima che abbia il tempo di rispondermi arriva Brittany, con una maglia larga e sbiadita che lascia scoperta una spalla abbronzata, i capelli scuri un groviglio arruffato. Ci guarda con occhi assonnati. «C'è qualche problema?»

Mi affretto a scuotere il capo, mentre Nico prende la parola. «No, solo un po' di tempaccio.»

Brittany si sveglia all'istante. Sgrana gli occhi, si gira a mormorare qualcosa ad Amma che, alle sue spalle, è appena scesa dal letto.

«Cosa dobbiamo fare?»

Nico riflette un attimo. «Ascoltate, io farò tutto il possibile per tenerci ai margini del temporale, però intanto è meglio che voi vi vestiate e prendiate i giubbotti di salvataggio. E anche se di norma non soffrite il mal di mare, vi consiglio comunque di buttare giù una pastiglia adesso.»

Andando al bancone, tira fuori la cassetta di plastica rossa con i medicinali, prende un blister e lo lancia ad Amma.

«E restate qui sotto» raccomanda a entrambe. «Rintanatevi, è sufficiente.»

Poi mi guarda, l'espressione seria come non mai. «Tu vieni con me, piccola.»

Parole che mi fanno stare bene anche mentre subentra il panico.

Siamo una squadra.

Ci siamo dentro insieme.

---

Arriva lentamente e poi tutto insieme.

Il primo segnale è l'aria che diventa più fredda, tanto che mi affretto a infilare la cerata che mi ha dato Nico. Sotto ho il giubbotto di salvataggio, e il risultato è che sono infagottata. E, a peggiorare le cose, ho una cima di nylon intorno alla vita, per tenermi agganciata alla barca.

È *questo* a farmi afferrare di colpo la realtà della faccenda: l'idea che il vento e le onde possano diventare abbastanza forti da spedirmi fuori bordo, con questa misera fune a fare la differenza tra la salvezza e l'oceano sconfinato.

Ho preso lezioni di vela, sia da Nico a San Diego sia a Maui. Qui a volte è comunque lui a insegnarmi, altre invece ci pensa qualcuno dei ragazzi del porticciolo, e ho via via acquisito maggiore dimestichezza con l'acqua, tanto che di recente è successo più volte che abbia pure portato fuori una barca da sola. Però si è sempre trattato di lezioni su acque placide e sotto un cielo sereno.

La situazione, adesso, è molto diversa.

Nel giro di poche ore, il cielo diventa così buio che sembra quasi notte. Il vento che mi sferza il viso è freddo, la pioggia che mi si infila nel collo della cerata lo è ancora di più, e ho l'impressione che il mondo sia finito sottosopra, alla lettera.

Nico è al timone, i piedi ben saldi a terra, e io continuo a battere le palpebre, la visuale offuscata dalla pioggia e dall'acqua di mare. Mi dico che è comunque meglio stare qui fuori piuttosto che chiusa di sotto come Brittany e Amma: impazzirei a non poter vedere quello che succede.

Proprio mentre cerco di convincermene, però, un'onda si gonfia davanti a noi, sempre più alta, e d'istinto chiudo gli occhi. Non voglio vedere, non voglio assistere alla scalata di quella parete d'acqua neppure mentre sento la *Susannah* che inizia a impennarsi. Il vento ulula così forte che non riesco a udire quello che mi grida Nico, ma mi sforzo di stare in piedi anche quando la barca assume un'inclinazione folle.

Non è così che voglio morire, spazzata giù da un maroso.

Il ponte è scivoloso, mi aggrappo alle maniglie di sicurezza imbullonate su entrambe le fiancate. Le vele sono ammainate, ovviamente, ma il motore va a tutta birra, ci spinge avanti mentre io mi faccio lentamente strada verso Nico, strillando per farmi sentire al di sopra della furia degli elementi.

«Cosa posso fare?»

L'acqua è un torrente sulla sua cerata, Nico ha le mani rosse, le nocche bianche là dove stringono il timone. «Dobbiamo cercare di tenerla dritta!» mi urla di rimando. «Se si gira...»

Non serve che finisca la frase.

Se la *Susannah* comincia a virare, che sia a babordo o tribordo, una di queste onde gigantesche la travolgerà, e a quel punto sarà la fine.

Metto le mani accanto alle sue sul timone, sentendo la forza incredibile della barca e quella dell'oceano, e attraverso gli scrosci di pioggia battente vedo aprirsi il portello della cabina.

In un primo momento penso che siano stati la violenza delle onde e degli sballottamenti a spalancarlo, ma poi vedo i capelli scuri di Brittany, un giubbotto di salvataggio arancione, ed eccola che esce in coperta, la testa bassa a contrastare il vento e l'acqua.

«Cazzo!» Nico me la indica con il mento. «Falla rientrare. Non è agganciata.»

Lascio il timone a Nico, che con un grugnito stringe ancora più forte, e mi avvio lentamente verso Brittany.

«Torna di sotto!» Glielo grido, ma o non mi sente o mi ignora, perché continua ad avanzare e si guarda intorno, stupita o sconvolta, non saprei dirlo.

«Brittany!» Finalmente, si gira verso di me.

«Scusami! Solo che proprio non riuscivo a stare di sotto! Non sapere...»

«Okay, ora lo sai! Mette una paura del cazzo!»

Scoppia a ridere nonostante sia pallida – anzi, verdognola – e io muovo un altro passo, decisa a rispedirla in cabina.

Accade tutto molto in fretta.

Il minuto prima sono in piedi, le mani protese davanti a me, e quello successivo la barca sbanda violentemente, i miei piedi scivolano, e io sto cadendo.

Il ponte si inclina, vedo acqua bianca e schiumante sollevarsi di fianco a me, sto per finirci dentro.

*No!*

È l'unico pensiero che ho in testa, una litania forsennata e ripetitiva mentre lotto per trovare un appiglio. *No no no no no no.*

I miei piedi si dimenano sulle tavole bagnate, alla ricerca disperata di qualcosa, qualunque cosa a cui ancorarsi, e io mi aggrappo convulsamente alla cima di sicurezza che mi cinge la vita anche se il nylon mi sta scorticando le mani.

Sento uno schiocco distante e, per un attimo, penso di essermi rotta un dito. È solo quando sento allentarsi la tensione intorno alla vita che mi rendo conto che si trattava della mia cima di salvataggio. Ha ceduto.

Non c'è più niente a tenermi legata alla barca.

Le mani mi sanguinano e l'acqua di mare le fa bruciare, ma pianto comunque i palmi sul ponte, devo fermare questa corsa nel nulla. Scie rosse mi seguono, le guardo quasi con distacco mentre l'acqua le fa diventare rosa per poi lavarle via.

Pianto le mani con ancora più forza anche se non c'è niente a cui aggrapparmi, e poi il piede colpisce la fiancata della *Susannah*, forte, ed ecco che la caviglia è fuori, e poi lo stinco, e il piede ormai penzola nel vuoto, sto scivolando...

Un'altra brusca sbandata, e mi ritrovo a scivolare in avanti.

La *Susannah* si raddrizza proprio appena prima che io venga sbalzata in mare e rotolo via, lontano dal bordo, boccheggio, mi manca l'aria.

«Lux!» Sento Brittany che urla, e con la coda dell'occhio vedo che cerca di raggiungermi.

Ormai il dolore alle mani è insopportabile, e ho la netta sensazione di essermi rotta un dito del piede, ma mi alzo comunque, ricacciandola indietro. Brittany incespica di sotto e io chiudo il portello, mi ci appoggio e lascio che le gambe cedano mentre scivolo a terra.

Nel giro di pochi secondi sono passata da terrorizzata ma viva, a quasi morta.

Scandaglio il vento e la pioggia in cerca di Nico, ma ora che sono seduta non lo vedo, e mi domando se si sia accorto che stavo finendo in mare.

Non che avrebbe potuto farci qualcosa. Ma resta il fatto che ho sentito solo l'urlo di Brittany, non il suo.

Il vento è il primo a smorzarsi, quindi tocca alla pioggia rallentare fino a trasformarsi in una misera acquerugiola, e poi... è finita.

Il fortunale si dilegua con la stessa rapidità con cui è arrivato, il cielo che di colpo è di nuovo azzurro anziché grigio, il sole che splende sul mondo. È finita.

Sono sempre seduta sul ponte, sudata fradicia sotto la cerata, a cercare di capacitarmi di quanto in fretta la situazione sia cambiata. Al timone, Nico scoppia in una risata. Si sta già sbottonando la cerata. «Gesù!» Si passa una mano tra i capelli, spedendo gocce di pioggia dappertutto. «Cazzo se è stata brutta!»

Cazzo sì, ma lo dice tanto allegramente che non credo abbia capito fino in fondo quanto mi ha terrorizzato, che pericolo ho corso, e sento la rabbia montarmi dentro, premermi contro lo sterno, farmi tremare le mani mentre copro la breve distanza che ci separa.

«Potevamo morire» sibilo. «*Io* sono *quasi morta*. Ti rendi conto di quanto sia inutile quest'affare? C'è mancato *tanto così* a che finissi in mare!»

Gli sventolo davanti al naso la cima di sicurezza sfilacciata, e lui aggrotta la fronte, la stringe, la esamina. «Merda, piccola.» Di colpo sento le lacrime colmarmi gli occhi, la gola stringersi. «Ma stai bene, giusto?» Mi guarda, studiandomi da vicino con quei suoi occhi scuri, e... la verità è che sì, sto bene. Sono ancora spaventata, certo, e le mani mi fanno un male del diavolo, ma Nico ha ragione. Avrei potuto lasciarci la pelle, ma non è successo.

Alle mie spalle, sento Brittany e Amma salire sul ponte. Non voglio discutere davanti a loro, non voglio che mi vedano come "la fidanzata isterica e sfigata", perciò lascio perdere, del resto cos'altro posso fare? Il temporale è passato.

Scuoto la testa e mi appoggio a Nico, un braccio a cingergli la nuca. «Sto bene» affermo decisa, e lui mi sorride.

Brittany mi chiude in un abbraccio stritolante. «Porca miseria, tu sì che hai le palle!» Quando si ritrae, le leggo in volto sincera ammirazione.

Voltandosi, lancia una voce ad Amma. «La vedi questa qui? Quasi viene sbalzata fuori bordo. E invece: "Non oggi, cazzo!", ha piantato le mani a terra e si è tirata di nuovo dentro.»

«È la barca che si è raddrizzata» obietto io. Ora che il panico sta svanendo, mi sembra quasi una sciocchezza. In fondo mi è uscita solo una gamba, e quel dito del piede che ero certa di essermi spezzata adesso si limita a pulsare. Riesco a muoverlo nella scarpa.

Brittany mi guarda. «Oh, no, ti ho vista! Ti sei *issata* di nuovo sul ponte. Giuro, sei stata fantastica!» Mi prende per le spalle, un sorriso a trentadue denti. «Tu sei una che sa sopravvivere, Lux.»

«Nessuno vorrebbe morire in quel modo, fidati. Avreste fatto la stessa cosa.»

Lei scuote il capo. «Non penso proprio. Dico sul serio. Molti sarebbero stati così atterriti che avrebbero semplicemente mollato. È più facile, sai?»

Annuisco perché sì, lo so, e d'un tratto mi sento esausta, l'adrenalina che mi abbandona di colpo.

«Battesimo del fuoco.» Nico sorride e mi cinge le spalle con un braccio, e io mi sforzo di non pensare al momento in cui stavo scivolando e la mia mano non trovava niente a cui aggrapparsi, il sangue che imbrattava il ponte immacolato della *Susannah*.

Al fatto che ho messo la mia vita nelle mani di Nico, e lui l'ha quasi lasciata andare.

# *PRIMA*

C'è una ragazza sulla barca di Nico.

Nell'ultimo mese, da quando è uscita dal Cove mano nella mano con lui, Lux ha già visto altre persone a bordo della *Susannah*. Nico ha un giro infinito di amici che passano a trovarlo, ma si è sempre trattato di ragazzi, tipi che gli assomigliano. Abbronzati, prestanti, i denti tanto candidi e diritti che possono essere solo il risultato di migliaia di dollari in cure odontoiatriche. Hanno anche lo stesso odore di Nico, quel misto di sale e grasso per motori a cui ormai si è abituata.

Non c'è mai stata una ragazza.

E, invece, ce n'è una ora. Mentre scende il molo, le braccia cariche di sacchetti della spesa, Lux la osserva. In piedi sul ponte, la sconosciuta ha i capelli lunghi, scuri. È tardo pomeriggio, quasi sera, in realtà, e il suo profilo si staglia nella luce dorata. È snella, indossa un prendisole fiorato che le danza intorno alle gambe, dalla spalla pende una borsa tote in pelle dall'aria costosa. Le braccia sono attorno al corpo, è come se si stesse stringendo da sola, e proprio mentre Lux la guarda, una mano sfreccia su fino alla guancia, le dita che passano rapide sotto gli occhiali da sole oversize.

Sta piangendo.

Nico le sta di fronte, una mano puntellata all'albero, in viso un'espressione che Lux non gli ha mai visto.

Si direbbe... annoiato? Ma c'è anche qualcos'altro nel suo portamento rigido, nella postura tesa, qualcosa che le fa squillare in testa un campanello d'allarme.

All'improvviso viene investita da un ricordo: lei seduta sulla Honda Civic della madre, il giorno che sono partite per la California. Aveva dodici anni. Mezza accasciata sul sedile del passeggero, osservava i genitori discutere nel giardino di casa.

"Solo che adesso non è più casa *nostra*, solo *sua*" ricorda di avere pensato. Sua madre stava dicendo qualcosa, scuoteva la testa, ma suo padre si limitava a stare lì, la postura indifferente, le mani in tasca. Dava l'impressione di aver chiuso una porta e Lux aveva capito che sua madre non ne possedeva più la chiave.

Ecco chi le ricorda Nico ora. Qualunque cosa la ragazza gli stia dicendo, lui annuisce e sembra ascoltare, ma la verità è che non gli arriva.

Lux li ha quasi raggiunti, le scarpe da tennis silenziose sul legno scolorito del molo, quando Nico la vede e solleva appena il mento verso di lei in un cenno di saluto, la bocca che assume una piega contrariata.

La sconosciuta si gira e perfino da dietro gli occhiali Lux sente che la sta soppesando. I suoi capelli rossi, le borse della spesa, la camicia scozzese di Nico che ha infilato alla bell'e meglio, giusto per coprire il costume da bagno.

La ragazza arriccia le labbra, e poi torna a guardare Nico.

«Quindi abbiamo chiuso, direi» commenta reclinando un po' il capo, gli occhi al cielo.

«Sì, Suz.»

«D'accordo.»

Lei appoggia una mano all'albero prima di scendere a terra, i sandali con la zeppa che scricchiolano sulle tavole del molo.

Lux ne sente il profumo quando la incrocia, fresco e pulito, sembra aleggiarle intorno in una nuvola.

«Dunque sei tu il suo ultimo progetto» le dice, e per un attimo Lux rimane spiazzata. «È un grande fan dei progetti» continua l'altra, e adesso nella curva delle sue labbra c'è un che di brutto, sprezzante. «Be', in bocca al lupo.»

E con un ultimo svolazzamento di gonna se ne va, sempre avvolta nella sua nuvola di profumo costoso, lasciando Lux con una borsa di lattuga avvizzita e una vaschetta di gelato al pistacchio mezza sciolta.

Lux lancia un'occhiata interrogativa a Nico. «Mi spieghi?»

Con un sospiro, lui la raggiunge per prenderle le borse. «Non è niente.»

«Non sembrava *niente*.»

«Siamo usciti per un po', è incazzata per come è finita, suppongo avesse bisogno di sentirselo dire di persona. Di nuovo.»

Lux lo segue sulla *Susannah*, il ponte che ondeggia dolcemente. «Dopo un mese?»

Quando lui si limita a lanciarle un'occhiata, Lux si sforza di ignorare il gelo improvviso che le si diffonde nel ventre. Infila le mani nelle tasche posteriori dei pantaloncini. «Voglio dire, ormai è un mese che io e te stiamo insieme. Quindi è chiaro che voi due dovete avere rotto prima.»

«Esatto. Come ho già detto, non è niente» ribadisce Nico, aprendo il portello che conduce nella cabina.

Lux lo segue giù per la scaletta, strizza gli occhi nella penombra mentre lui comincia a riporre le provviste.

Nico partirà per Maui di lì a una settimana, forse due,

e ancora non hanno discusso di cosa significherà per *loro*. Dopotutto, come relazione è appena nata. Certo, si è fatta seria molto in fretta – in questi giorni Lux vive più o meno a bordo, il che è decisamente un miglioramento rispetto al suo buco di appartamento – ma forse Nico la considera solo una sistemazione temporanea.

Lux sa di amarlo, anche se ancora non l'ha detto ad alta voce. Non c'è mai stato nessuno come Nico, non per lei. Certo, è uscita con altri ragazzi, ma non c'è mai stata profondità, mai quella sensazione di completezza, di unione, come fossero veri partner.

Una squadra.

Pensa che anche lui la ami, forse, ma è ancora in attesa di quelle paroline magiche – «vieni con me a Maui» – e fin qui niente.

Pensa alla sé di prima, la giovane spavalda convinta di essere una dura, quella che non pensava che il mondo potesse sfiorarla. Quella che era prima che sua madre morisse. Quella che si sarebbe limitata a chiederglielo. *Ehi, posso venire con te?* A volte sente la domanda premere dietro i denti, e una parte del cervello le dice "forza, schiodati, che cazzo, e se anche dicesse di no?"

Quest'altra Lux, però – questa nuova Lux, tanto fragile – è troppo terrorizzata all'idea di far scoppiare la bolla in cui è riuscita a vivere nell'ultimo mese e così eccola qui... che aspetta.

*Suz.*

Nico l'ha chiamata Suz.

Appoggiata alla fiancata, Lux incrocia le braccia sul petto. «È *quella* Susannah? Intendo, quella del nome della barca?»

Nico le sta ancora voltando la schiena mentre ripone le banane nella reticella appesa sopra il lavello, e Lux vede le spalle fare su e giù.

«Sì, è lei. Ma non è...»

«...niente, certo, ho sentito.»

Girandosi, Nico puntella entrambe le mani sul lavello e la guarda negli occhi. «Siamo usciti durante il college. Per un paio d'anni. Eravamo giovani e stupidi, ma eravamo insieme quando ho preso la barca, e così le ho dato il suo nome perché sono un tipo romantico. Come ben sai.»

Le fa un sorriso, quello che fa saltar fuori le fossette, e anche se si detesta, Lux sente che la rabbia comincia a scemare.

Nico è bravo, in queste cose.

Lui fa un passo avanti, le prende le mani e se ne porta una alle labbra, le bacia le nocche. «Vuoi che la ribattezzi? La *Lux*? La *McAllister*?»

Alzando gli occhi al cielo, Lux si lascia abbracciare, le mani di lui che le cingono la vita. «Forse.» Con un sorriso, Nico le bacia la punta del naso.

«Anzi, ho un'idea migliore. Che ne dici di raggiungermi a Maui?»

Il cuore di Lux fa una capriola.

Eccola, la proposta che aspettava. Sa che accetterà, ma c'è ancora un'ombra buia che incombe ai margini della gioia. Perché ha aspettato proprio adesso a chiederglielo, quando ha la sensazione che le nasconda ancora qualcosa di Susannah?

Ripensa alle lacrime della ragazza, alla sua smorfia sprezzante.

*Dunque sei tu il suo ultimo progetto.*

Cosa intendeva? E perché una ragazza lasciata un mese prima sarebbe dovuta andare a piangergli sulla barca, ancora così ferita, così arrabbiata?

E poi Nico la bacia, un bacio tenero, veloce. «Pensi troppo» dice scostandole i capelli dal viso.

«È solo che...» Ma Lux non vuole finire la frase, non vuole tornare a parlare di Susannah.

Non vuole risposte che sa che non le piacerebbero.

*Non essere stupida. La vita è breve. Qui non c'è niente per te. Vai a Maui.*

E così ci va.

# *ADESSO*

# 8

Vediamo l'isola per un giorno intero prima di arrivarci.

La si scorge in lontananza, a un primo sguardo nient'altro che un cumulo di nuvole, sfilacciate e vagamente grigiastre, ma nel giro di poche ore noto macchie di verde, e il cuore inizia a battermi contro le costole mentre me ne sto di vedetta a prua, le dita arricciate intorno alla fune di sicurezza.

D'un tratto, questo viaggio acquista un po' più di senso. Perché Brittany e Amma abbiano voluto venirci, perché Nico ami così tanto vivere sull'acqua. Sembra magia, tracciare la rotta per una località e poi vederla materializzarsi lentamente davanti a sé.

Brittany mi raggiunge, i lunghi capelli raccolti, e mi stringe una mano. «Qual è la prima cosa che farai? Una volta che avremo gettato l'ancora.»

Mi viene da ridere, scuoto la testa. «Non ne ho idea. Un numero musicale, forse? Accompagnata da qualche granchio e uccello tropicale?»

La mia risposta fa ridere anche lei e mi stringe di nuovo la mano. «Ottima scelta. Nico?»

In piedi al timone, lui si sente chiamare. Si allunga verso di noi, mette la mano a coppa davanti all'orecchio. «Che c'è?»

Rispondo io. «Vuole sapere qual è la prima cosa che farai. Una volta arrivati all'isola.»

Lo vedo cambiare espressione, un sorriso malizioso che gli si allarga sul viso. «Ancora non ho deciso. Pare che da quelle parti vada molto il nudismo.»

Il temporale mi ha scosso, avrebbe scosso chiunque, ma adesso la vita sta tornando in carreggiata. Siamo al sicuro, la nostra meta ci sta proprio davanti, e due settimane di dolce far nulla – niente camere d'albergo da pulire, nessun lavello da scrostare, nessun bisogno di aspettare il mio turno per usare la doccia di un bagno ammuffito – mi si snodano davanti come un cazzo di tappeto rosso.

Non vedo l'ora.

Qualche altra ora e ci siamo.

Mentre la *Susannah* si fa largo verso il porto naturale dell'isola, osservo la spiaggia. Non è che la bellezza sia una novità, per me. Sono sei mesi che vivo alle Hawaii, dopotutto. Ma c'è qualcosa di diverso in quest'isola, qualcosa di più selvaggio. Sembra lo schizzo che avrebbe fatto un bambino di un'isola deserta, tutta palme altissime e spiaggia sabbiosa, il cielo e l'acqua due distese di diverse ma ugualmente sfavillanti sfumature di azzurro.

Abbiamo acceso il motore per via delle correnti, eppure quando l'imbarcazione incrocia un'onda morta – proprio all'ingresso del porto – la spinta contro di noi è abbastanza forte da darci, per un istante, l'impressione di navigare all'indietro. Come se l'isola ci stesse respingendo.

Al timone, Nico ha un'espressione implacabile, le mani contratte, e mi domando se non abbia avuto la stessa sensazione. Probabilmente no. Come ha detto, non è superstizioso. Mentre finalmente scivoliamo nel porto, però, mi accorgo che Amma ha un'aria corrucciata.

Ed è allora che la vedo.

Come ho spiegato a Brittany quando ancora eravamo a Maui, non vado matta per le barche. Ne ho viste di tutti i tipi, e mai nessuna mi ha colpita.

Ma questa è diversa.

È un catamarano, dodici metri abbondanti, bianco lucido che si staglia contro tutto questo verdeazzurro, la vela un turchese ancora più intenso e limpido del cielo. Adatta, visto il nome sulla fiancata.

*Azure Sky*, cielo azzurro.

Guardandola, ho la stessa sensazione che ho provato la prima volta che ho visto Nico. Come se il mondo all'improvviso fosse diventato un po' più grande.

«Che mi venga un colpo.» Accanto a me, Amma ha il respiro affannato, lo sguardo incupito.

Lei e Brittany volevano fare qualcosa di diverso, allontanarsi dalle mete più banali. È evidente che vedersi battuta sul tempo – altri hanno scoperto l'isola *deserta* prima di loro – le dà ai nervi.

Nico ha spento il motore e lascia che la *Susannah* ondeggi pigramente sulle acque limpide e tranquille mentre osserva la *Azure Sky*.

«Che meraviglia» commenta con un sorriso d'approvazione.

Amma però si è già voltata verso Brittany, gli occhi in tempesta. «Pensavo non ci venisse mai nessuno.»

Brittany si limita a fare spallucce, spingendosi gli occhiali da sole sulla testa. «Lo credevo anch'io, ma figuriamoci, è il Ventunesimo secolo. Così come siamo riuscite a scovarla noi, non vedo perché non avrebbero potuto farlo anche altri. Intendo, non è poi così strano averci trovato qualcuno.»

Amma non sembra soddisfatta dalla risposta, anzi, lo sguardo si fa sempre più torvo, ma proprio in quel momento un uomo spunta sul ponte del catamarano.

Anche da qui, sono in grado di dire che è ricco. Lavorare nei resort di Maui mi ha dotata di una specie di sesto senso quando si tratta di capire queste cose. Probabilmente in origine aveva i capelli castani, ma è stato abbastanza all'aria aperta da ottenere i colpi di sole per cui la maggior parte delle donne è disposta a sborsare un capitale. Occhiali da aviatore, a specchio, che riflettono l'azzurro intenso dell'acqua, e un sorriso da un milione di dollari mentre solleva un braccio per salutarci.

«Ehi, di bordo!» grida, per richiamare la nostra attenzione.

Giuro che alle mie spalle sento Nico alzare gli occhi al cielo all'udire il saluto marinaresco. Ciononostante, anche lui tira su il braccio in risposta, proprio mentre una donna raggiunge lo sconosciuto sul ponte.

È bionda anche lei, i capelli che le sferzano il viso mentre si sporge sopra il parapetto per osservarci. Indossa un paio di pantaloncini corti sulle cosce abbronzate, e una camicia oversize che molto probabilmente appartiene a lui. Abbronzati e bellissimi, sembrano lo spot di una bibita alla moda, e io mi sento squallida nei miei pantaloncini sformati e nella mia vecchia maglia con lo scollo a "V".

Al mio fianco, le mani di Amma si sono strette a pugno mentre fissa la coppia. Le labbra sono una linea sottile, bianche ai bordi, e quando le assesto una gomitatina amichevole salta come se si fosse scordata della mia presenza.

«Stai bene?»

«Rilassati» le dice Brittany. «Più siamo e più ci divertiamo.»

«Non è questo» replica Amma lentamente. Nel frattempo, lo sconosciuto si è trasferito nel canottino appeso a un fianco del catamarano. È evidente che vuole venire a salutarci di persona.

«Scommetto che hanno roba buona da bere» mi mormora Nico in un orecchio mentre mi fa scivolare un braccio intorno alla vita. Odora di sudore e lozione solare, il naso gli si sta spellando un poco. Non voglio neanche sapere che aspetto ho io. Mi sento la pelle incrostata di sale e so di avere i capelli disastrati.

Il canottino ci raggiunge, il tizio sta ancora sorridendo. «Benvenuti in paradiso!» dice, con un inequivocabile accento australiano.

Non posso dire di essere sorpresa.

«Ehi, grazie, amico!» risponde Nico per tutti noi.

L'uomo indica la *Susannah*. «Permesso di salire a bordo?»

«Permesso accordato.» Un paio di minuti e lo sconosciuto è in piedi sul nostro ponte, e il suo essere così lindo e luccicante rende ancora più incolore la nostra barca.

«Jake Kelly.» Porge la mano a Nico, che gli restituisce la stretta prima di presentare tutte noi.

«Allora, cosa vi porta da queste parti?» domanda Jake cordiale. Visto da vicino, è ancora più incredibile di quanto mi fosse parso prima. Davvero stupefacente quello che può fare il denaro, lo smalto di cui ti può rivestire.

«Quello che ci ha portato anche voi, suppongo.» Mi accorgo che Nico sta flettendo i bicipiti, giusto un poco. Le sue braccia sono più abbronzate e decisamente più muscolose di quelle di Jake, e mi sforzo di non alzare gli occhi al cielo.

*Uomini.*

«Ah, quindi anche voi state cercando il tesoro nascosto?» Jake fa una pausa, le sopracciglia che scattano sopra la montatura degli occhiali, prima di scoppiare a ridere e battere una manata sulla spalla di Nico. «Vi sto prendendo in giro, amico. Avevamo solo voglia di allontanarci un po' dal mondo.»

«Idem» replica Brittany, facendosi avanti. Si è cambiata, ora indossa un bikini dai disegni rosa e verde acceso, e mi accorgo che Jake le rivolge un'occhiata d'apprezzamento che chissà come riesce a non essere viscida, una veloce panoramica che non ti lascia con la sensazione di doverti buttare di corsa sotto la doccia.

Il sorriso di lei si fa più malizioso. Sporge un poco il fianco e accenna all'altra barca.

«Tu e tua moglie siete qui da tanto?»

*Però, sottile.*

«Ragazza» la corregge lui. «Eliza. E no, appena un paio di giorni. Siete stati fortunati ad arrivare adesso. C'era un tempaccio, quando siamo arrivati noi!»

Nico si illumina e si lancia a raccontare del fortunale che abbiamo incontrato, probabilmente lo stesso "tempaccio" menzionato da Jake. Annoiata da quella palese esibizione di machismo, mi dirigo a poppa per guardare meglio l'isola.

Amma si trova già lì, le braccia strette intorno al corpo, e mentre mi avvicino mi rendo conto che ha appena pianto.

Preoccupata, le metto una mano sul braccio. «Stai bene?»

Sussulta e si affretta ad asciugarsi le guance. «Sì, scusa. È solo che... non so, penso di essere un poco sopraffatta, sai? Finalmente siamo qui, ma è anche l'inizio della fine.»

Capisco bene la sensazione – il bisogno di approfittare di tutto quello che puoi anche se di fatto senti già incombere il ritorno alla realtà –, ma è ciò che di solito si prova *alla fine* di una vacanza. Mi sembra un po' strano piangere quando il viaggio è appena iniziato.

È pur vero che Amma *è* un poco strana. Brittany è più scanzonata, neppure lontanamente ombrosa come lei. Per l'ennesima volta mi ritrovo a domandarmi come siano diventate amiche, cosa le tenga insieme quando di fatto sembrano tanto diverse.

Con un sorriso, le indico l'isola. «Pensalo come l'inizio dell'inizio. L'inizio di due settimane in un posto stupendo, senza nessuno in mezzo ai piedi.»

«Nessuno tranne questi due» mi sussurra in fretta mentre Jake si avvicina.

«Allora, Nico mi ha detto che potrei convincervi a partecipare a una festa in spiaggia, questa sera?»

Amma si irrigidisce, temo che stia per rifiutare. Ma poi sembra scattare un interruttore, ed eccola rivolgere al nuovo arrivato un sorriso smagliante, talmente convincente che per un istante mi domando se io non abbia solo immaginato il suo disagio precedente. «Non ce la perderemmo per niente al mondo.»

# 9

Sistemarci è una faccenda lunga. Nico vuole trovare il punto perfetto dove gettare l'ancora, abbastanza vicino alla costa da permetterci di raggiungere la riva a nuoto ma non in acque così basse da rischiare di graffiare lo scafo. Alla fine ormeggiamo a pochi metri dalla *Azure Sky*, in un punto dove l'acqua è talmente limpida che riesco a vedere il fondale sabbioso.

Ora che siamo pronti, Jake ed Eliza hanno già guidato a riva il canottino, sempre che l'elegante Zodiac si possa definire "canottino".

Il nostro, di canottino, è ancora fissato sulla fiancata di dritta della *Susannah*, ma abbiamo gettato l'ancora talmente vicino a riva che io mi limito a sfilarmi maglia e pantaloncini e poi salto in acqua, decidendo di raggiungere l'isola a nuoto.

L'acqua tiepida mi si chiude sulla testa, e il sale mi irrita la pelle scottata, ma quando riemergo in superficie ho un sorriso talmente largo che mi fa male la faccia. Anche se mi bruciano gli occhi, l'isola che ho davanti è quanto di più bello io abbia mai visto, meglio di un sogno, meglio di tutte le fantasie con cui mi sono cullata nella camera d'ospedale di mamma, quando tutto ciò che desideravo era scappare in capo al mondo.

Sento un tonfo alla mia destra, ed ecco la testa di Brittany riemergermi accanto, seguita da quelle di Amma e di Nico, tutti che sorridono come pazzi. Appena comincio a nuotare avverto un dolore piacevole ai muscoli. Per qualche giorno siamo stati imprigionati, e poterci sgranchire di nuovo è perfino meglio di quanto mi fossi aspettata.

Ricordo che Nico ci aveva messo in guardia dagli squali che nuotano intorno all'isola, ma neppure questo riesce a raffreddare la mia euforia mentre muovo vigorosamente braccia e gambe, facendomi largo verso quella spiaggia luccicante. Ci vogliono solo pochi minuti, ed ecco che i miei piedi toccano il fondo sabbioso. Sono arrivata.

Isola di Meroe.

Un bel nome, melodioso quando lo si pronuncia ad alta voce, è facile scordare che le è stato dato a seguito di un naufragio.

Dopo tutte le svolte sbagliate, finalmente ho imboccato una strada che mi ha portato a una vera isola deserta, la copia sputata di quella di *Laguna blu*.

È già tardo pomeriggio, la luce si è fatta più morbida, dorata. La costa curva in lontananza, e dietro si estende quella che si direbbe una giungla impenetrabile di palme e vegetazione varia.

Mi scosto i capelli bagnati dal viso e la indico. «Credo che la pista d'atterraggio di cui parlava Nico sia da quelle parti. Se mai vi interessasse controllare.»

«Come no, è in cima alle mie priorità» replica Amma, e l'acredine nelle sue parole mi irrita. È evidente che è ancora infastidita per Jake ed Eliza.

Ma sono abituata a gestire la negatività. «Non si sa mai. Dopo una settimana, magari non ne potremo più di guardare tramonti perfetti e nuotare in acque turchesi. Succede.»

Nico lancia un ringhio e finge di caricarmi, le braccia che mi prendono per la vita, sollevandomi da terra mentre lancio un urlo. «Oppure potremmo metterci a giocare ai pirati» ride facendomi girare. «Sei la mia preda!»

Mi sciolgo dalle sue braccia senza smettere di sorridere. «Non è mica una novità, mi pare!» lo punzecchio.

In fondo alla spiaggia, Jake ha disposto un cerchio di sassi, e ora lo sta riempiendo di rametti e foglie di palma secche. Sentendomi avvicinare, si sistema gli occhiali da sole e mi sorride.

«Un falò sulla spiaggia è un cliché troppo scontato per la prima sera?»

«Direi che è un giusto livello di cliché» replico sorridendo a mia volta.

«Lo sapevo che saremmo andati d'accordo! Eliza, vieni a conoscere Lux.»

A dire la verità, mi sorprende che ricordi il mio nome. È abbastanza strano da far sì che tutti abbiano bisogno di risentirlo almeno una volta, oppure mi chiamano Liz, Lucy, Lex. Simile, ma non proprio esatto. Il fatto che lui l'abbia registrato al volo me lo fa piacere un po' di più.

Eliza spalanca le braccia. «La nostra nuova compagna di stanza!» ride stringendomi. Sono consapevole di odorare di sale e umido mentre lei ha un profumo divino, mi ricorda quello che ho annusato una volta in una camera del resort, California Rêverie. Me lo sono addirittura spruzzato sui polsi, per poi trascorrere il resto della giornata a odorarmi di nascosto. Mi aveva fatto sentire una donna completamente diversa.

«Compagna di isola» scherzo a mia volta, e lei ride molto generosamente, anche se non è che la mia potesse neanche considerarsi una battuta.

«Sul serio, mi fa molto piacere che siate qui. Amo questo mascalzone, ma l'idea di trascorrere diverse settimane sola con lui su un'isola deserta era decisamente troppo anche solo a pensarci.»

Il suo accento è perfettamente aristocratico, le vocali piene, le consonanti secche, e quando alza un braccio a tirare indietro i capelli noto dei diamantini a perno ai lobi.

«In effetti, mi sa che il vostro arrivo mi ha salvato da una castrazione notturna. Vi devo una birra» commenta Jake ridendo.

Mi chiedo se parlino sempre in questo modo, ogni frase una pallina da tennis servita, battuta e ribattuta con la nonchalance delle persone argute che si conoscono bene.

Jake apre un frigorifero portatile enorme e pesca una birra. Me la porge, e mando un gemito di piacere sentendo quanto è fredda. Anche noi abbiamo un frigorifero a bordo, ma Nico ha deciso che il ghiaccio era un lusso superfluo, quindi tutto quello che beviamo è tiepido. E non mi sono più fatta una birra da quando siamo partiti. In mare non si beve, eccetera.

«Mi hanno detto che siete partiti dalle Hawaii, giusto?» mi domanda Jake.

«Esatto. Maui.» Bevo un sorso e chiudo gli occhi, beata. *Cielo, quant'è* rinfrescante! «Be', io originariamente da San Diego, ma ora eravamo alle Hawaii da qualche mese.»

«Noi pensavamo di andarci dopo.» Eliza cinge la vita di Jake con entrambe le braccia, le dita di una mano che afferrano il polso dell'altra. Lui le tiene un braccio sulle spalle, l'altra mano ancora regge la birra. «Jake c'è stato un sacco di volte, ma io mai.»

«Sono bellissime.»

Lei mi indica il panorama. «Quanto questo?»

Torno a guardare l'oceano, l'acquamarina che sfuma

in blu scuro in lontananza, in contrasto con lo zaffiro chiaro del cielo. «Non so se esiste un posto bello come questo.» E lo penso davvero.

In quell'istante ci raggiunge Nico, insieme a Brittany che lo segue a ruota.

«Falò, che bell'idea!»

Jake lo presenta a Eliza, che gli riserva lo stesso abbraccio caloroso che ha offerto a me, lo stesso sorriso luminoso.

«Recupero la cena, che ne dite?» Eliza ci guarda da sopra il bordo degli occhiali da sole. «Mangiamo insieme, giusto? Una festa vera e propria.»

Visto che noi avevamo in programma riso e carne in scatola, annuisco subito. Forse un filo *troppo* subito...

Scoccato un rapido bacio al compagno, Eliza si avvia alla volta dello Zodiac, che avevano trascinato sulla sabbia.

«Ti serve una mano?» si offre Brittany.

«Volentieri, grazie!»

Amma osserva tutto in silenzio. È ancora sul bagnasciuga, le braccia conserte. Poi però Nico accetta una birra, ed è ora di accendere il falò, e non ho tempo di chiedermi cosa le prenda.

Quando Eliza ci ha offerto la cena, non mi aspettavo certo un banchetto.

Pesce alla griglia; ostriche, fredde e salmastre; patate arrostite; delicate punte d'asparago avvolte nel bacon; e un dessert a base di fragole e di qualunque cosa si nutrano gli angeli.

Sono mesi che non mangio così bene, di sicuro non da quando ci troviamo a Maui, ed Eliza continua a svolazzare qua e là, a offrirci altro, ad aprire nuovi contenitori pieni di delizie e a insistere che ne proviamo un po', che hanno portato troppo cibo, che quando è in cucina si lascia prendere la mano.

E il vino...

Bottiglie su bottiglie, fresco e ristoratore come la birra che ci avevano offerto prima. Al calar del sole, quando sull'isola si fa buio, sono sazia e ubriaca, e più che felice.

Sono *soddisfatta*.

È una sensazione che non provavo da un pezzo. Anni, forse.

Jake si alza e stappa una bottiglia di champagne. Lanciamo tutti gridolini ebbri quando esce schiumando dalla bottiglia, mentre il nostro nuovo amico ci riempie i bicchieri, rovesciandone a destra e a manca.

Una volta finito il giro, si piazza davanti al fuoco, la camicia mezza sbottonata, i capelli arruffati, e leva il calice. «All'isola di Meroe!» brinda, e tutti ci uniamo a lui. «A quei poveri sfortunati che hanno fatto naufragio e sono morti qui...»

«*Boo*!» Eliza allunga una gamba e gli sferra un calcio sullo stinco. «Niente robaccia triste!»

Jake le afferra la caviglia, se la avvicina e, in un movimento sorprendentemente fluido considerato quanto ha bevuto, si china a baciarle il dorso del piede. I due si scambiano uno sguardo che mi fa avvampare di colpo. Poi lui le lascia la gamba.

«La mia amata ha ragione. Niente robaccia triste. Solo gioia per avere trovato nuovi amici, e per questa nostra prima serata da urlo!»

A questo, esultiamo tutti.

Tutti, tranne Amma.

# *PRIMA*

A Roma va meglio.

Sarà il caldo, sarà il viavai nelle strade sempre affollate. O sarà che camminano così tanto di giorno che la sera sono esauste quando finalmente piombano a letto. O sarà che sono state più furbe e hanno prenotato in un ostello proprio al centro della vita, a due passi da piazza di Spagna, e le notti non sono mai molto silenziose.

O sarà il cibo, davvero delizioso.

Dopo l'incidente, durante quei primi mesi bui (nel *prima*), Brittany non voleva mangiare niente. Non ci riusciva proprio e il poco che mandava giù non aveva alcun sapore, lo sentiva greve sulla lingua finché, invariabilmente, lo sputava o lo rigettava.

Era drasticamente calata di peso, gli occhi che affondavano nel viso, il teschio ormai ben delineato sotto i capelli sempre più radi. Aveva cominciato a provare un piacere perverso nel vedersi scomparire, sciogliersi nello sfondo. Era più facile che procedere e sforzarsi di vivere in quel nuovo mondo.

Ora quando si guarda allo specchio è ancora troppo magra, ma non fa più paura, e ieri, quando ha assaggiato il gelato al basilico in piazza Navona, l'ha sentito esplodere sulla lingua, cremoso e denso, fresco, corroborante, e ha avuto la sensazione che forse finalmente stava iniziando a sentirsi meglio. Forse la vita non sarebbe stata sempre così dura e priva di senso.

Si sente così anche adesso, seduta in una caffetteria con Amma, il sole caldo sulle spalle nude mentre si gustano un cappuccino e Amma scorre le fotografie sul cellulare.

«Questa è bella» commenta mostrandogliene una.

Sono loro due davanti al Colosseo, ed è *davvero* bella. Sorridono abbracciate, e Brittany pensa che se qualcuno vedesse quella foto nella camera di un dormitorio o su un frigorifero, penserebbe: "Queste ragazze sono proprio fortunate".

Nessuna compassione, nessuna pena. Due amiche carine e felici, che approfittano al massimo della giovinezza e di una vacanza insieme.

Di giorno in giorno durante questo viaggio si è sentita sempre più vicina a diventare davvero quella ragazza, quella che fin qui sta solo fingendo di essere.

«Me la mandi?» chiede ad Amma, e appena le arriva, la imposta come sfondo.

Quattro settimane prima, quando ancora erano a casa, come sfondo aveva una foto di famiglia. Tutti e quattro, lei, sua madre, suo padre e il fratello minore, Brian. Sorridevano, alle spalle il sole al tramonto, i visi abbronzati perché erano in vacanza in Florida, come ogni anno.

La loro ultima vacanza.

Brittany la guardava spesso, domandandosi se le cose sarebbero andate meglio se avesse saputo che quella era l'ultima volta. Aveva litigato con Brian, che si era portato la PlayStation e trascorreva ore a urlare nel microfono delle cuffie, i rumori della battaglia che la facevano impazzire. C'erano state troppe porte sbattute, in quella vacanza, e l'ultima sera Brittany era rimasta seduta sul letto a giocare con il cellulare, dicendo alla madre di portarle qualcosa dal ristorante, perché lei di andare con loro non ne aveva proprio voglia.

La madre ci era rimasta male, ma aveva acconsentito.

È questa la cosa che ancora adesso la fa stare peggio, il modo in cui gli angoli della bocca della madre si erano abbassati, il lieve sospiro mentre richiudeva la porta della sua stanza, i capelli scuri che le danzavano appena sopra le spalle mentre si girava.

Dopo l'incidente, Brittany ha risentito mille volte quel sospiro, proprio come tiene il conto di ogni telefonata ricevuta ma non restituita, o di ogni volta che non ha risposto a un like o a un commento a un post su Facebook.

A volte detesta la vecchia se stessa al punto da desiderare di strisciare fuori dalla sua pelle.

Cambiare lo sfondo sul cellulare, però, un poco aiuta. Le dà l'impressione di aver cominciato a costruire quella nuova sé del futuro di cui continua a parlare il dottor Amin.

Brittany guarda quelle ragazze sorridenti e riesce quasi a credere di essere una di loro.

Ma la quinta notte che sono a Roma, il pianto ricomincia.

All'inizio è scioccante, i singhiozzi che sembrano esploderle di colpo nel petto, dal nulla, un dolore fortissimo alla gola. La sensazione di panico, il viso bollente, gli occhi che bruciano, l'intero corpo che trema mentre Brittany ce la mette tutta per cacciare le lacrime.

"Mi sembrava di avere cominciato a stare meglio" pensa, e le parole risuonano patetiche perfino nel silenzio della sua mente. "Credevo di averla superata."

Ma sta cominciando a capire che non è possibile superarla, non del tutto. Le ondate continueranno ad arrivare, e non c'è modo di fermarle.

Questa volta Amma non copre la distanza che separa i loro letti, non mormora quelle frasi fatte e rassicuranti che Brittany odia e allo stesso tempo apprezza, perciò la poverina resta raggomitolata su se stessa come un animale ferito, in attesa che sorga il sole.

Quando finalmente arriva il giorno, escono, passeggiano per le strade, entrano nei negozi, mangiano altra pasta che costa troppo, ed è solo quando il cielo volge al crepuscolo, mentre siedono nell'ennesimo dehors dell'ennesimo caffè che Brittany trova il coraggio di dare voce alle parole che le sono rimaste sulla punta della lingua per tutta la giornata.

«Forse dovremmo tornare a casa.»

Sa che lo sta pensando anche Amma: ci sono stati momenti divertenti, ma non è questa la via di fuga che cercavano. O forse invece lo è, per Amma? Brittany davvero non lo capisce. Le vuole bene, molto più di quanto abbia mai voluto bene a nessuna amica, ma non riesce a scordare che in comune hanno solo questa cosa orribile, e nient'altro. Non ha idea di come sia *davvero* Amma, la Amma normale, la Amma nel prima. Per quanto ne sa lei potrebbe soffrire moltissimo, solo che è più brava a nasconderlo.

In quell'istante, l'altra la guarda e fa spallucce. «Forse dovremmo. Io comincio a essere a corto di soldi, e perlomeno abbiamo visto Parigi e siamo rimaste quasi una settimana qui a Roma. Non è poco.»

Vero. Brittany ha sempre sognato di visitare entrambe le città, aveva perfino un cazzo di poster della torre Eiffel nel dormitorio, e adesso ha anche assaggiato il gelato all'ombra del Colosseo. Forse è abbastanza.

Mescola il cappuccino e intanto guarda gli avventori

del tavolo vicino, zaini malconci ai piedi. Un po' scottati dal sole, gli abiti stazzonati e informi come succede quando li si lava nei bagni degli ostelli senza mai riuscire a farli asciugare del tutto. Una delle ragazze si abbassa per slacciare un sandalo, e scoppia a ridere quando vede la polvere accumulata sui piedi. Anche Brittany ne ha accumulata, camminando per Roma, e vorrebbe tanto avere la stessa risata facile della ragazza, vorrebbe tanto che per lei non fosse tutto così maledettamente complicato.

In quell'istante si rende conto che l'altra la sta guardando dritta in faccia, i suoi capelli biondo fragola sistemati dietro le orecchie mentre le sorride e la saluta.

Brittany risponde e all'improvviso, con sua grande sorpresa, l'altra si alza, attraversa la caffetteria e le raggiunge.

«Ehi!» Porge la mano, un logoro bracciale in cordino che le cinge il polso snello. «Sono Chloe.»

Un attimo, meno di un secondo. Ma è così che inizia.

*Cari mamma, papà, sorella:*

*saluti dal paradiso! Io e i ragazzi siamo stati assegnati a una destinazione davvero notevole ora ci troviamo su* [censurato]. *È stupenda, vorrei che poteste vederla! Sembra il libro che costringevo papà a leggermi ogni sera quando avevo dodici anni,* Le avventure di Robinson Crusoe, *ricordate? Ci sono palme ovunque, e anche cocco a volontà. Uno dei ragazzi,* [censurato], *è addirittura riuscito a farsi amica una scimmietta! L'abbiamo chiamata Barnum, e* [censurato] *le ha insegnato a prendere le noccioline direttamente dalle nostre mani. Ci aiuta a passare il tempo, però mi fa sentire ancora di più la mancanza di casa e di Shep. Sta ancora bene? So che ormai è vecchio, ma gli ho detto che deve tenere duro fino a quando non avremo portato a termine il nostro incarico.*

*Oggi sono andato a fare una passeggiata da solo, avevo voglia di starmene un po' per conto mio, e anche se qui tutti continuano a dire che questo posto è infestato dai fantasmi, io l'ho trovato molto tranquillo. Se ho capito bene, gira una storia su un* [censurato] *avvenuto qui a* [censurato], *i cui sopravvissuti avrebbero finito per mangiarsi a vicenda, ma fortunatamente noi abbiamo cibo da vendere, quindi non dovremmo arrivare a quel punto. E guardare tutto questo oceano mi ricorda casa, quando vedevo campi di granturco a perdita d'occhio. Mi mancate tutti, ma avere avuto la possibilità di vedere luoghi come questo è importante. Si arriva a capire che alla fine ogni posto è uguale, in un certo senso. I ragazzi dicono che qui è noioso, ma io rispondo che dovrebbero venire a stare un po' alla fattoria in inverno, lì sì che non succede mai nulla!*

*Quindi no, non mi dispiace affatto starmene qui sulla* [censurato]. *Non è un brutto posto, solo isolato, e in questo non trovo niente di male.*

*Vi scriverò ancora presto,*

*vostro figlio/fratello, L*

*Lettera alla famiglia del soldato scelto Leonard Ames* (1923 – disperso nel 1943, dichiarato morto nel 1950)

# ADESSO

# 10

«Che ne pensi di loro?»

Ieri sera è stato divertente. Fin troppo, a giudicare dalla mia bocca secca e dal mal di testa. A dispetto del dopo sbornia, ciò a cui riesco a pensare stamattina è tutto quel cibo, tutto quel vino. I diamanti ai lobi di Eliza.

«Jake ed Eliza?» mi domanda Brittany. Annuisco. Io, lei e Amma siamo venute in spiaggia con il canottino, mentre Nico è rimasto sulla *Susannah*.

«Mah. Sono ricchi, ovviamente. Però sembrano dei tipi a posto. Rilassati. Cosa che mi sorprende parecchio, perché ero convinta che tutti i ricchi fossero ingessati.»

Quindi non è lei a sovvenzionare il viaggio. Me lo sono chiesta, perché se sono disposte a dare a Nico cinquantamila sull'unghia, è evidente che questi soldi *da qualche parte* arrivano. E ormai sono in viaggio da quanto? Saranno mesi, adesso.

Brittany mi fa un sorriso. «Ma in effetti, io di riccastri non ne conosco. Tu?»

*Nico.*

Non parliamo mai della sua famiglia, della vita che ha condotto prima di mollare tutto per girare il mondo in barca a vela. E Nico non si comporta mai da *riccastro*.

Eppure, ogni tanto succede qualcosa che mi ricorda che lui e io siamo cresciuti in mondi molto diversi.

Una volta era venuto a prendermi al lavoro, al resort, e ha guidato dritto verso l'ingresso anziché andare all'uscita di servizio, e anche se indossava i soliti shorts e la solita maglia stracciata, il posteggiatore ha subito pensato che fosse un ospite. Nico si era fatto una risata quando dopo me lo aveva raccontato, ma io mi ero chiesta cosa fosse in lui che trasudava quell'aura.

O forse sono io che mi faccio troppi film.

«I ricchi sono persone come tutti gli altri» sbuffa Amma. «Alcuni sono a posto, altri sono stronzi.»

Indossa un bikini nero, semplice, che mette in risalto la pelle liscia e bianca, e non è neanche lontanamente tesa come lo era ieri. Eppure è evidente che è ancora scocciata.

«Hai ragione. Quando lavoravo al resort ne ho visti davvero di *tutti* i tipi, credetemi.»

Lei mi sorride. «Chissà quante ne hai passate, a lavorare in un posto del genere.»

«Guarda, non ci credereste.» E mi lancio a raccontare dei sex toys. Alla fine ridiamo tutte e tre come pazze, l'eco delle sghignazzate che risuona nella spiaggia vuota.

Eh, già, qui è proprio silenzioso. Ieri sera sono rimasta ore distesa sul nostro tavolo-letto ad ascoltare le onde infrangersi a riva. Un suono che c'era anche alle Hawaii, ovviamente, quel costante mormorio in sottofondo, ma non era così vicino. E, soprattutto, qui non ci sono altri rumori a distrarti. Niente traffico, nessuna voce, niente musica. Solo il vento e le onde, il canto degli uccelli, il gentile scricchiolio delle palme.

Accanto a me, Brittany mi colpisce il fianco con il suo. «Allora, che mi dici di questo posto? È o non è quello che ti avevamo promesso?»

Osservo l'oceano turchese che si allunga a perdita d'occhio e annuisco. «Anche di più» la rassicuro, allungandomi a prenderle la mano per stringerla. È il tipo di gesto affettuoso che un tempo scambiavo con naturalezza con le mie amiche. Non mi ero resa conto di quanto mi fosse mancato quel tipo di rapporto.

Brittany mi restituisce la stretta, e persino Amma sembra rilassata mentre ci avviamo lungo la spiaggia fino a raggiungere i teli su cui sono allungati Eliza e Jake.

Eliza è sdraiata a pancia in giù, la guancia appoggiata alle braccia conserte, la schiena nuda, mentre Jake ha una salvietta arrotolata sotto la nuca e un tascabile in mano. Le pagine e la copertina sono tutte arricciate, per l'acqua, senza dubbio, e non riesco a leggere il titolo.

Alza appena la testa mentre ci avviciniamo, già sorridente.

«Buongiorno, vicine» saluta allegro mentre Eliza alza a sua volta il capo dalle braccia.

«Cosa combinate?» domanda lei, rotolando sulla schiena.

Non sono una puritana, nient'affatto, ma mi stupisce comunque un po' con quanta tranquillità si metta in topless davanti a noi, e sono contenta di avere gli occhiali da sole, così da non dovermi preoccupare di dove guardo.

«Solo un po' di esplorazione.»

«C'è un posto stupendo per nuotare appena dietro la curva.» Appoggiandosi su un gomito, Jake indica un punto più giù sulla spiaggia. «Se volete ve lo mostro...»

«Non preoccuparti» lo blocca subito Amma, prendendomi a braccetto. «Voi restate qui a godervi la mattinata.»

E con questo si avvia, trascinandomi con sé.

Brittany però non si muove. «Vi raggiungo tra un attimo!» Tornando a rivolgere la propria attenzione agli altri due, prende a disegnare nella sabbia con il dito del piede.

Appena siamo fuori portata d'orecchio, fisso Amma. «Mi spieghi cos'è questa storia?»

«Quale storia?»

Mi fermo e la guardo, anche se tutto quello che riesco a vedere è il mio viso riflesso nei suoi occhiali da sole. «Il tuo modo di fare con loro. Cos'è, non ti piacciono?»

Amma sospira, osserva l'oceano, sembra riflettere. «Non è questo. È solamente...» Fa spallucce, a disagio. «Brittany parte subito in quarta con chiunque, io invece preferisco andarci piano, capisci? Prendermela calma.»

«Capisco. Quindi tu sei il gatto e lei il golden retriever.»

Scoppia a ridere. «Eh?»

«Nell'amicizia, o in una relazione, di solito una delle due persone coinvolte è il gatto: sempre un po' in guardia, riservata. Diciamo che bisogna guadagnarsi la sua fiducia, ecco. L'altra invece è il golden retriever. Ama subito e con tutta l'anima.»

«Lecca la faccia? Ci prova con chiunque le passi davanti?» Amma accenna un sorrisetto e io guardo il punto dove ancora si trovano gli altri tre, Brittany sempre in piedi e Jake ed Eliza sui loro asciugamani.

«Non mi pare sia ancora arrivata a questo punto.»

Amma ride di nuovo. «Deduco che anche tu sei un gatto?»

«Esatto. Mentre Nico è un golden retriever nato. È per questo che insieme andiamo bene.»

Lei si scherma gli occhi. «Me ne sono accorta. Giusto ieri sera dicevo a Brittany che siete una coppia perfetta.»

L'idea mi riempie di piacere. Non avevo mai guardato

noi due attraverso gli occhi di un altro, e all'improvviso sono curiosa di scoprire tutto quello che Amma pensa di me e Nico.

«Lo credi davvero?»

«Oh, sì, eccome.» Gli occhiali le sono scivolati un po' sul naso, li rimanda su. Sta già cominciando ad abbronzarsi, le spalle sono dorate. Le mie si stanno arrossando, nonostante le palate di crema solare ad altissima protezione che ci ho spalmato appena alzata. «Vivere alle Hawaii, girare il mondo insieme... il sogno di chiunque, no?»

Sorride mentre me lo dice, eppure c'è una vena di tristezza nel suo tono. Torna a fissare gli occhi sull'acqua. «Il mio ragazzo e io avevamo intenzione di fare una cosa del genere, ma in Europa. Per poi magari passare in Asia. Deve avere acquistato ogni guida esistente. Per il compleanno mi aveva addirittura regalato una di quelle orrende cinture portadenaro. Hai presente, quelle che si attaccano con il velcro?» aggiunge indicandosi lo stomaco. Annuisco. «Gli ho detto che sarei morta piuttosto che indossarla, ma a dire la verità era dolce, che fosse così elettrizzato. Tutta la preparazione che ci aveva messo...» Ride un po', poi scuote la testa e serra forte le labbra mentre il mento prende a tremarle.

«Avete... Avete rotto?» Lo chiedo sottovoce, perché è evidente che siamo in territorio minato.

Amma si porta una mano alla guancia per asciugarla. «Diciamo di sì. Comunque, probabilmente era un'idea stupida. E così ora sto viaggiando con Brittany, ed è molto meglio.»

Mi rivolge un sorriso esangue, contraccambio anche se vedo ancora una lacrima rotolarle sulla guancia.

E poi, prima che possa domandarle altro, si è già rimessa in moto, e mi fa cenno di seguirla.

Servono pochi metri per arrivare al posto di cui probabilmente parlava Jake. Ricorda un po' la laguna dove abbiamo gettato l'ancora, ma è molto più piccola, un'insenatura circondata dalla spiaggia su tre lati. Il tempo di vederla, e già ci stiamo tuffando.

Quando riemergo in superficie Amma ride e mi schizza.

«Ti sei già trasformata nella Sirenetta» mi prende in giro, gettando indietro i capelli in un gesto plateale volutamente comico. Con un sorriso, mi metto a galleggiare sul dorso. Il cielo è azzurro come ieri, solcato appena da qualche pigra nuvoletta bianca.

Mi sento pervadere da una pace che non ho più provato dalla morte di mamma. Per la prima volta da anni, non sono preoccupata per... per niente. Denaro, tumori, la scuola, Nico. Me ne sto semplicemente qui, a galleggiare nel presente. Letteralmente. Ed è davvero un momento perfetto. So che non può durare – questo è un tipo di tranquillità che è destinato per forza a essere temporaneo – e ho imparato a mie spese che è meglio essere sempre preparati al peggio dietro l'angolo, tenersi sempre pronti ad affrontare la tempesta in arrivo. È proprio quando smetti di farlo che il peggio ti piomba addosso, dopotutto.

Però mi riprometto di cercare di godermela, per quanto possibile.

Sento la mano di Amma sfiorare la mia e quando mi giro la vedo galleggiare accanto a me.

Mi domando quanto possiamo restare prima che Nico cominci a preoccuparsi per noi. Non ci siamo portate niente. Cellulari, asciugamani e, per quanto mi sia riempita di crema solare prima di uscire, so benissimo che mi brucerò se rimango qua troppo a lungo.

«Oh, cazzo!»

Sento un movimento frenetico nell'acqua, una mano mi afferra la gamba. Alzo il capo e lo vedo.

La pinna è piccola, un attimo nera e quello dopo grigia, a seconda di come ci cade la luce. E anche se al momento non assomiglia per niente al mostro che ha infestato i miei sogni dopo aver visto *Lo squalo* la prima volta, basta a spedirmi il cuore in gola, mentre lo stomaco crolla dalle parti delle ginocchia.

C'è qualcosa di sinistro in quella pinna, che taglia l'acqua come una lama, disturbando la tranquillità di questo luogo perfetto.

Ho la sensazione di essere in un sogno mentre mi giro e comincio a nuotare verso riva, l'acqua che di colpo diventa colla, solida e viscosa, rallenta i miei movimenti anche se sono consapevole che sto nuotando alla massima velocità che mi riesce, e la riva è lì, vicinissima. Eppure tutto il mio corpo è teso per la paura, pronto al dolore improvviso, in preda al terrore cieco che ti paralizza quando ti rendi conto di essere sul punto di diventare una preda.

Amma mi è accanto, e di colpo la mia mente è attraversata da un pensiero atroce.

*Non ho bisogno di essere più veloce dello squalo. Mi basta essere più veloce di lei.*

Perfino mentre raggiungo l'acqua bassa e mi rimetto in piedi con una serie di movimenti goffi, un po' strisciando e un po' a carponi, vedo la scena scorrere nel mio cervello: Amma e lo squalo che mi raggiungono in contemporanea, il mio piede che sferra un calcio alla mandibola di Amma, i suoi denti che si chiudono con uno schiocco secco, il sangue che si snoda in un nastro rosso acceso nell'acqua trasparente e lo squalo che si concentra su di lei mentre io sono al sicuro, sono fuori, sono *viva*...

L'immagine sfarfalla e svanisce mentre Amma e io incespichiamo insieme sulla spiaggia, ma quando la guardo provo lo stesso strano brivido, quel mix di terrore e stupore che ti coglie quando sbirci dalla cima di una scogliera e pensi: "E se ora saltassi?".

Il sollievo di non averlo fatto che si fonde con la vertiginosa consapevolezza di sapere che *avresti potuto*.

Siamo entrambe sulla riva, ora, e guardiamo l'acqua, e ci accorgiamo che la pinna è rimasta dov'era all'inizio. Lo squalo sta solo descrivendo cerchi pigri all'imboccatura della laguna. Non ha mai avuto intenzione di darci la caccia.

Crolliamo sulla sabbia, ridendo come si ride quando ci si prende uno spavento ma chissà come si riesce a scamparla.

«Oddio!» Amma si mette una mano sulla pancia. «Per poco non finivamo come quelle ragazze!»

Alzo una mano tremante a togliermi i capelli bagnati dal viso. «Quali ragazze?»

Si siede e si abbraccia le ginocchia.

«Ma sì, quelle cretine dei film dell'orrore. Quelle che sono lì che scherzano e ridono anche se sanno tutti che moriranno nella prima scena.»

«Eh, però non potevamo essere loro. Non abbiamo le tette di fuori» le faccio notare, e lei ride di nuovo.

«Ottima osservazione. Allora toccherà a Eliza.»

A questa ridiamo come pazze, mentre nel frattempo lo squalo si allontana verso il mare aperto. «Dev'essersi stufato di sentirci dire idiozie» commento e Amma si alza agguantando un pugno di sabbia.

«Vattene affanculo, squalo!» urla scagliando la sabbia nell'acqua, e chissà perché mi sembra quanto di più divertente abbia mai sentito e attacco a ridere così tanto che mi viene da piangere, lacrimoni che mi rotolano lungo le guance, e anche Amma ride, e giuro che sono tre anni che non sghignazzavo così. Dalla morte di mamma.

«Mi piaci, Lux» commenta lei quando finalmente ci calmiamo. «Voglio dire, ho pensato subito che fossi una tipa in gamba, ma adesso mi piaci proprio.»

È patetico quanto queste parole mi scaldino, patetico quanto mi mancasse venire accettata da altre donne, godere di questo facile cameratismo. Mi fa pensare a come mi sono sentita appena pochi istanti fa, mentre galleggiavo in quell'acqua limpida. Come se mi fosse possibile esistere solo nel presente, senza un passato di cui preoccuparsi, senza un futuro a cui pensare.

Cazzo, sarebbe bellissimo.

Amma mi sorride da dietro gli occhiali da sole. «E, come ti ho già spiegato, non sono una a cui la gente va a genio in fretta, quindi è un successone.»

Lei scherza, però io non riesco a scordare quello che ho provato in acqua, l'istinto di ricacciarla indietro per salvare me stessa.

«Sei una che sa sopravvivere» mi aveva detto Brittany dopo il temporale. Forse è solo questo, un umanissimo istinto di autoconservazione.

Eppure qualcosa di quell'immagine – Amma nell'acqua, il sangue nella sua bocca – rimane con me per il resto della giornata.

# 11

Siamo all'isola da quattro giorni quando decidiamo di affrontare la giungla.

Vista dal ponte della *Susannah*, l'isola è un paradiso. Palme che si protendono fino in cielo, acqua cristallina che lambisce una spiaggia bianchissima, l'intero panorama una cartolina perfetta.

L'interno dell'isola, però, è diverso.

So che Nico dice che questo posto è stato usato come base durante la Seconda guerra mondiale, e che da qualche parte c'è una vecchia pista d'atterraggio, ma vedendo tutti quegli alberi è difficile crederlo. Il cuore dell'isola appare impenetrabile e buio, e non capisco perché non possiamo fare semplicemente quello che facciamo tutti i giorni: nuotare, passeggiare sulla spiaggia, bere. È molto più vicino al mio ideale di vacanza che non ricavarsi faticosamente un sentiero nella giungla per vedere un vecchio residuato bellico.

Nico e Jake però erano talmente esaltati all'idea, non facevano altro che dire che sarebbe stata *un'avventura*, che ho deciso di sforzarmi – di nuovo – di essere la fidanzata perfetta, quella pronta a tutto. A volte penso che se solo riuscissi a fingere abbastanza a lungo di esserlo, lo diventerei davvero.

Brittany ed Eliza sfoggiano la stessa identica espressione di indulgenza rassegnata. Amma, in compenso, è incollata a Nico e lo tempesta di domande: quanto è lunga la pista, quando è stata usata, davvero qualcuno ha vissuto su quest'isola? Naturalmente Nico gongola tutto e si gusta ogni istante, anche se la maggior parte delle risposte è un semplice: «Ehm... non lo so».

Accanto a me, Eliza mi sferra una gomitata. «Dovremmo prendere appunti?» domanda a bassa voce indicando Amma, e io sbuffo.

«In effetti, qualcuno sembra pensare che alla fine ci sarà un esame» replico a voce un po' troppo alta. Amma mi scocca un'occhiata irritata, anche se non penso abbia colto quello che ho detto.

Forse però ha colto il tono, perché all'improvviso mette il broncio e si allontana da Nico.

Cambia umore peggio di una banderuola, quella ragazza. Il pomeriggio del quasi-attacco dello squalo io l'ho trascorso con Brittany sulla *Azure Sky* ma Amma non ci ha raggiunte, preferendo restare sulla *Susannah*. Non sembrava che la cosa avesse infastidito Brittany, però poi ieri notte ho sentito arrivare sussurri concitati dalla loro cabina, e mi sono chiesta se non stessero litigando.

Per l'ennesima volta, sono contenta che ci siano anche Jake ed Eliza. Avere due persone in più aiuta a smorzare le tensioni.

In questo momento siamo tutti e sei sulla spiaggia e guardiamo la giungla. Nico e Jake hanno un machete a testa, presi dalla *Azure Sky*. All'inizio mi era sembrato uno sfoggio esagerato di machismo ma adesso, mentre guardo il folto della vegetazione che ci incombe addosso, capisco che ha senso.

«Sul serio avete intenzione di aprirvi un varco a colpi

di machete stile Rambo?» Brittany li soppesa con lo sguardo, una mano sul fianco.

«È l'unico modo per passare, tesoro» replica Jake. Oggi non è tutto leccatino come al solito. Al posto dei soliti shorts con camicia, porta una vecchia maglietta e dei pantaloni cachi ampi e sformati, ai piedi un paio di scarpe da ginnastica decisamente vecchie.

Il machete sibila mentre Nico lo brandisce per poi abbatterlo su un rampicante, che si spezza con un rumore insieme umido e carnoso, da brividi. «Che figata» borbotta lui, lo sguardo illuminato dall'eccitazione di un ragazzino, ed Eliza ride.

«Dio, sei proprio un uomo.»

Lo pronuncia con una buona dose di sarcasmo, e anche Nico ride, scrollando le spalle.

«Guarda che è divertente. Vuoi provare?»

Le porge il machete, e lei avvolge le dita intorno all'impugnatura, ne studia il peso prima di abbatterlo. La sua sferzata non è neanche lontanamente forte come quella di Nico e la lama rimane impigliata nel rampicante che voleva tranciare.

«Ma che cazzo!» esclama Eliza, e Jake si fa avanti e le copre la mano con la sua, e insieme sferrano un altro colpo.

«Più difficile di quel che sembra, vero?»

Mentre la lama colpisce, Eliza rincula un po' e finisce addosso al torace di Jake, che subito ne approfitta per chinare la testa e baciarle il collo.

«Sono tutta sudata!» obietta lei, ma lui si limita a sorridere e darle un altro bacio, questa volta sulla guancia.

«Siamo *tutti* sudati» la corregge indicando il sole, che già picchia forte nonostante siano appena le nove del mattino. «E prima di sera suderemo ancora di più.»

Non si sbagliava. Jake e Nico fanno a turno a ripulire il

sottobosco, e io sposto rampicanti e rametti a mani nude, così come Brittany, Amma ed Eliza. Ho l'impressione che ci si metta un secolo per avanzare di un passo e sto per suggerire di fare una pausa quando, all'improvviso, la vegetazione si apre, e di colpo ci troviamo in una radura.

È talmente umido che fatico a respirare, l'aria che mi entra nei polmoni è densa, pesante. Sotto la maglietta in materiale sintetico ho la pelle tutta irritata, mi prude. Mi suda perfino il retro delle ginocchia.

Eppure c'è anche un non so che di magnifico, qui. Magnifico e selvaggio e diverso.

«Che silenzio» fa notare Amma. Si sentono ronzare gli insetti e sopra le nostre teste le foglie stormiscono alla brezza, ma a parte quello nulla, non si sentono neanche le onde sulla spiaggia, come se la giungla si fosse richiusa intorno a noi, sigillandoci nel suo cuore.

«È come in chiesa.» Brittany cerca la mano di Amma. «Come quella chiesa in Italia, ricordi?»

Vedo Amma deglutire a vuoto, mi accorgo di come le stringe la mano e ripenso alla foto di loro due sul cellulare di Brittany. In momenti come questo, è facile capire come faccia a funzionare la loro amicizia, nonostante siano tanto diverse.

Le esperienze condivise fanno questo alle persone e mi domando se anche tra noi tre si svilupperà lo stesso tipo di legame, dopo l'isola.

Mi piace, come idea.

Nico allunga il machete per indicare un punto davanti a noi. «Per di là. Sembrerebbe un sentiero.»

*È* un sentiero. Non grande e ci costringe a fare altro lavoro d'accetta, ma qui è più semplice, e pochi minuti dopo il verde si apre di nuovo, lasciandoci in un vasto spazio aperto, niente alberi svettanti, l'oceano che si frange contro la riva appena pochi metri più in là.

Abbiamo raggiunto il lato opposto dell'isola. La risacca è più forte qui, le onde più alte fuori dalla laguna riparata in cui abbiamo gettato l'ancora. Muovo un passo avanti, e il piede incespica in una sporgenza strana.

Abbasso lo sguardo e lo vedo, asfalto incrinato, erba e rampicanti che spingono attraverso il cemento. «Ehi, Nico, credo di avere trovato la tua pista d'atterraggio!»

Lui si guarda intorno, un po' deluso. «No, dai...» Si porta una mano alla nuca, si arruffa i capelli, il machete sempre stretto tra le dita. «Me l'aspettavo... boh, non so cosa mi aspettassi. Di non trovarla così disastrata, suppongo.»

Jake cinge la vita di Eliza con un braccio. «È tipico della giungla, amico. Si riprende tutto in un nanosecondo.»

Schiocca le dita per far capire meglio il concetto. C'è qualcosa di sinistro in questa parte dell'isola, qualcosa di inquietante. Forse è il fatto che ci si ricorda che questo posto ha un passato, e un passato cupo. Che qui un tempo ci sono state altre persone, e che non è affatto un paradiso esente dalle stronzate del mondo moderno. O forse è solo per via dell'oceano, che qui è scatenato, violento.

All'improvviso voglio solo tornare alla nostra spiaggia, al nostro piccolo porto sicuro.

Solo che Nico sta già spostando i rampicanti sulla pista, si aiuta con la punta del machete, quindi si accovaccia per guardarla da vicino.

«Hai detto che l'hanno usata durante la Seconda guerra mondiale?» Amma si avvicina e gli si accovaccia accanto.

«Sì, era una base di rifornimento.» Nico indica un punto con la lama. «Nelle foto che ho visto, tenevano le taniche là in fondo.»

«Dove le hai viste, le foto?» gli domando stupita.

«Le ho cercate prima di venire qui.»

Questa mi suona nuova, ma Amma gli sorride e gli appoggia una mano sul braccio. «Carino che tu abbia fatto ricerche.»

Non c'è niente di "irregolare" nel modo in cui lo tocca o nelle sue parole, e Amma mi piace, davvero, eppure c'è qualcosa nell'immagine di loro due lì accovacciati insieme che mi fa torcere le budella, leggermente, ma è così. Forse è perché mi ricorda l'istante appena prima di partire da Maui, quando li ho visti sul ponte della *Susannah*, con quell'aria di trovarsi esattamente dove dovevano essere.

O forse è perché Amma assomiglia a lei, la vera Susannah.

Qualunque sia la ragione, comunque, mi rendo conto che è stupida e irrazionale, e mi affretto a cacciarla.

Brittany mi si materializza accanto. «Stai bene?»

«Sì, sì. Ho solo caldo e sono stanca e non poi così interessata alla Seconda guerra mondiale, suppongo.»

Capisce che non è tutto lì, o almeno mi sembra che lo capisca, però si limita a sorridermi e a darmi un abbraccio rapido. Anche Eliza si avvicina, tutta carina e a posto a dispetto dell'umidità. «Mi spiegate perché siamo qui anziché a berci un drink in spiaggia?»

Scuoto la testa. «Uomini.»

«Già.» Mi cinge le spalle con un braccio. «Torniamo indietro e molliamoli qui. Prima di partire ho messo in frigo una bottiglia di Pinot grigio, e *giuro* che la sento chiamarmi.»

Immagino il vino bianco fresco e frizzante scendermi in gola, e manca poco che mi metta a sbavare. Mi giro per dire agli altri che Eliza e io torniamo in spiaggia, e il piede mi incespica in un oggetto nascosto tra l'erba alta, di fianco alla pista.

Guardo giù, aspettandomi un sasso particolarmente grosso.

E invece vedo un ghigno, orbite vuote che fissano il cielo.

Un teschio.

# 12

«Lux?»

Sento la voce di Nico ma sono paralizzata, lo sguardo che non riesce ad allontanarsi dal teschio, quei denti incrinati, quelle orbite vuote che un tempo contenevano occhi. Quando mi si avvicina mi aggrappo alla sua maglietta, tremo come una foglia.

«È... è un teschio.» Ho il respiro corto. Nico abbassa lo sguardo e sgrana gli occhi.

«Porca puttana!»

Mi lascia andare e per poco non cado, le ginocchia che cedono. Brittany mi prende subito da una parte, Eliza dall'altra, entrambe che mi sorreggono per i gomiti.

Nico solleva delicatamente il teschio servendosi di entrambe le mani.

Brittany lancia un urlo – «Gesù!» – ma Amma si precipita accanto a Nico.

«Da quanto credi sia qui?»

Si è avvicinato anche Jake, il machete che penzola da una mano. Abbassa gli occhiali da sole per osservarlo meglio. «Parecchio, direi. Guardate com'è rovinato.»

Nico se lo porta vicino al viso, e io mi sento svenire.

«Hai detto che usavano l'isola come area di rifornimento durante la Seconda guerra mondiale, giusto?»

Ora Amma è talmente incollata a Nico che le loro spalle si sfiorano. «Voglio dire, mi sembra ragionevole. Magari era stato ferito e poi è morto qui. O forse era ammalato. Probabilmente l'avevano sepolto, ma un animale l'ha riportato alla luce.»

L'immagine mi si fa lentamente largo nel cervello. Un animale selvatico che rovista nel terreno, disseppellisce un cadavere, addenta, strappa...

«Tesoro, bevi un goccio d'acqua, okay?»

Eliza mi porge un thermos di metallo, e anche se l'acqua è calda e ha un vago retrogusto chimico la ingollo avidamente e sento la nausea retrocedere un poco.

Nico neanche mi guarda.

«O magari l'hanno fatto fuori» dice a Jake. «Qui, anche se litighi con qualcuno, chi mai verrebbe a saperlo se semplicemente te ne... sbarazzassi?» Non ha smesso un attimo di fissare il teschio, gli occhi accesi. «Pensate che roba! E se avessimo trovato la vittima di un omicidio avvenuto negli anni Quaranta?»

Comincio a sentirmi un poco meglio, e sono consapevole in modo imbarazzante di essere l'unica che ha dato di matto per questo ritrovamento. Certo sono stata *io* a trovarlo, ma adesso che lo spavento iniziale sta scemando, mi sento alquanto... stupida. Come se avessi reagito in maniera decisamente eccessiva.

Con un sorriso, Nico sbandiera il teschio. «Adesso sì che è una vera avventura. Fare vela su un'isola deserta, aprirsi un varco nella giungla a suon di machete, trovare un vecchio soldato che è stato fatto fuori.» Si rigira il teschio tra le mani. «Ne esce una storia coi fiocchi. Quando la gente lo vedrà sulla *Susannah*, sarà tutto un: "Ehi, ma che diavolo...?", e allora gli racconterò...»

«Scusa, che cosa hai detto?»

Finalmente si gira a guardarmi, la fronte aggrottata.

«Il teschio. Ehi.» Mi si avvicina e usa la mano libera per togliermi i capelli dal viso, ma ricordo dove sono state quelle dita appena un minuto fa ed eccola di nuovo, la sensazione di nausea; sono sul punto di svenire.

«L'hai trovato tu, piccola.» Mi sorride. «Non vuoi il tuo trofeo sulla barca?»

«Era un *essere umano*.» La voce mi esce troppo alta. Sopra di noi, uno stormo di uccelli si alza in volo tra grandi stridi, e di colpo mi accorgo del sudore che mi serpeggia giù per la spina dorsale, dei capelli appiccicati alle guance. Devo avere un aspetto orrendo, e vorrei non avere aperto bocca, vorrei riuscire a guardare questo affare come lo guardano tutti: un freddo reperto, un po' di macabra eccitazione.

Ma forse si riesce a reagire in quel modo solo quando non si è mai stati toccati dalla morte, non di persona. Negli ultimi mesi mia mamma sembrava già un teschio, le si vedevano le ossa sotto la pelle. Penso a quelle ossa sulla barca di qualcuno, come fossero un souvenir fico, l'equivalente di una di quelle tazze tiki in plastica o di un vaso pieno di conchiglie...

Accanto a me, vedo che anche Brittany è parecchio pallida, e quando mi stringe la mano per darmi sostegno la sua presa è così forte che fa male.

«Lux ha ragione. Non potete portarvelo via.»

«È vecchio come il cucco.» Amma incrocia le braccia sul petto. «Ed è solo un teschio. Chiunque sia stato, ormai è morto da un pezzo, Britt. È solo... un oggetto, ormai. Non è più una persona.»

«Se Lux non lo vuole sulla barca, non deve andare sulla barca.» La voce di Eliza è ferma, e io arrossisco ancora di più perché ora a causa mia sono nati degli schieramenti.

All'improvviso Jake fa un passo avanti e sottrae il teschio dalle mani di Nico. «Ascolta, amico, probabilmente farlo salire a bordo porta sfortuna. Dai, lo seppellisco io da qualche parte. Però dovremmo scattare delle foto e roba del genere, documentare dove l'abbiamo trovato e così via.»

Per un istante temo che Nico possa dargli contro, o comunque che provi a insistere. Non so proprio come reagirei, in quel caso. Non ci tengo a litigare, ma sul serio, questa cosa non la voglio sulla barca. E, ancora più importante, non voglio dovergli spiegare le mie ragioni. Vorrei che ci arrivasse da solo, che ricordasse quello che gli ho raccontato di mia mamma e capisse perché un cranio umano non è esattamente la mia idea di tesoro nascosto.

Comunque, lui si limita ad annuire. «D'accordo, Jake. Hai ragione. Cattiva sorte, probabilmente.»

Trascorriamo la mezz'ora successiva a curiosare intorno alla pista ma ormai non ci diverte più, e prima di pranzo stiamo già tornando alla spiaggia. Jake ed Eliza spariscono per un po', e Brittany e Amma vanno a fare una nuotata mentre io torno sulla *Susannah*. Dico di voler fare un sonnellino, ma la verità è che voglio restare da sola.

È quasi ora di cena quando Nico torna a bordo.

Sono seduta sul ponte, le gambe che penzolano lungo la fiancata, e lui mi raggiunge e mi si accovaccia accanto.

«Stai bene?»

Per niente, in realtà. Mi sento ancora scossa, il che a sua volta mi fa sentire stupida e sciocca. Nico e Jake hanno ragione: il teschio probabilmente era lì almeno dagli anni Quaranta, non è il caso di agitarsi tanto.

Ma il problema vero è che, di nuovo, qualcosa mi ha infastidito – anzi, no, mi ha *terrorizzato* – e lui se n'è sbattuto alla grande.

«È solo stata una giornata strana» taglio corto.

Lui sospira. «Qui non siamo a Maui, o al tuo resort. È un po' più selvaggio, un po' più *strano*. È questo a renderlo divertente.»

«Già, inciampare su gente morta, divertentissimo.»

Mi dà una spallata. «Ce la fai a rilassarti un po'?»

Non sembra arrabbiato o irritato, solo un poco frustrato, comunque lo detesto lo stesso. È un altro di quei momenti, quelli in cui si vede l'uomo che sarebbe potuto diventare. L'uomo che a volte temo sia già. Mi scosto, le dita che si arricciano sul bordo di legno della barca.

«Perché non vai a parlare con Amma?» suggerisco. «Sembrava esaltata da quel teschio quanto te.»

Resta fermo per un momento, è evidente che non sa come gestire la faccenda, non sa come gestire *me*. Se sia il caso di lasciar perdere, o se invece sia meglio discuterne.

Alla fine borbotta un: «Come vuoi» e si alza. Un secondo dopo sento un tonfo, e quando mi giro lo vedo nuotare verso riva, le braccia che fendono l'acqua scintillante con forza e decisione.

Il sole sta tramontando e il cielo ha sfoderato un ventaglio di colori incredibili, dal violetto all'arancione al rosa zucchero filato delle nuvole. Si sentono solo il canto degli uccelli e lo sciabordare delle onde contro lo scafo. Chiudo gli occhi.

Nico ha ragione. Questo posto è selvaggio e strano, ed è il suo bello. È per questo che Brittany e Amma ci sono volute venire, è per questo che Jake ed Eliza l'hanno scelto. Per l'avventura.

E non era ciò che volevo anch'io?

Mi alzo e lancio un'occhiata alla *Azure Sky*. Riesco a vedere Jake ed Eliza trafficare con calma sul ponte, e so che Brittany e Amma sono ancora sull'isola. Nico ha smesso di nuotare, si tiene a galla sul posto e si gira a guardarmi. Senza darmi il tempo di pensarci troppo, mi sfilo la maglia facendola passare sopra la testa, mi libero altrettanto velocemente degli shorts e mi tuffo, nuda e forse un po' pazza.

La risata di Nico mi dice che ho fatto bene, però.

Mi raggiunge con due bracciate, le rispettive gambe che si sfiorano e si allacciano mentre si sporge verso di me per posarmi un bacio esitante e salato sulle labbra.

Mi aggrappo alle sue spalle, la sua pelle scivolosa contro la mia, e gli restituisco il bacio.

«Scusa» gli mormoro sulla bocca, e lui mi sorride e appoggia la fronte alla mia.

«Va tutto bene, piccola. Lo so che qui la vita è molto diversa. Ma è tutto allenamento per quando partiremo, noi due da soli.»

Si sente un fischio arrivare dalla spiaggia, e quando ci giriamo vediamo Brittany che ride e ci rivolge entusiasta i pollici alzati. Rido anch'io, affondando un po' più sott'acqua per nascondere il seno nudo, la mia audacia svanita ora che tra me e Nico è tutto risolto.

Amma è accanto a lei, le mani in tasca.

Ripenso alla sua spalla contro quella di Nico, al modo in cui gli ha sfiorato la mano mentre si allungava a toccare il teschio.

"Solo una giornata strana" penso di nuovo.

*Solo una giornata strana.*

# 13

Questa sera, abbiamo deciso di radunarci sulla *Azure Sky*.

È intimo, come quando ci si ritrova intorno a un falò. Eliza ha appeso una fila di lucine sul ponte e ci riuniamo tutti e sei lì sotto, l'imbarcazione che galleggia dolcemente. Amma ha collegato il cellulare alle casse e un mix di musica acustica risuona in sottofondo.

Jake è su una delle seggioline basse, Eliza per terra ai suoi piedi, un braccio stretto alla coscia del suo uomo che racconta a Nico di non so quale regata giù a Sydney. Amma gli siede accanto, le mani intente a staccare l'etichetta della bottiglia di birra.

Inginocchiata alle mie spalle, Brittany cerca di sbrogliarmi i capelli, ingarbugliati dal sale e dal mare. Reclino la testa all'indietro per rivolgerle un sorriso.

«Nessuno si è più preso cura dei miei capelli da quando ero piccola.»

«Lo faccio solo per motivi egoistici» risponde. «Hai i capelli più belli che abbia mai visto, è un crimine lasciare che si concino così.»

Rido e bevo un altro sorso. Sono più che ebbra, e tutto si è fatto morbido, confuso. Jake ci ha preparato dei daiquiri, ma non assomigliano a quelli a cui sono abituata, vale a dire quegli intrugli rosa chiaro che uscivano freddi gelati dai sifoni del resort. Questo è un mix di succo di lime spremuto al momento, un pochino di zucchero e dell'ottimo rum. Neanche una fragola in vista. Sono al terzo e comincio a sentirmi il viso un poco intorpidito, ma proprio non ce la faccio a smettere di bere. Più bevo, più il pomeriggio svanisce nell'ombra. Come fosse successo a un'altra.

Nico ride a una battuta di Jake. Lo guardo, e sento sprigionarsi in petto un calore che non ha niente a che fare con l'alcol.

*Sono felicissima che ci abbia portato qui. Sono felicissima di avere conosciuto Brittany e Amma ed Eliza e Jake. Sono...*

«Okay, fiorellino, ti si stanno incrociando gli occhi.» Jake si protende verso di me e mi toglie il bicchiere di mano. Mi arrendo senza oppormi, con un sorriso.

«Mi hai appena chiamato *fiorellino*?»

«Chiama così ogni donna.» Eliza gli dà un leggero pizzicotto sul ginocchio. «È convinto che sia affascinante. E, detesto dirlo, ma ha ragione.»

«Lo è!» concordo decisa. «Cioè, di solito quando i ragazzi mi chiamano "dolcezza" o "piccola" o roba del genere, io proprio non lo sopporto.»

«*Io* ti chiamo "piccola".» Nico mi guarda con occhi da cagnolone triste, lo liquido con un cenno della mano.

«Intendo ragazzi con cui non sto uscendo. Ragazzi a caso.»

«Quindi io sarei un ragazzo a caso?» borbotta Jake.

Probabilmente sono troppo ubriaca per affrontare questo tipo di conversazione, le parole non mi escono come vorrei. «No, adesso siamo amici. Credo.»

Alle mie spalle, Brittany scoppia a ridere. «Sei ubriaca persa, Lux.»

È vero. Era un secolo che non mi ubriacavo così. Non mi ero più sentita abbastanza al sicuro. All'inizio, quando il dolore è ancora fresco, alcol e droghe sono un'arma a doppio taglio. Possono intontirti, facendoti sentire meno l'angoscia, ma possono anche peggiorare la situazione, abbattendo le barriere e lasciandoti vulnerabile a un'ondata di desolazione che arriva quando meno te l'aspetti. Una lezione che ho imparato a caro prezzo nei mesi successivi alla morte di mamma, quando un paio di vodka e soda nel mio appartamento avevano cominciato a trasformarsi in quattro, e poi in sei, e il minuto dopo ero per terra in bagno, a vomitare e piangere come una fontana.

Ora però non ci sono ondate. Al contrario, osservo i miei nuovi amici e penso che mi piacerebbe se mamma potesse conoscerli. Vorrei che avesse potuto vedere questo posto, quest'angolo di paradiso che sembra uscito da un sogno.

«Fatto.» Brittany mi fa una carezza sui capelli. «Belli sistemati e stupendi.»

Me li tocco e in effetti li sento lisci sotto le dita per la prima volta da non so quanto, raccolti in uno chignon basso sulla nuca.

«Belli sistemati e nessun posto dove andare a sfoggiarli.» Con un sorriso, Eliza prende il cellulare: «Va be', ti scatto almeno una foto. Non che possa condividerla, finché non torneremo alla civiltà».

Jake piega la bottiglietta verso di lei in un brindisi immaginario. «Okay, pensateci bene. I luoghi dove esistono cose come Instagram e Twitter sono *più* o *meno* civilizzati di questa meraviglia della natura, eh?»

«Ossignore.» Brittany si sposta più in avanti e si lascia cadere sul ponte con un tonfo. «Sei uno di *quelli*. Troppo puri per usare un filtro come si deve.»

«Nah, è solo vecchio.» Eliza gli abbraccia uno stinco e lo guarda. «Ha compiuto i trenta il mese scorso, e adesso finge di non avere mai usato un emoji in vita sua.»

«Non l'ho mai fatto» conferma lui, ed Eliza alza gli occhi al cielo e solleva un dito a sottolineare quel che sta per aggiungere.

«Ma lo sapete che questa barca aveva un collegamento Wi-Fi sofisticatissimo, che tra l'altro è costato l'ira di Dio, e il qui presente Jacob Arthur Kelly l'ha letteralmente *strappato via*? Ecco fino a che punto arriva la sua fissa di uscire dai radar.»

«Stavo per andare in paradiso con la mia donna, volevo trascorrere il tempo in sua compagnia, non vederla controllare Twitter o leggere pettegolezzi sulle celebrità.» Jake si protende a baciarle la fronte. «Non sono i trent'anni, è semplice buon senso.»

Sono carinissimi insieme, perfettamente abbinati, e all'improvviso vorrei essermi seduta vicino a Nico, potermi avvinghiare a lui con la stessa facilità e la stessa naturalezza.

Solo che adesso sarebbe imbarazzante andare a cercarlo, come se stessi cercando di dimostrare qualcosa. E, comunque, c'è già Amma seduta vicino a lui. Non si toccano, non sono neanche poi così vicini, però avverto comunque quel nodo nello stomaco, quel piccolo guizzo di gelosia.

«Trenta, eh?» Nico si appoggia alle mani e allunga le gambe. «Questo fa di te il più vecchio, qui, suppongo. Io ne ho ventisei, Lux ventiquattro...»

«Venticinque, ora. Ne avevo ventiquattro quando ci siamo conosciuti.»

«Giusto. E Brittany e Amma, quanti ne avete? Ventidue?»

Le ragazze annuiscono ed Eliza fa una smorfia. «Oddio, Jake, siamo vetusti! Il che implica...» Si ferma, il viso che si contrae in un'espressione orripilata. «...che noi saremmo *i responsabili*?»

«Ossignore, che incubo!» Jake si alza, un po' malfermo sulle gambe. «Okay, devo assolutamente fare qualcosa di terribilmente irresponsabile subito, in questo preciso istante, o il rischio è che mi metta a controllare il mio fondo pensione e attacchi a leggere il "Financial Times".»

Detto questo, si sfila la maglia da sopra la testa con un unico movimento fluido e si avvia verso il parapetto.

In men che non si dica si sta sfilando anche i pantaloncini, la pelle dorata e pallida al chiaro di luna, ed ecco che si tuffa, il tonfo che riecheggia nella notte silenziosa.

«Sei matto da legare!» gli urla dietro Eliza, e io mi sporgo e lo vedo galleggiare, ci rivolge un sorriso enorme mentre si tiene a galla.

«Eddai! Che senso ha essere venuti su un'isola deserta se non ci facciamo neanche una nuotatina nudi?»

E poi mi guarda. «Lux, so che a te piace» aggiunge strizzandomi l'occhio, e divento rossa come un peperone.

Mi ha visto? D'altra parte, anche se quest'isola è a migliaia di miglia da tutto, anche se non ci sono internet né campo per il cellulare, e di sicuro non ci sono social media, non c'è una completa privacy. Non è possibile, siamo comunque sei persone a stretto contatto in questo spazio deserto.

Brittany si sta già avvicinando al parapetto mentre si sfila gli abiti e ride, e anche Amma si alza, ma non fa cenno di volersi spogliare.

«Ma dai, Britt. È buio, e non sai cosa c'è lì sotto. Potrebbe essere pericoloso.»

«Oh, perché ora all'improvviso ti preoccupi che nessuno si comporti in maniera imprudente?» Brittany sta ancora sorridendo, ma Amma sussulta come se le avesse sferrato un pugno e fa un passo indietro, il che per poco non la manda a sbattere contro Nico.

Lo sento chiederle se sta bene, e lei annuisce anche mentre Brittany, nuda e bellissima al chiaro di luna, lancia un urletto e si getta in acqua.

«Così si fa!» esulta Jake, e allora anche Eliza si alza, con un sospiro, e allunga le dita verso i legacci del prendisole.

«Se non li puoi battere, unisciti a loro» commenta, ed ecco un terzo tonfo, altre risatine e gridolini dall'acqua.

Ho la mente annebbiata, è come se li vedessi da lontano, corpi pallidi che fendono l'acqua scura, il chiaro di luna che danza sulle onde tranquille. Sorridono, scherzano, ed Eliza si abbarbica a Jake, i bicipiti di lui che si flettono mentre la tiene stretta. Me lo rivedo che osserva me e Nico nel pomeriggio, mi domando se gli sia piaciuto, se ci abbia guardato nel modo in cui credo di stare guardando lui ed Eliza adesso.

Come se avesse avvertito il mio sguardo, Eliza mi chiama. «Vieni, Lux?»

Sono sul punto di spogliarmi quando sento Amma. «Credo che tornerò sulla *Susannah*. Non mi sento molto bene.»

«Succede, con il rum.» Nico mi lancia un'occhiata. «Tu che fai? Vai a nuotare o torni con noi?»

Voglio tuffarmi nell'acqua tiepida con Jake, Eliza e Brittany. Voglio nuotare nuda al chiaro di luna in questo posto magnifico, ma qualcosa nell'idea di Nico e Amma soli sulla barca non mi va.

Perciò tolgo la mano dal bottone dei pantaloncini e volto le spalle all'oceano.

«Eddai, Lux!» mi chiama Brittany.
«Magari domani!»
I tre in acqua mi lanciano una serie di *buh* ed Eliza mi fa il pollice verso, facendomi ridere.
Appena arriviamo sulla *Susannah*, Amma fila dritta in cabina e si chiude dentro.
È solo quando mi ritrovo a letto con Nico, la testa che gira, la bocca impastata, che ripenso all'istante trascorso tra lei e Brittany, il lampo di tristezza – no, peggio, era sofferenza allo stato puro – che le ha attraversato il volto.
*Oh, perché ora all'improvviso ti preoccupi che nessuno si comporti in maniera imprudente?*
Che cosa voleva dire? E perché Amma ci è rimasta così male?
«Credi che stia succedendo qualcosa tra Amma e Brittany?» L'ho appena sussurrato, tanto che fatico a sentirmi io stessa.
E comunque, Nico sta già dormendo.

# *PRIMA*

È una vita che Amma sente parlare di "terzo incomodo" ma non aveva mai sperimentato davvero cosa volesse dire fino all'Italia. Chloe scivola nelle loro vite come se ci fosse sempre stata, come fosse stata parte del viaggio fin dall'inizio.

Da quando si sono incontrate in quella caffetteria, Chloe resta con loro a ogni passo, le aspetta fuori dall'ostello o le incontra al ristorante, e anche se Amma ce la mette tutta per non avercela con lei, tanto più visto come Brittany sembra andarci d'accordo, è sempre più difficile non farlo.

«Chloe dice...» ormai è diventata l'apertura fissa di ogni frase di Britt.

Chloe dice che in quel ristorantino fanno la migliore carbonara di Roma.

Chloe dice che la scalinata di Trinità dei Monti è sopravvalutata.

Chloe dice che una parte della città è diventata decisamente troppo turistica.

*Chloe dice, Chloe dice.*

All'improvviso Chloe diventa la massima autorità su tutto e Brittany non fa altro che ripetere a pappagallo le sue opinioni.

Anche se a volte ha la sensazione che Brittany sia la sua migliore amica, Amma ricorda a se stessa che la conosce da appena più di un anno. Forse Britt è proprio fatta così. Forse è sempre in cerca di qualcuno da seguire. Prima era Amma. Ora è Chloe.

Amma lo capisce, in un certo senso. Dopo tutto quello che è successo, cedere le redini a qualcun altro può sembrare più facile.

Mentre siedono in un'enoteca dalle parti di Trastevere, però, e Brittany ride a un aneddoto di Chloe sul suo anno in Inghilterra, Amma si sforza di ricordarsi che Britt sembra essere migliorata parecchio da quando è arrivata l'altra. Niente più pianti notturni, più nessun accenno al voler tornare a casa.

Ed è per questo che Amma all'inizio si era davvero sentita sollevata quando Chloe aveva domandato se poteva unirsi a loro. Il gruppo con cui stava la sera in cui si erano conosciute era composto da studenti americani che, a detta di Chloe, «erano noiosi da morire», e sul momento Amma aveva trovato affascinante il suo essere in grado di comportarsi così, svolazzare da un gruppo all'altro, stringere nuove amicizie lungo il cammino. Nessuna responsabilità, nessun legame.

Nessun senso di colpca.

Amma non riesce neanche a immaginare come sarebbe vivere senza sensi di colpa. Per lei sono compagni fissi, lo sono stati dal momento in cui ha cercato Brittany su Facebook, avvertendo il bisogno di vedere la ragazza a cui aveva rovinato la vita.

Scoprire che frequentavano la stessa scuola, che Brittany era appena un anno dietro a lei, le aveva rivoltato lo stomaco, abbastanza da costringerla a correre in bagno a rigettare. Le era sembrata troppo vicina, troppo... come fosse destino, in un certo senso. Che quella ragazza, che era in Florida per le vacanze di primavera proprio come lei, potesse essere una persona già vista, una che magari aveva incrociato mentre attraversava il campus, o in bagno durante una festa, dove forse, un po' brille, si erano perfino scambiate qualche complimento sul rossetto o sui capelli.

Solo dopo, quando le si erano schiarite le idee e lo stomaco si era calmato, Amma aveva capito. Era *davvero* destino. Il destino le stava offrendo l'occasione di provare a sistemare le cose.

Era stato questo a condurla all'incontro nello scantinato della chiesa, questo a farle prendere posto sulla sedia metallica pieghevole accanto a quella di Brittany. Il destino – e una qualche strana idea di penitenza – l'avevano spinta a raccontare a Brittany la più grossa bugia della sua vita.

All'inizio Amma voleva solo vederla. Sentirla parlare. E, forse, una parte di lei, alquanto morbosa, ci teneva a sentire la versione di Brittany degli eventi. L'unica certezza era che aveva *bisogno* di vedere la persona la cui vita era irrevocabilmente cambiata, proprio come la sua.

Ed ecco perché, anche se in Chloe – in quei sorrisi pronti, enormi, in quel cameratismo facile con chiunque – c'è qualcosa che la infastidisce, se la farà piacere, costringendosi a ignorare le parti che la irritano. Per esempio, quello che fa ora. Appena si siedono, Chloe annuncia di non avere un euro, non è che possono offrire loro?

Non è la prima volta che lo fa e, vista la celerità con cui si stanno esaurendo i loro fondi, Amma lo trova ancora più irritante, ma Brittany accetta immediatamente, e così Amma non può far altro che stare a guardare Chloe bersi quelli che presumibilmente sono gli ultimi soldi di Brittany.

Non vede l'ora di andarsene, anche se ha ordinato solo un bicchiere di vino, quando un gruppo di ragazzi entra e prende posto al tavolo accanto al loro.

Sono chiaramente americani, a tradirli i berretti da baseball. Nel mese trascorso a girare per l'Europa, Amma li ha visti indossare solo da loro.

Chloe si sporge in avanti con quel suo sorriso sghembo, i capelli rossi che danzano. «Scommetto venti euro che quei ragazzi hanno i peggiori account Instagram che abbiate mai visto.»

Amma deve forzarsi per non dire quello che le sale sulla lingua – "Ah, ma quindi venti euro li hai?" – ma Brittany si sta già voltando a guardare il terzetto. I ragazzi siedono intorno a un tavolino rotondo di metallo, le gambe larghe. Indossano tutti una variante dello stesso abbigliamento: shorts al ginocchio color cachi, camicia, cappellino. Tutti con occhiali da sole stile aviatore e un enorme boccale di birra davanti.

«È una scommessa già persa, non se ne parla.»

Con una risata, Chloe s'abbandona contro lo schienale.

«Okay, però adesso voglio sapere se ho ragione» e, come se niente fosse, si alza e li raggiunge.

Appoggia le mani sullo schienale della sedia di quello che a occhio deve essere il maschio alfa del gruppo, il più grosso dei tre. Al polso ha un orologio di lusso, diversi tatuaggi fanno capolino da sotto le maniche rimboccate.

«Ho la netta sensazione che ci conosciamo.» L'accento australiano di Chloe si trasforma in americano con tanta facilità che Amma inarca le sopracciglia, sorpresa.

«Andate alla Brown?» continua Chloe, e il tatuato scuote la testa ma intanto solleva gli occhiali da sole, per guardarla meglio. Chloe non è una strafiga, non come Brittany, però in lei c'è qualcosa che attira lo sguardo, e Amma vede il ragazzo rimirarla per bene.

«Università della Southern California.»

Chloe ride, sporge un fianco, si avvicina un po' di più. «Ma certo!» commenta sfiorandogli il berretto da baseball, dove è ricamato il logo della USC. L'altro sorride. «Eppure sono sicura di averti già visto.» Il ragazzo si sposta un po' sulla sedia, allarga ancora di più le gambe.

«Perché fanno sempre così?» Brittany butta giù l'ultimo sorso di vino. «È così poco attraente.»

«Per caso segui il campionato di lacrosse?» Il tono di lui si è fatto tracotante.

«In effetti sì!»

Amma osserva Chloe e il ragazzo avvicinare la testa, i telefoni che sbucano mentre si scambiano il numero, o forse si collegano su qualche social, o forse entrambe le cose. Forse Chloe ha bevuto un bicchiere di troppo perché, quando si raddrizza, la vede incespicare leggermente. Il telefono le cade sotto il tavolino e lo recupera con una risatina, mentre tutti e tre i ragazzi ne approfittano per guardarle il fondoschiena.

«Che classe» borbotta Amma, non avendo ben chiaro se sta sparlando di Chloe o dei tre.

Appena torna al suo posto, Chloe sventola il cellulare. «E adesso controlliamo.»

Nel giro di due secondi compare il profilo del tizio e Chloe lo mostra con un sorriso subdolo. «Che vi dicevo?»

Una sfilza infinita di scatti del tizio accanto ad automobili costose, il mento alto, lo sguardo perso in lontananza. In almeno metà è a torso nudo, la pelle dorata e liscia, i tatuaggi che si avviticchiano su per gli enormi bicipiti.

«Cosa fa per vivere? Cioè, cazzo, quella lì è una Mercedes Maybach!» esclama Brittany.

Arriva il cameriere, una bottiglia di vino in un secchiello del ghiaccio. «Non l'abbiamo ordinato» replica subito Amma, ma Chloe si gira a sorridere ai ragazzi, una mano che ringrazia.

Amma arrossisce. Ma certo.

«Punto primo.» Chloe riempie il bicchiere di Brittany, e intanto parla. «Vi garantisco che quell'auto non è sua. Probabilmente ci si è solo fotografato vicino, a quella e alle altre. Punto secondo, tutti questi ragazzi sono come lui. Tutta questa storia degli *imprenditori*. Si autoproclamano CEO di compagnie fondate da loro stessi che – sorpresa! – non arrivano mai a produrre profitto. Questi coglioni sono ovunque. E hanno tutti la stessa faccia, tutti gli stessi account sui social in cui hanno tutti lo stesso aspetto e dicono tutti stronzate tipo: "Non puoi volare con i leoni se nuoti con le pecore".»

Questa volta Amma si ritrova a sghignazzare, ma Brittany sta ancora scorrendo le foto, accigliata. «Dio, ma non si rendono conto che è da cretini?»

«Cretino chiama cretino, che vuoi farci» commenta Chloe. «È così che fanno soldi, in effetti. Si presentano come pezzi grossi, e questo attira altri che vogliono a loro volta diventare pezzi grossi, e tirano in piedi questi "seminari di marketing" che fanno pagare migliaia di dollari. È tutta una truffa.»

Lancia un'occhiata all'altro tavolino, e Amma le vede guizzare un muscolo sulla mandibola. «E la cosa peggiore è che se la cavano sempre.»

Arriva il conto per i pochi bicchieri che hanno ordinato prima della bottiglia pagata dai ragazzi e Brittany fa per prenderlo.

«Ci penso io» la ferma Chloe, tirando fuori il portafogli. Amma lancia un'occhiata e si accorge che c'è un rotolo di banconote ficcato alla bell'e meglio nella tasca laterale.

«Avevo capito che eri a secco.»

«Alla fine ho trovato qualcosina.»

# ADESSO

# 14

Chissà perché, il giorno dopo mi ritrovo sveglia presto, a bere uno schifo di caffè istantaneo sul ponte della *Susannah*, quando Eliza si avvicina a noi sullo Zodiac. Nonostante tutti i daiquiri di ieri sera, è fresca come una rosa, il sorriso accecante nel sole del primo mattino.

«Posso rapirti?»

Le mostro la tazza di plastica. «Hai un caffè migliore?»

Per tutta risposta mi mostra un thermos metallico dall'aria costosa. Le sorrido e metto giù la tazza.

«In tal caso, considerami rapita.»

Infilo la testa in cabina. «Nico, tesoro? Eliza e io andiamo a farci un giro, okay?»

Mi risponde con un grugnito. Afferro un paio di occhiali da sole e un asciugamano, recupero le mie scarpe da ginnastica malconce, scendo la scaletta della *Susannah* e salto sul canottino.

Eliza mi sorride e via, siamo già dirette alla spiaggia. Ci siamo abituati tutti a fare avanti e indietro, senza il fastidio di portarci appresso i cellulari. Jake ha addirittura approntato una specie di piccola tettoia sulla spiaggia, servendosi di una cerata, così possiamo lasciarci teli da sole e lozioni protettive. È divertente quanto in fretta questo posto abbia cominciato a sembrarmi *casa*, molto più di quanto mi sia mai successo con Maui, nonostante i mesi che ormai ci abbiamo trascorso.

Ci fermiamo dove l'acqua comincia a essere bassa e scendiamo per trascinare il gommone verso la spiaggia. E poi Eliza indica la giungla. «Ti va di tornarci?»

Esalo un grugnito melodrammatico che la fa ridere, alza le mani.

«Niente teschi questa volta, prometto.»

«Sei davvero in grado di prometterlo?»

Ci pensa su, poi fa un'espressione dubbiosa e piega un po' il capo. «Sai cosa? Probabilmente no!»

Seguiamo il sentiero che hanno aperto ieri i ragazzi, però questa volta a un certo punto Eliza gira a sinistra, invece di continuare fino alla radura. La seguo, sudata fradicia, il caldo e l'umidità della giungla già esagerati anche a quest'ora. Dopo pochi istanti sento un rumore... è acqua che corre impetuosa! Lancio un'occhiata sorpresa a Eliza, carina come sempre, i capelli biondi raccolti in una crocchia stretta sulla testa. Fa l'indifferente, ma sulle labbra le aleggia un sorrisetto.

Di colpo mi fa l'occhiolino e spinge di lato alcuni rami.

Siamo arrivate a un'altra piccola radura, ma questa ospita una pozza d'acqua, alimentata da una cascata. Anche la cornice è perfetta: gli alberi le regalano ombra, l'acqua è cristallina e ci sono pure piccole macchie di sabbia dove ci si può mettere comode.

«L'ho scoperta l'altro giorno. Okay, tecnicamente l'ha scoperta Jake, e solo perché stava cercando un posto esotico dove scopare, ma comunque...»

È una scena facile da immaginare, e mi ritrovo ad arrossire all'istante. Loro due, belli, biondi, abbronzati, la pelle resa scivolosa dall'acqua... Basta il pensiero a farmi nascere dentro un lampo improvviso di desiderio, intenso, pulsante. Forse è solo perché Nico e io non l'abbiamo più fatto da quando abbiamo lasciato Maui. È il caso che lo porti qui e raddrizzi la situazione, mi pare evidente.

«Da quanto state insieme?» domando incuriosita mentre la seguo verso una striscia di sabbia. Ci sediamo, gli occhi sull'acqua che si getta nella pozza.

«Oddio. Dipende da come la guardi. Tecnicamente, circa un mese.»

Hanno la disinvoltura delle coppie che sono insieme da una vita e probabilmente la mia espressione rivela lo stupore, perché Eliza sorride. «Lo so. Sembriamo una vecchia coppia sposata da sempre. Ma in verità ci conosciamo da quando eravamo adolescenti, quindi ecco. Solo che non era mai il momento giusto. E alla fine è arrivato, poco tempo fa. Tu e Nico, invece?»

«Quasi un anno. Ci siamo conosciuti a San Diego, poi lui è venuto qui e io l'ho seguito.»

«Romantico.» Si cinge le ginocchia con le braccia e guarda la pozza. «È strano, perché sembrate diversissimi.»

Prima di questo viaggio, non avevo mai pensato a come ci vedono gli altri. Eravamo rimasti più o meno chiusi nella nostra piccola bolla isolata.

«Davvero?»

«Sì. Lui è talmente rilassato da essere praticamente orizzontale. Non che sia una brutta cosa, eh!» aggiunge in fretta, le mani alzate. «Sa il cielo se non avremmo bisogno di più uomini così. Ma tu invece sembri... non so. Forte. Implacabile.»

Rido, imbarazzata. «Davvero?»

«Giuro. Però è strano, perché a volte sei...»

Si tira dritta, stringe i pugni, contrae la mascella e guarda lontano, tipo donna in missione, e io rido, confusa e compiaciuta per quella versione di me.

«...una vera e propria valchiria» spiega quindi, mollando la posa. «E altre invece sei tutta...»

Altra posa. China le spalle in avanti, piega la testa, mi guarda attraverso le sopracciglia, e io rido di nuovo, ma stavolta è forzato. È così che appaio? Così... arrendevole? Insicura?

Eliza si rimette comoda. «Non ho ancora neanche *cominciato* a inquadrarti, Lux McAllister» conclude e la mia risposta sorprende me per prima. «Neanche io.»

Parole che aleggiano nell'aria per un po', mentre restiamo entrambe in silenzio.

Poi Eliza indica la pozza. «So che sembra stupenda, ma è salatissima. Assolutamente imbevibile.»

«Chissà se quei marinai del naufragio l'avevano trovata?» domando, grata che abbia cambiato argomento. Penso a quegli uomini, scottati dal sole e ormai pelle e ossa, con indosso le pesanti divise di lana della marina britannica sotto questo caldo. «Dev'essere stato orribile, no? Finalmente tocchi terra, ed è un vero paradiso, ma non ti offre nulla di utile, nessuna speranza di sopravvivenza.»

«"Acqua, acqua in ogni dove, e neanche una goccia da bere"» declama Eliza, citando Coleridge, o almeno credo, mentre mi assesta una gomitata scherzosa. «Fortunatamente, non è il nostro caso. Abbiamo litrate e litrate d'acqua, a bordo.»

«E di vino» aggiungo io e lei scoppia a ridere.

«Sì, in effetti anche quello.»

Si piega all'indietro puntellandosi sui gomiti, quindi scalcia via le scarpe e offre il viso al sole. «Allora, Lux, raccontami tutto di te.»

Mi sistemo come lei. «Tutto tutto?»

«Be', le parti interessanti.»

«Oh, allora si fa presto. Finito.»

Mi guarda da sopra gli occhiali da sole. «Mi rifiuto di crederci. Dio, ragazza, guardati! Vivi a Maui, fai il giro del mondo con un uomo stupendo... Brittany mi ha detto che sei quasi finita fuori bordo quando c'è stato quel brutto temporale, e che sei rimasta perfettamente impassibile. A me tutto questo sembra interessante, eccome!»

E la cosa strana è che, a sentirglielo raccontare in questo modo, in effetti *anche a me* sembra interessante. *Io* sembro interessante.

*Una tipa che vive alla grande.*

E mi piace, questa versione di me. La adoro proprio.

Forse è il calore affettuoso della sua voce, forse la bellezza del posto, forse è semplicemente che Eliza mi è davvero simpatica. Quale che sia la ragione, mi sbottono.

«Mia mamma è morta. Mentre ero al college.»

Mi ritrovo a raccontarle l'intera storia: il divorzio, la nuova famiglia di papà, io che gli ho chiesto aiuto quando mamma era malata e lui che non ce l'ha dato.

«Che stronzo» commenta lei e mio malgrado mi sfugge: «Gliel'ho fatta pagare».

Eliza si gira a osservarmi, le sopracciglia inarcate con fare interrogativo, e non riesco a trattenere un sorrisetto mentre il ricordo mi torna alla mente con il solito mix nauseante di esaltazione e vergogna.

«Che tu ci creda o meno, ha avuto la faccia tosta di presentarsi al funerale. Dopo tutto quello che aveva fatto, è venuto al suo cazzo di servizio funebre. Io personalmente giuro che non riuscivo a crederci. Ha detto che "glielo doveva"...»

«Quello "glielo doveva"! E tutto il resto? Che faccia tosta...»

«Esattamente. Quando era ammalata proprio non poteva venire, ma ora che era morta era saltato su un aereo per San Diego.» Scuoto la testa ricordandolo nel suo bell'abito blu mare, l'espressione contrita, io che mi irrigidisco mentre fa per abbracciarmi.

*Ci tenevo a essere qui per te.*

«Ovviamente si era portato la nuova moglie e i nuovi figli. Ha avuto la decenza di non farli venire alla funzione, ma comunque l'avevano accompagnato. Tanto valeva farsi un giro a visitare lo zoo più famoso del mondo intanto che faceva finta di preoccuparsi della primogenita, giusto?»

Era stato questo a farmi incazzare più di tutto. L'avrei rispettato, in un certo senso, se non si fosse presentato, e invece no, doveva fare il bel gesto. Fingersi il bravo paparino quando non glien'è mai fregato niente, mentre nel frattempo faceva *davvero* il bravo paparino con i figli nuovi.

«E allora, che cosa hai fatto?»

La guardo. Non l'ho mai raccontato a nessuno, nemmeno a Nico. Non credo che capirebbe.

«L'ultima sera voleva portarmi a cena fuori, in un posto elegante, in un quartiere alla moda. Immagino lo ritenesse un gesto carino. Quindi gli ho detto che sarei andata, e l'ho fatto, ma mi sono presentata in ritardo. Ho aspettato che ordinasse da bere, che si mettesse a suo agio.»

«Già mi piace.»

Sorrido ricordando il passo di carica con cui sono entrata. «Sono andata dritta al suo tavolo e... be', gliele ho cantate. Gli ho detto che era stato un padre di merda e che forse poteva anche credere di avere dato vita a una nuova famiglia, ma alla fine avrebbero capito anche loro quanto faceva pena.»

Eliza è tornata ad abbracciarsi le ginocchia. «Se l'aneddoto finirà con te che gli butti il drink in faccia, sappi che ne sarò *deliziata*.»

Avvampo. «Ebbene sì.» A quel punto l'intero ristorante si era fatto silenzioso, il martini aveva fatto uno scroscio assordante mentre gli colpiva la fronte. «Sono anche stata scortata fuori e bandita a vita da quel ristorante ma, sinceramente, va bene così. Non è che ci sarei mai tornata, comunque.»

In seguito, a letto, avevo pensato che mi sarei volentieri data fuoco se solo fosse servito a ustionare un po' anche lui, ma in ogni caso ne era valsa la pena. Il modo in cui era impallidito, la soddisfazione di tirare finalmente fuori tutto quello che mi rodeva da anni, di cedere alla parte di me che voleva a tutti i costi fare *qualcosa*, per quanto avventata.

Mi stringo nelle spalle: di colpo provo vergogna. «Suona stupido, me ne rendo conto.»

«Per niente. Suona coraggioso» replica Eliza stringendomi la mano.

La guardo sorridendo, anche se sento un nodo alla gola. «Grazie.»

«L'avevo detto. Forte. Implacabile. Una guerriera.»

Sospiro. «Già be', ultimamente mi sento più una che va alla deriva. Come se mi limitassi a vivere nella scia del sogno di un altro.»

«Non c'è niente di male nell'andarsene un po' alla deriva. Significa che hai davanti a te delle opzioni, solo che non hai ancora fatto una scelta.»

«Opzioni.» Mi piace. Sembra più sensato, messo così. Non sto vagando a casaccio, sto solo aspettando. Aspettando la cosa giusta, l'occasione giusta, il sogno giusto da inseguire.

Se solo riuscissi a capire qual è.

Restiamo alla pozza per un'altra ora o giù di lì, e quando torniamo gli altri sono già tutti in spiaggia. È diventata routine ormai, ci troviamo tutti intorno a mezzogiorno, ed è un po' come se fossimo una piccola famiglia in vacanza.

Mentre ci avviciniamo al gruppo, però, mi rendo conto che sono tutti zitti. Stanno fissando l'orizzonte, le fronti accigliate. Mi avvicino a Brittany.

«Che succede?»

Senza aprire bocca, mi indica l'oceano. Una vela.

Dal momento che quando siamo arrivati c'erano già loro, l'arrivo di un'altra imbarcazione non dovrebbe sorprendermi. Eppure mi inquieta, vedere qualcuno che si dirige dritto su di noi, dritto all'isola che cominciavamo a considerare nostra.

Restiamo a fissare in silenzio mentre l'imbarcazione si fa largo tra le secche. Non è bella come la *Azure Sky*, e neanche lontanamente carina come la *Susannah*. Una barca normale, pratica, ma mi spezza il cuore.

«Merda.» Accanto a me, Brittany si scherma gli occhi. «Non ho voglia di condividere con altri questo paradiso.»

Ha un tono talmente mesto che, pur essendo io stessa dispiaciuta, scoppio a ridere.

«Lo stai già condividendo, con Eliza e Jake» le ricordo e lei mi fissa.

«Loro però sono amici, adesso. E amici forniti di ottimi beveraggi, oltretutto. Questi non sono amici. Sono invasori.»

«Vorresti difendere l'isola? Mettiamo giù qualche trappola esplosiva e roba simile, tipo *Robinson nell'isola dei corsari*?»

Io scherzo, ovviamente, ma lei pare prenderla sul serio. «Potremmo andare a recuperare quel teschio della pista d'atterraggio. Lo mettiamo sulla spiaggia e li terrorizziamo, così se ne vanno.»

Vede la mia espressione e scoppia a ridere, picchiando il fianco contro il mio. «Ossignore, dovresti vederti!» Poi torna a guardare l'oceano. «A proposito, cosa ci facevate tu ed Eliza nella giungla?»

Sono lì lì per dirle della pozza, quel paradiso nascosto, ma qualcosa mi frena. «Facevamo solo due passi. Niente di speciale.»

Proprio allora, la nuova imbarcazione entra nel porticciolo. Da dove siamo vedo una sola persona, quella che è al timone.

Jake sospira. «Intruso in arrivo...»

# *PRIMA*

Eliza ha quasi diciassette anni quando crolla tutto.

Intendiamoci, non è che la sua vita sia stata un idillio, prima di quella sera di aprile. Non c'è mai abbastanza denaro, suo padre se l'è squagliata prima ancora che avesse il tempo di conoscerlo, e lei e la madre hanno traslocato un'infinità di volte. Hanno vissuto in grandi città come Londra e Manchester, e in cittadine minuscole i cui nomi sembrano usciti direttamente dai libri di fiabe, ma, per Eliza, l'esistenza è stata solo un susseguirsi di case popolari e scuole schifose.

Riesce a sopravvivere, però, perché è carina, perché impara in fretta, perché ha scoperto quel dettaglio, quel segreto che la maggior parte della gente ci mette un secolo a cogliere: nessuno vuole davvero che tu sia te stesso. Vogliono solo vedersi riflessi in te.

Ed Eliza è bravissima a farlo.

Perciò, anche se non ha mai avuto vestiti eleganti o all'ultima moda, è sempre stata circondata da amici, è sempre stata al centro dell'attenzione, ed è questo ciò che le piace, è così che sente di avere il controllo della situazione.

Quando compie i sedici anni, la situazione cambia. Sua mamma ora ha un buon lavoro, fa la governante presso una famiglia ricca appena fuori Londra, ed Eliza ha il suo (bel) posto nella gerarchia sociale della scuola: ape regina, nonostante l'appartamento squallido e il trucco da grandi magazzini. Sta studiando per il diploma, è abbastanza intelligente da poter puntare a un buon college, abbastanza intelligente da non finire intrappolata nella vita in cui è rimasta intrappolata sua madre.

E poi arriva Jake, ovviamente.

Lo incontra in un tipico pomeriggio di pioggia. Hanno un'auto sola, lei e sua madre, ed Eliza ha bisogno di andare in centro per fare un po' di spese dopo la scuola. La madre gliela lascia usare, ma solo a condizione che dopo passi a riprenderla al lavoro. Eliza è irritata perché non ha avuto tempo di fare tutti i giri che voleva, e si irrita ancora di più quando non vede uscire la madre all'ora concordata, neppure dopo che l'ha sollecitata strombazzando il clacson.

Piove a dirotto, l'acqua le si infila nel giubbino mentre sale di corsa i gradini dell'elegante dimora in mattoni, con la sua bella porta rossa e le siepi di bosso.

Eliza suona il campanello, incazzata e fradicia, i capelli che già si arricciano per l'umidità, e quando la porta si apre è pronta a dirne quattro alla madre, o a qualunque altra cameriera arcigna le si presenterà davanti.

Certo non si aspettava *lui*.

Alto, i capelli di un biondo appena un filo più scuro del suo, gli occhi di un azzurro incredibile, Jake Kelly è, come Eliza scoprirà in seguito, allo stesso tempo l'orgoglio e la pecora nera della famiglia, un "ragazzo problematico" già cacciato da due collegi in Australia, loro terra d'origine. Il trasferimento in Inghilterra è una sorta di ultimo tentativo, la speranza di raddrizzarlo una volta per tutte.

Non funzionerà. Mai niente funzionerà. Ma Eliza ancora non lo sa.

In questo momento sa solo che è il ragazzo più affascinante che abbia mai conosciuto, lì in piedi nell'uniforme scolastica con la cravatta allentata, la giacca abbandonata chissà dove. Ha un anno più di lei, questo lo sa perché ha sentito la madre parlare del figlio dei Kelly, così come sa che frequenta la scuola dei ricchi, quella del paese vicino, che ha già combinato qualche "pasticcio" e che il padre sta pensando di spostarlo in un istituto più rigido.

«Ehm... ciao.»

Lui la soppesa, approva, le sorride e si appoggia allo stipite. «Ciao, piacere di conoscerti.»

Dice tutto con uno spiccato accento australiano, ed è tipico di Jake, anche questo Eliza lo scoprirà in seguito. Calcare sulle sue origini. Sa essere tutto charme e sole e onde, quando gli fa comodo.

Ci vorrà un pezzo prima che Eliza si renda conto che è tutta superficie, una recita, proprio come la sua quando interpreta l'ape regina.

Ma tutto questo è di là da venire. Al momento, Eliza si limita a contraccambiare il sorriso. «Sono passata a prendere mia madre. Beth?»

«Eccomi, tesoro, arrivo, scusa il ritardo.»

Sua madre vola alla porta, si infila la giacca strada facendo, ed Eliza nota che ha i capelli arruffati, il rossetto tutto sbavato, e non capisce, non ora, che pulire non è l'unica cosa che Beth fa per il signor Kelly.

«Ci vediamo» le dice Jake, ed Eliza vi percepisce una promessa e una minaccia insieme.

Le piace.

All'inizio sono un segreto, Eliza e Jake. Lei inizia ad avere bisogno più spesso dell'auto, perciò deve passare di frequente a prendere la madre in quella casa elegante, e le capita molte volte di arrivare in anticipo, ritrovandosi costretta ad aspettarla.

La prima volta che Jake la bacia è nell'auto, parcheggiata nel viale d'accesso sotto la pioggia battente, e lui sa di fumo e gomma alla cannella, ed Eliza in un attimo si ritrova innamorata persa, è talmente coinvolta che non si accorge di quello che sta succedendo con sua madre. La sua improvvisa distrazione, il telefono che squilla a tutte le ore, il fatto che sembri essere sempre a casa dei Kelly, sabato compreso. Niente di tutto ciò appare strano alla figlia. Eliza vive in una sua bolla, fatta di scuola e di Jake, perciò cade letteralmente dalle nuvole quando, all'incirca un mese dopo quel primo bacio, Jake glielo domanda. «Lo sai che i nostri genitori scopano, vero?»

In quel momento loro due sono nel letto di lui, la porta chiusa a chiave, la musica a tutto volume, non che sia necessario.

Eliza non ha mai visto nessuno capace come lui di sfangarla sempre.

Gli appoggia una mano sul torace, ci si puntella per guardarlo negli occhi. «Di cosa stai parlando?»

Lui annuisce e le accarezza il fondoschiena. «In caso tu non l'abbia notato, è sempre qui. E questa casa non è poi così pulita, fiorellino.»

In effetti ha senso, anche se le basta pensarci per sentirsi torcere lo stomaco. C'è qualcosa di... *patetico*, in quella storia. L'amante di un riccastro, sempre pronta ai suoi ordini.

Ma Eliza non si rende davvero conto di *quanto* sia patetico fino a quella sera di aprile in cui sua madre non torna a casa.

All'inizio non è in pensiero, anzi. Le piace avere la casa tutta per sé, e immagina che la madre sia di nuovo con il signor Kelly. Quando il telefono squilla, non viene colta da nessuna premonizione sul fatto che la sua intera vita sia sul punto di essere sconvolta.

La prima cosa che sente all'altro capo è la madre che tira su con il naso. «Oh, piccola. Piccola, mi dispiace tantissimo.»

E poi arriva il resto. Stava semplicemente «facendo un salto giù a Londra, nel pomeriggio» quando è stata fermata a King's Cross, ed è saltato fuori che il borsone che aveva con sé conteneva tre chili di cocaina, e in questo momento è chiusa in cella a Londra, e ha chiamato il signor Kelly per vedere se poteva pagarle la cauzione, ma lui non le risponde, quindi non sa bene quando riuscirà a tornare a casa.

«Mamma.» A Eliza si spezza la voce, sta sudando freddo. «Devi dirglielo, che la droga è sua. Ai poliziotti. Perché è sua, vero? È stato lui a fartela portare a Londra?»

«Jack non c'entra niente con questa storia.»

«Certo, perché tu per puro caso avevi con te tre chili di coca e hai deciso di portarteli a Londra mentre andavi a fare un giro. Mamma, per favore!»

La risposta di sua madre arriva bassissima, esausta. «Tanto comunque non cambierebbe niente.»

E infatti non cambia. Sua madre non torna più da Londra, condannata a dieci anni per detenzione di stupefacenti con finalità di spaccio. Non farà mai il nome di Jack Kelly, si proclamerà colpevole e verrà inghiottita dal sistema.

La sua ultima sera al paesino, quella prima che sua zia – sorella di sua madre – la porti con sé nell'Essex, Eliza vede Jake ancora una volta. Dopo l'arresto di sua madre è stata lontana, lontana da lui e da tutta la sua cazzo di famiglia, ma sa che presto torneranno in Australia, e continua a pensarci, a lui, a suo padre, quell'accidenti di padre, in un'altra dimora signorile, dove potranno ripartire come se niente fosse, cancellare il passato, pulire le macchie.

Eliza siede in auto, gli occhi che le bruciano per quanto ha pianto, un fazzoletto appallottolato in mano, e Jake accende uno spinello, glielo offre.

Lei non accetta, la sola idea della droga ormai le dà la nausea. Ha fatto voto di non toccarne mai più.

Jake si limita a fare spallucce e inspira, il fumo azzurro che gli finisce nei polmoni, e poi lo espira nell'abitacolo, ed Eliza si sente girare la testa.

«È tutto così ingiusto» mormora.

«Già, vero? Va sempre a finire così» replica lui con assoluta nonchalance, ed Eliza lo fissa.

È davvero affascinante, stagliato nella luce aranciata del lampione, e di colpo Eliza capisce che uomini come suo padre – uomini come lui –, qualunque cosa facciano, se la caveranno sempre.

Era convinta di avere scoperto chissà quale segreto, e invece il suo dono non è niente rispetto a quel riservatissimo club maschile.

«Infatti.» Eppure, già mentre risponde pensa che in fondo non è detto.

*Non deve per forza andare così.*

*A me non succederà.*

A-wandering_heart: Qualcuno ha mai sentito parlare della #isoladiMeroe? Mi risulta che sia a pochi giorni di vela dalle Hawaii, e io e alcuni amici pensavamo di andarci dopo la #Hawaiianpro. Opinioni?

Shaka2379: @a-wandering_heart Non fatelo. Quel posto ha una pessima atmosfera. Io e alcuni amici ci siamo fermati due anni fa 2/10 non ve lo consiglio

A-wandering_heart: @shaka2379 LOL, okay?? Cosa intendi con "pessima atmosfera"?

Shaka2379: @a-wandering_heart Nn so, ma ci è morta un sacco di gente, in quel posto, e alla fine è un po' inquietante. Dovevamo starci per una settimana, scappati dopo due giorni. Se ci vai, sei avvisata

Urboyrobbroy: @Shaka2379 @A-wandering_heart Cacasotto!!! Di più per noialtri!!! #cannibalianoi #influencerdelcazzo

Twitter, marzo 2022

# ADESSO

# 15

L'altra imbarcazione getta l'ancora dietro la *Susannah* e la *Azure Sky*. Lo prendo per un buon segno: chiunque ci sia a bordo, è rispettoso e mantiene le distanze.

«Dovremmo montare sul gommone e andare a salutare?» Nico mi cinge le spalle con un braccio, gli vado un po' più vicina.

«Tipo comitato d'accoglienza? Non mi sembra una brutta idea» risponde Jake.

Eliza li guarda. «Io non mi sento per niente accogliente, tesoro. Perché non andate voi due? E già che ci siete, mettetegli una paura del diavolo.»

Jake ride. «Ah, certo, niente intimidisce più di un tizio in pantaloncini color salmone e un altro con la bandana.»

Proprio allora però un uomo si tuffa dalla barca e prende a nuotare verso riva.

«Be', almeno rispetta le usanze locali» scherza Amma, ma siamo tutti troppo tesi per ridere.

Non riesco a impedirmelo: vedere un'altra persona che raggiunge l'isola che ormai consideravamo *nostra* mi fa diventare possessiva.

Non sapevo di esserci portata, e mi fa specie fino a che punto regrediamo abbassandoci agli istinti più primitivi quando ci lasciamo alle spalle la civiltà, anche solo per poco.

Lo sconosciuto è un nuotatore provetto, raggiunge la riva in men che non si dica e ci si avvicina incespicando, un sorriso enorme in faccia.

È scheletrico, i calzoncini bassi sui fianchi, trattenuti da una cintura talmente vecchia e logora che a prima vista la scambio per un pezzo di spago. Ha i capelli rasati quasi a zero, la pelle rosa nei punti in cui evidentemente si è scottato al sole. Però ha un sorriso gradevole mentre ci guarda, le mani sui fianchi. Non è neanche lontanamente alto come Jake, ma un po' più di Nico sì. Ciò nonostante, so che con uno spintone ben assestato perfino io potrei avere la meglio su di lui.

«Che paradiso, eh?» Allarga le braccia, e quando ci limitiamo a guardarlo le abbassa, fa un altro passo avanti e porge una mano. «Sono Robbie.» Americano, con un accento del Sud che non riesco del tutto a localizzare. «Spero che non ci siano problemi se mi sono permesso...?»

Jake è il primo a stringergli la mano, con quel sorriso fantastico che gli ho già visto prima, solo che questa volta non gli raggiunge gli occhi. Mi domando se tutta la sua cordialità non sia sempre stata una recita e sia io a essermene accorta solo ora.

«Jake Kelly. Più siamo e meglio è, amico.»

Robbie sgrana gli occhi, il sorriso che si fa ancora più largo.

«Ahhh, un australiano, graaande!» replica con quella sua pronuncia strascicata. Poi ci guarda. «E quante belle signore. Accidenti, è addirittura meglio di quanto avessi sognato.»

Fantastico, un viscidone del cazzo.

Prendo la parola. «Ciao, io sono Lux. Lui è il mio ragazzo, Nico, e queste sono Brittany e Amma.»

«E lei è Eliza, la mia dolce metà» conclude Jake, abbracciando Eliza e tirandola un poco avanti. «Allora, Robbie. Cosa ti porta all'isola di Meroe?»

«Niente di particolare.» Robbie si china a grattare una puntura d'insetto sullo stinco. «Solo voglia di allontanarmi un po' dalle solite rotte, avete presente?» Di nuovo il sorriso tutto denti. «Un amico ci si era fermato qualche anno fa, mi ha detto che era di un bello folle e così ho pensato: be', andiamo un po' a vedere di persona! E devo dirlo, pare che avesse proprio ragione. Questo posto è strafico.» Guardando Nico, gli indica la testa. «Mi piace la tua bandana, amico.»

C'è qualcosa in questo tizio che mi infastidisce subito, a pelle. Qualcosa che mi dà i brividi, tanti. Mi ricorda certi tipi che venivano al Cove, quelli che ordinavano sempre e solo birra da due soldi e stavano tutto il tempo a guardarci le gambe e sbavare.

«Arrivo da Papeete» prosegue. «Meta finale le Hawaii, in teoria, ma vediamo.»

Ha catturato l'attenzione di Jake e Nico. «Tahiti?» Nico fa un passo avanti. «Cazzo, amico, è lunghissima da fare tutta da solo.»

Robbie allarga di nuovo le braccia. «Cos'è la vita se non la vivi, giusto?»

Incrocio lo sguardo di Eliza, la vedo storcere appena la bocca. Come me, anche lei non pare del tutto a suo agio con le... vibrazioni di questo tipo. Mi avvicino a Brittany: «Adoro quelli che parlano come un account motivazionale di Instagram» le bisbiglio.

Le scappa un grugnito e Amma ci lancia un'occhiataccia.

All'improvviso Robbie batte le mani. «Allora! Avete qualcosa da mangiare? Perché non vi nascondo che sto morendo di fame.»

---

Sembra il replay della nostra prima sera sull'isola. Buon cibo – Eliza e Brittany hanno cucinato insieme, a bordo della *Azure Sky* –, buon vino, troppo di entrambi, ma ora c'è questa persona in più, a torso nudo e magra come un chiodo, che puzza di acqua salata e grasso per motori e troppo tempo trascorso in solitudine.

Non mi piace proprio.

Sarà anche sbagliato, come disprezzare un cucciolo bastonato o roba del genere, ma mentre lo osservo ficcarsi in bocca quintali del cibo di Jake ed Eliza e farsi fuori da solo un'intera bottiglia di Sauvignon Blanc, vorrei tanto poter riportare indietro gli orologi di qualche ora, quando eravamo solo noi sei.

«Questo posto ha un passato un po' del cazzo, vero?» dice ora. Sta ancora tenendo la bottiglia per il collo, le nocche rosse e spellate, la luce del fuoco che gli disegna ombre strane sotto gli zigomi, negli occhi. «Marinai che si sono mangiati a vicenda e robaccia del genere...»

«C'è stato un naufragio, sì» rispondo mentre rovisto nel frigorifero portatile in cerca di un'altra bottiglia di vino. È piuttosto imbarazzante quanto in fretta ci siamo abituati a considerare nostre le provviste di Eliza e Jake. Certo, abbiamo contribuito con un vasetto di burro di noccioline e qualche birra qua e là, ma tutta la roba buona è loro. Mi passa per la mente l'idea che sarebbe il caso di pagargli tutto quello che ci siamo sbafati, ma all'improvviso ricordo che dei quattro della *Susannah* non sono certo io quella con i soldi.

Al di fuori del cerchio di luce del falò, la notte è buia, tranne che per le stelle e il fugace lampo bianco delle onde che si frangono. Tengo d'occhio Robbie mentre affondo il cavatappi. «Quanto al cannibalismo, non saprei.»

Robbie ride, un suono catarroso, umido. «Oh, se c'è stato un naufragio, ci sono stati dei cannibali. In qualche modo bisogna pur sopravvivere.» Si guarda intorno. «Perché, voi non lo fareste?»

«Che schifo!» sbotta Amma alzandosi, ma Robbie non sembra offendersi.

«Sì, in effetti. Ma comunque è successo.»

«Non possiamo saperlo per...» esordisce Brittany, ma Nico la interrompe.

«In realtà sì, lo sappiamo. L'amico qui ha ragione. Quando la *Meroe* ha fatto naufragio sull'isola, c'erano trentadue sopravvissuti. Alla fine, però, erano rimasti in otto. C'è stato un processo e tutto quanto. La parte del cannibalismo non è arrivata ai giornali, ma non c'è dubbio che non ce l'avrebbero fatta se non avessero mangiato quelli che morivano.» Con un sorriso, dilania un gambero con un morso. «Carne umana. A quanto pare ha lo stesso sapore di normale carne cotta sul barbecue.»

Lo stomaco mi si rivolta, e guardo il piatto ancora mezzo pieno che ho davanti. È pesce, cotto alla griglia e molto saporito, ben diverso da ciò di cui sta parlando Nico, ma so che per questa sera non riuscirò a mandare giù altro.

«Ma forse erano solo... non so, più forti o roba del genere. Più coriacei.»

Questo fa scoppiare di nuovo Robbie in una risata, ma stavolta suona più ostile. «Oh, più coriacei lo erano di sicuro. Luoghi come questo hanno questo effetto, sulle persone. Rivelano chi sei davvero, una volta eliminate tutte le stronzate.»

Mi rivolge di nuovo quel ghigno, i denti gialli leggermente storti.

«È per questo che sono sopravvissuti.»

## 16

La mattina successiva mi sveglio troppo presto, la luce nella cabina è un lilla tenue mentre mi districo piano dall'abbraccio di Nico e infilo il costume da bagno ancora umido che avevo appeso all'anta di un mobiletto.

La cabina è un po' un macello, mi rendo conto guardandomi intorno, forse oggi pomeriggio dovrei tornare a dare una sistemata. Ultimamente trascorriamo così tanto tempo sull'isola che la *Susannah*, che all'inizio avevamo pensato sarebbe stata la nostra base, comincia a sembrare più una semplice area di sosta. Il posto dove dormiamo e ci vestiamo e a volte preleviamo qualcosa da mangiare, fine.

Esco sul ponte proprio mentre nasce il sole, e sia il cielo sia l'acqua assumono tonalità fantastiche di rosa e arancione. Sorrido felice mentre mi tuffo, l'acqua che mi sommerge, tiepida e salmastra.

Pochi minuti e sono sulla spiaggia. Mi avvio subito alla tettoia improvvisata fatta da Jake l'altro giorno. Contiene qualche libro, grazie a me, qualche asciugamano e di solito alcune barrette proteiche, uno dei pochi contributi alimentari forniti dalla *Susannah*.

Arrivata più vicina, mi accorgo che qualcuno mi ha già battuto sul tempo. Robbie.

«Buongiorno!» Si è accaparrato uno dei teli batik di Eliza. Con un braccio intorno alle ginocchia ossute, trangugia una barretta spargendo briciole a destra e a sinistra. Accanto ha anche una bottiglietta di birra, mezza vuota.

«La migliore colazione del mondo, una birra mentre guardi una bellissima donna che esce dall'acqua.»

Lo dice senza imbarazzo, il tono amichevole, ma comunque non mi piace, come non mi piace il modo in cui il suo sguardo mi lambisce in ogni dove.

Però è il suo primo giorno con noi e magari è solo uno di quei tipi fatti così, che proprio non si rendono conto di farti accapponare la pelle.

Mi costringo a sorridere. «Lo confesso, mai bevuta una birra a colazione.»

«Oh, cara mia, non c'è niente di meglio, garantito!» Mi offre la bottiglia. «La birra di mattina dà il tono alla giornata, sai? All'intera cazzo di giornata.»

Scuoto la testa. «No, grazie.»

«Peggio per te.» Detto questo, beve un altro sorso e addenta un altro boccone di barretta. Vedo che accanto a lui ci sono altri due incarti vuoti e di nuovo mi devo costringere a cacciare indietro l'irritazione.

Per quanto mi sforzi, però, non riesco a evitare un tono tagliente. «Allora, quanto pensi di fermarti?»

«Mah, non saprei. Sai come si dice, vedrò dove tira il vento.»

Con la bocca piena, punta ciò che è rimasto della sua – della *nostra* – barretta verso la giungla. «O magari mi trovo un angolino e mi accampo. Vivere in paradiso per il resto dei miei giorni.»

Questa volta, nel suo sorriso tutto denti è rimasto incastrato un pezzo di mirtillo: sento lo stomaco fare una capriola.

«Vivere qui?» domando avvicinandomi alla tettoia in

cerca di una bottiglietta d'acqua. È calda e ha un retrogusto chimico, ma ci voleva.

«C'è gente che l'ha fatto. Tipo, ho letto questa storia di un tizio che era di stanza qui durante la Seconda guerra mondiale. La guerra era finita, ma lui non aveva voglia di tornare indietro. Il mio amico, quello che è venuto qui un paio d'anni fa, ha detto di avere trovato i resti della sua baracca nella giungla. Il tizio era andato da un pezzo, ovviamente. Cioè, ora dovrebbe avere tipo novant'anni e passa. Comunque l'ha fatto. Ha realizzato il sogno!»

Un'altra risatina e Robbie si adagia all'indietro, puntellandosi sui gomiti. «Magari lo farò anch'io.»

Penso all'idea di trascorrere la nostra ultima settimana qui in sua compagnia e devo costringermi a non fare smorfie.

«E non è stato l'unico, sai? Non è stato l'unico a dire "'fanculo tutto" e piantare le tende qui. Il mio amico, Chipper, ha detto di essere sicuro che ci fosse qualcuno che viveva qui. Continuava a sentire dei rumori, a trovare trappole tra gli alberi, roba del genere.»

«Ma nessuno potrebbe sopravvivere a lungo, su quest'isola.» Eppure, proprio allora mi viene in mente il teschio che abbiamo trovato vicino alla pista d'atterraggio, prova concreta che qualcuno qui c'è vissuto e ci è pure morto. «Non senza fare rifornimento.»

«Facile come bere un bicchier d'acqua, bimba. Fai un salto alle Hawaii, ti rifai le scorte, e poi te ne torni qui e riprendi a vivere in paradiso.»

Allarga le braccia come ha fatto ieri sera, in un gesto che comprende tutta l'isola, e a me viene spontaneo guardare oltre la prima fila di alberi, verso il buio della giungla.

Nell'ultima settimana abbiamo avuto la sensazione

che questo posto fosse tutto nostro, il nostro Eden privato.

Ma Robbie ha ragione. Basta possedere una barca e si potrebbe stare qui per sempre.

L'idea che questo tizio non sia l'unico con cui stiamo condividendo l'isola mi spedisce un brivido dritto lungo la spina dorsale, ed è con gran sollievo che mi sento chiamare. «Lux!»

È Jake, sta risalendo la spiaggia. È arrivato in gommone, fermandosi un po' più lontano, lungo la costa.

Indossa un paio di sbiaditi calzoncini da bagno rossi e delle scarpe da vela. Sposta lo sguardo su Robbie.

«Ehilà, buongiorno.» Il tono è abbastanza amichevole, ma il sorriso non gli raggiunge gli occhi.

«Buongiorno a te!» Robbie si alza e si spazzola via la sabbia dai pantaloncini. «Non ci stavo provando con la tua ragazza, giuro.» Lo osservo attentamente, cercando di capire se ci sta prendendo per il culo.

«Non sono la sua ragazza» replico mentre, in contemporanea, Jake dice: «La mia ragazza è ancora sulla barca».

Robbie ci guarda, poi ridacchia e scuote la testa. «Giusto, giusto, tu stai con quell'altro, quello con...» Si indica il bicipite. Intende il tatuaggio, suppongo. «Mentre invece la tua ragazza è bionda. Ora ricordo.»

Jake mi fa l'occhiolino e io mi sento avvampare. Già solo l'ipotesi che stia con lui mi... imbarazza? Mi mette a disagio, ecco. È come quando si sogna di fare sesso con un amico o un collega. Fino a quel momento non ci avevi minimamente pensato, ma all'improvviso diventa una possibilità.

«Be', almeno mi attribuisci un ottimo gusto» commenta Jake, facendomi ridere. Poi mi fa un cenno. «Vieni, Lux. Voglio mostrarti una cosa.»

---

Mi guida in fondo alla spiaggia, oltre il gommone, e arriviamo in una piccola insenatura dove la costa sale a creare una sorta di scogliera sull'acqua. Niente di che, saranno tre metri scarsi, però è difficile arrampicarsi, si scivola tantissimo, e quando Jake mi offre la mano la accetto, il suo palmo caldo contro il mio.

L'immagine di lui ed Eliza alla pozza mi sfreccia di nuovo nella mente, e il sangue mi si accende. Incespico proprio mentre giungiamo in cima.

Lui si volta a guardarmi. «Tutto bene?»

Sorrido. «Sì, benissimo.»

In cima è steso un altro dei teli di Eliza, vicino agli alberi così da sfruttarne l'ombra, e ci sono un altro frigorifero portatile e una pila di tascabili. «Eliza e io abbiamo pensato che il nostro rifugio iniziale rischiava di diventare un po' troppo affollato, perciò abbiamo deciso di piantarne un secondo. Ti piace?»

«Molto. Ma dov'è Eliza?»

«È andata a farsi una passeggiata. Temo che si stia un po' stufando di me, a dirla tutta» aggiunge infilando le mani in tasca.

Lo dice in tono leggero, ma mi preoccupa. «C'è qualche problema?»

«No, no, tutto bene. Siamo solo stati un po' troppo appiccicati per un po' troppo tempo, suppongo.»

Mi schermo gli occhi guardando la spiaggia e sulla sinistra vedo Eliza, i capelli biondi al vento. Si è allontanata parecchio. «Mi ha raccontato che vi conoscete da quando eravate adolescenti?»

«Già. Primo amore. Sono rimasto di sasso quando l'ho rincontrata qualche mese fa. Ero in questo pub di Canberra, e *bam*! Me la vedo fendere la folla, in mano una pinta di birra, sembrava una dea.» Scuote la testa, ancora sorridente al ricordo. «E la cosa ironica è che all'inizio non l'ho riconosciuta! Ho solo pensato: "Wow, che bella donna, dovrei andare a presentarmi"... e poi di colpo...»

«E poi di colpo Eliza» concludo per lui e Jake ride.

«Sintetizza alla perfezione tutta la mia vita. Sul serio. *E poi Eliza*. Comunque, siamo ripartiti da dove eravamo rimasti, come se il tempo non fosse passato.»

Lo guardo, e mi accorgo che anche lui la sta osservando. «E dunque cosa, avete semplicemente deciso di... girare il mondo insieme?»

«Qualcosa del genere, sì. E tu e l'intrepido signor Johannsen?»

Gli riassumo velocemente l'incontro con Nico al Cove, i mesi a Maui.

«Siamo stati fortunati, eh? A incontrare persone che ci hanno portato con loro in questa fantastica avventura.»

Lo fisso, stupita. Chissà come mai, ero convinta che l'idea fosse stata sua. Jake sorride e mi dà una gomitatina. «Sa essere parecchio convincente, la mia Eliza. Lei dice: "Dovremmo andare in una cazzo di isola deserta" e *bang*!, tu ti ritrovi a fare vela verso una cazzo di isola deserta.»

Questo lo capisco eccome. Eliza ha quel tipo di energia. È il genere di persona che ci tieni a compiacere. Forse perché sa individuare la versione di te che vorresti disperatamente incarnare.

Qualcosa brilla al sole, catturando la mia attenzione. Stagliata più in giù, sempre contro gli alberi, c'è una fila di bottiglie di vino e di birra vuote.

Le indico a Jake. «Cos'è, fate anche voi come quelli delle confraternite, collezionate bottiglie vuote?»

Jake ride. «Non esattamente.»

Di fianco alla pila di libri c'è una scatola nera, anonima, plastica dura o forse metallo.

Ci si avvicina e la apre.

Contiene una pistola.

Mi si secca la gola.

Non avevo mai visto un'arma tanto da vicino. Nico ha la pistola lanciarazzi, ovviamente, chiusa a chiave in una scatola bianca e arancione giù in cabina, ma questa è vera, un affare letale di lucido metallo scuro, e vedendo la mia espressione Jake ride di nuovo.

«Fidati, fiorellino, non è il massimo ritrovarti in mezzo al nulla senza avere con te uno di questi aggeggi. Anche se alla fine l'unico scopo per cui la uso è sparare alle bottiglie.»

Me la porge.

«Vuoi provare?»

Le armi non mi piacciono, non ho mai avvertito la necessità di possederne una, però guardo l'oscurità che giace dietro gli alberi e ricordo le parole di Robbie, su qualcuno che ci si nasconde.

«Perché no?» L'istante successivo me la ritrovo in mano, calda e pesante, e Jake è alle mie spalle e mi mostra quanto alzare le braccia, come assumere la posizione corretta.

«Attenta al rinculo, è una bella botta se non sei pronta, tieniti forte. Occhi sul bersaglio, gomiti sciolti. Bravissima, così.»

È proprio dietro di me, la pelle calda contro la mia, e di colpo divento consapevole del suo torace nudo vicinissimo al mio leggero costume da bagno. Eppure non c'è niente di viscido nella sua posa, si tiene rispettosamente a distanza mentre mi aiuta ad assumere la posizione.

«Punta.»

Miro a una delle bottiglie più grosse, azzurro chiaro, la ricordo piena di Riesling appena ieri.

Tiro indietro il cane, il cuore che mi rimbomba nelle orecchie.

«Adesso pensa a qualcuno che detesti con tutto il cuore e fai fuoco.»

Rido, ma bastano quelle parole per farmi comparire davanti agli occhi il viso di Robbie che mi chiama "bellezza", quel cazzo di mirtillo tra i denti.

Tiro il grilletto.

# *PRIMA*

Alla fine, dopo Roma non tornano a casa. Si trasferiscono a Londra, invece, dove il clima è più fresco, le notti più chiassose, e Brittany si domanda come abbia anche solo potuto pensare di porre termine al viaggio.

Chloe ha chiesto se a loro stava bene se andava pure lei, proprio come Brittany aveva sperato. Amma ha accettato, anche se Britt ha visto chiaramente come gli occhi le si siano induriti, la mascella irrigidita. La risposta è arrivata monocorde. «Certo, ottima idea.»

La prima sera la trascorrono al pub, ovviamente. Ha un nome stupido – qualcosa di prevedibile e ovvio tipo Lion's pub – e le pareti sono scure, straripanti di ritratti di aristocratici tutti impettiti che uccidono animali completamente innocenti. Mentre Amma è al bancone a ordinare altri drink, Chloe fa scivolare la mano nella giacca di un tipo, pesca un rotolo di banconote e le passa a Brittany.

All'inizio lei ci rimane di sale.

Non si può semplicemente *derubare* la gente. Si chiama furto, mica sono piccole orfanelle in un romanzo di Dickens, che cazzo, ma Chloe le strizza l'occhio e, prima ancora di rendersene conto, Brittany sta già infilando il malloppo in borsa.

Quella notte non riesce a dormire, giace sveglia nel letto dell'ostello, in attesa. Di sirene o uomini muniti di torce che facciano irruzione, che le rivoltino la borsetta per farne uscire il denaro. Confesserà tutto, spiegherà che è stata davvero stupida, ha commesso un errore madornale.

Ma non succede. E, la mattina successiva, Brittany offre a Chloe e Amma una colazione sontuosa con il denaro rubato, e nessuno le dice nulla, nessuno le lancia occhiate sospettose, ed è... piacevole. Inoffensivo.

È strano condividere un segreto con Chloe, anziché con Amma, ma Amma non capirebbe. Amma ha perso il fidanzato, e fa male, Brittany lo capisce, ma non è la stessa cosa che perdere tutta la tua famiglia.

Non ha mai raccontato ad Amma l'intera storia. Di come un tizio con un nome a dir poco ridicolo, Sterling Northcutt, avesse alzato il gomito durante le vacanze di primavera, e subito dopo si fosse messo al volante di un mastodontico SUV a noleggio e avesse superato la doppia striscia al centro della carreggiata, piombando sulla giudiziosa Prius che il padre di Brittany aveva acquistato appena un anno prima.

Un tizio l'ha privata dell'intera famiglia con le sue scelte stupide e irresponsabili. Un tizio incredibilmente somigliante al coglione che era seduto in quel bar di Trastevere, e l'idea che Chloe potrebbe averlo ferito, anche se poco, l'aveva riempita di una soddisfazione feroce.

"'Fanculo 'sta gente" aveva pensato. "Questi tipi con troppo denaro e troppo poche responsabilità e neanche un cazzo di barlume di coscienza."

Il mondo era stato fin troppo generoso, con loro. Che male c'era ad alleggerirli un po'?

Inoltre, se fosse riuscita a continuare così, avrebbe potuto evitare per sempre di tornare a casa. Non sarebbe mai più stata costretta a pensare a come avrebbe vissuto *nel dopo*.

Trascorso appena qualche giorno in Gran Bretagna, Chloe ha già un nuovo piano.

«Australia?»

Lei e Brittany sono in camera, all'ostello. Amma è andata nel piccolo Internet Cafè vicino alla stazione, ha detto che doveva spedire alcune mail, ma Brittany sa che avrebbe potuto farlo dal cellulare: si domanda se la sua amica non avesse solo bisogno di una pausa.

*Lei* a volte avverte il bisogno di una pausa da Amma. Più il viaggio si allunga e più Brittany ricorda che lei e Amma non sono vecchie amiche come fingono di essere. Amma è semplicemente una persona che condivide con lei l'esperienza di una perdita dolorosa, ma, in fondo, non hanno nient'altro in comune.

Brittany non ha molto in comune neanche con Chloe, a voler essere sinceri, ma Chloe è più spensierata, è più divertente stare con lei.

Non è un promemoria vivente di ciò che le è successo.

E, adesso, Chloe vuole che Brittany l'accompagni in Australia. Si sporge verso di lei, le sfiora un ginocchio. «Non hai voglia di vederla?»

Certo che ne ha voglia! Brittany ha adorato l'Europa, ma l'Australia sarebbe una vera avventura. Un posto in cui non ha mai neppure sognato di recarsi.

«Hai ancora parecchi soldi, no?»

Non hanno mai parlato dei suoi fondi, prima. Non di quanto abbia, non di quanto abbia speso. Alla fine dovrà decidersi a dirglielo, Brittany lo sa. Raccontarle dei genitori, dell'incidente. Dell'assicurazione e dell'accordo con la famiglia di Sterling Northcutt.

Per adesso, però, si limita ad annuire. «Sì.»

«E allora è fatta!» Chloe ride. «E se il denaro dovesse diventare un problema, possiamo sempre stare da certi amici miei, o trovare un altro ostello che costi poco. Te lo garantisco, si può fare.»

E poi si allunga verso la borsetta, tira fuori un rotolo di banconote. «E, ovviamente, ci sono sempre i ragazzi delle confraternite.»

Brittany si allunga a prenderle la mano, quella con i soldi. Li sente frusciare appena sotto le dita e il cuore le si fa leggero all'idea che tutto questo possa continuare, che la *casa* possa allontanarsi sempre più.

«Facciamolo.»

# ADESSO

# 17

Robbie è qui da quattro giorni.

Continuo ad aspettare di alzarmi una mattina e scoprire che la sua barca è andata, che è salpato per la sua meta successiva, qualunque essa sia. E invece no, è sempre qui, ogni giorno, quella imbarcazione dal nome assurdo e chilometrico che ricorda una canzone che forse allude alla droga e forse no, *Last Dance with Mary Jane*.

*Lui* è sempre qui.

Il secondo giorno, quello in cui Jake mi ha fatto sparare, Robbie è rimasto seduto in spiaggia per ore, a intagliare un pezzo di legno portato dal mare con un coltellino tutto storto e malmesso. In seguito si è dileguato nella giungla, a tracolla una borsa di tela nera dall'aria assai vissuta.

Il terzo giorno ha annunciato che sarebbe andato a pescare, ed è rimasto nell'acqua bassa con una lenza legata a un wurstel.

«Stupido coglione!» ha gridato Jake, e Nico ha allungato lo sguardo per controllare che cosa stesse facendo. «Ehi, amico! Non mangiare niente di quello che peschi!»

Nico gli ha lanciato un'occhiata incuriosita. «Perché non dovrebbe, scusa?»

«Perché la maggior parte di quei pesci è velenosa. Ci

resti secco in un paio d'ore, se li mangi.» Jake ha sorriso. «Un'altra delle belle sorpresine di quest'isola. Mi stupisce che non lo sapessi.»

Un'espressione strana ha attraversato il viso di Nico, ma è sparita prima che riuscissi a identificarla.

In ogni caso non era importante, perché Robbie non ha preso un bel niente.

Il quarto giorno, la spiaggia è vuota quando ci arriviamo tutti insieme a nuoto, e io lascio andare un sonoro sospiro di sollievo mentre ci accampiamo nella nostra posizione iniziale.

«Immagino tu faccia schifo a carte» mi prende in giro Jake mentre mi allungo su un telo. Oggi indossa un paio di calzoncini da bagno a strisce azzurre e bianche, più corti e più aderenti dei bermuda che usa portare Nico, i peli delle gambe dorati che si arricciano al sole.

Avvampo. «Di che parli?»

«Ti si legge tutto in viso. Per esempio, in questo momento è chiaro che sei immensamente grata che il nostro nuovo amico non sia ancora comparso, per oggi.»

«*Ancora.* È questa la parola chiave.» Brittany mi si sdraia accanto, sistemandosi gli occhiali da sole. «Scommetto che non se ne andrà finché siamo qui noi.»

«Già, be'. La prima sera gli abbiamo offerto un banchetto con i controfiocchi, cosa ti aspettavi?»

È stata Amma a parlare, seduta sull'altro lato di Brittany. Ha tirato fuori un tascabile, è quello che stava leggendo Jake quando siamo arrivati, e mi rendo conto adesso che si tratta di un giallo, in copertina alcune figure stilizzate che corrono su uno sfondo blu scuro.

«L'abbiamo dato anche per voi, però» replica Eliza, il tono tagliente. La capisco. Amma è sempre a filo dello scortese, con lei, per quanto Eliza sia sempre carina nei suoi confronti.

«Certo, ma noi non siamo viscidi scrocconi.»

Jake allunga lo sguardo verso l'oceano. «Cattivella, questa.»

Cade un silenzio imbarazzato che si trascina per un po', prima che Eliza riprenda la parola. «Lux, cara, non saresti così gentile da fare un salto sulla *Azure Sky*? Visto che il nostro amico oggi non pare intenzionato a farsi vedere, direi che potremmo aprire una bottiglia di quello buono. Sai dove trovarlo, vero?»

«Certo.» Mi alzo, mi tolgo la sabbia dalle gambe. Il gommone è in fondo alla spiaggia, è facile metterlo in mare. Lo punto verso il catamarano e saluto Nico mentre lo supero.

Come sempre, la *Azure Sky* è pulitissima, il ponte lustro. Via via che i giorni passano, la *Susannah* è sempre più trasandata, il ponte un campo di asciugamani bagnati, scarpe, cime.

Faccio scorrere la porta della cabina.

E mi blocco.

C'è Robbie, mi volta la schiena, la lucertola che ha tatuato sulla spalla che mi guarda lasciva. Mani sui fianchi, l'uomo sta fissando qualcosa vicino al lavello, e la cabina è impregnata del suo odore. Sudore, sale, abiti muffosi...

«Cosa stai facendo?»

Piroetta su se stesso, l'espressione dura prima di riconoscermi, e poi ecco che riappare il solito sorriso da babbeo. «Lux! Stavo solo dando un'occhiata. Sai, mi chiedevo come vive l'altra metà del mondo...» Passa una mano sui mobiletti in tek, esala un fischio ammirato. «E devo ammetterlo, l'altra metà vive un gran bene.»

«Non dovresti essere qui.» Mi trema la voce, detesto sembrare la maestrina che rimprovera un alunno perché se ne va a spasso per i corridoi durante le ore di lezione.

Lui continua a sorridere, ma lo sguardo gli si fa duro. «E *tu* dovresti esserci? Non mi pare che sia la tua barca.»

«Se non fosse che è stata proprio Eliza a mandarmi qui, devo recuperarle una cosa.»

«Jake ed Eliiiza» commenta lui strascicando la pronuncia come sempre. «Siete grandi amici, eh? Amici intimi?»

Avverto il bisogno di scappare di corsa, sto sudando freddo, ma tengo duro, le braccia conserte sul petto, il mento alto. «Quello che voglio dire è che non si va a bordo delle imbarcazioni altrui senza il loro permesso.»

«Se pensi che il crimine più grave che sta succedendo da queste parti sono io che ficcanaso, mi sa che sarai costretta a cambiare idea, bimba.»

«Non chiamarmi così!» Sono sbottata, piena di rabbia e panico. Se urlassi probabilmente gli altri mi sentirebbero, ma quanto ci metterebbero ad arrivare?

«Cercavo solo di farti un favore. Oh, ma che scemo, probabilmente sai già come ha fatto gente di *quel* genere a procurarsi una barca di *questo* genere.»

«Credo proprio che dovresti andartene» commento ferma.

Il sorriso gli si fa ancora più duro, crudele. «L'isola di Meroe è maledetta, lo sai, vero? Tu e i tuoi amici pensate di essere qui a divertirvi, a rubare scatti per Instagram o le altre scemenze che fate voi, ma non è il posto giusto per queste cose.»

«Sei tu quello che vorrebbe restare a viverci» gli ricordo ripensando alla prima sera, quando ci aveva raccontato del suo amico che si era fermato per non so quanto.

«Perché io so benissimo che razza di posto è. Ma tu e i tuoi amici? Quest'isola vi divorerà.» Sbatte insieme i denti con uno schiocco sonoro, mi spaventa al punto che faccio un salto indietro e rischio di cadere sul gradino alle mie spalle.

Questo lo fa ridere ed è il piacere che evidentemente trae dall'avermi messo paura a farmi guardare il coltello che ho vicino.

È quello per aprire le ostriche – non particolarmente letale – ma lo agguanto comunque, e poi mi sporgo verso di lui, fino a puntargli la lama di fianco a un occhio.

La risata gli muore in gola mentre alza entrambe le mani. «Okay, bimba, adesso basta.»

«Ti ho detto di *non* chiamarmi così.»

Avvicino ancora di più il coltello, il fiato corto.

Siamo nel bel mezzo del nulla.

Non ci sono leggi, qui, nessun poliziotto da chiamare, nessun controllo passaporti. Se lo uccidessi, gettassi il cadavere nell'oceano e affondassi la sua barca, chi mai lo saprebbe?

Rendermene conto è una vertigine. Ho trascorso mesi e mesi a Maui a sognare la libertà del mare aperto, ma non ho mai pensato al suo lato più oscuro. Qui siamo liberi da ogni legame. Il che significa che possiamo fare qualunque cosa.

*Io* posso fare qualunque cosa.

«Ascolta, non volevo spaventarti.» Robbie indietreggia.

Gli occhi scuri guizzano da me al coltello e viceversa, nervosi.

Ha paura di me.

Abbasso il coltello e annuisco. «Bene.»

Faccio per voltarmi, ma lui scuote la testa. «Chi se lo immaginava che avessi dentro questo fuoco, bimba? Dimmi, quale di quei coglioni là fuori ti mangerai per primo?»

Con un cenno del capo indica la spiaggia, dove sono riuniti tutti, Jake ed Eliza e Nico e Amma e Brittany, e all'improvviso ho il voltastomaco, vorrei essere ovunque tranne che qui.

«'Fanculo» ma l'imprecazione esce fiacca e lui si limita a ridere un'altra volta.

«Non devi mica vergognartene, bimba. Se c'è qualcuno in grado di battere quest'isola, sono pronto a scommettere che sarai tu.»

Con questo, mi supera velocemente, si dirige alla scaletta, e dopo un attimo si è già tuffato.

Sto ancora tremando, per poco non faccio cadere la bottiglia di vino mentre la estraggo dal frigorifero. Quando finalmente riemergo sul ponte, vedo Jake ed Eliza in piedi sulla spiaggia, che guardano verso la barca. Devono aver visto Robbie in coperta, alzo una mano per fargli capire che va tutto bene e mi calo sul gommone.

Robbie è ancora qui, si tiene a galla e guarda il cielo, e quando lo supero mi sorride tranquillo, come se non fosse successo niente.

Tengo lo sguardo lontano, sulla spiaggia. Insieme a Jake ed Eliza ora c'è anche Nico, mi aspettano dove l'acqua è bassa.

«Cosa ci faceva quel verme sulla nostra barca?» Jake ha sollevato gli occhiali da sole, gli occhi sono azzurri come il cielo, ma l'espressione è furiosa. Non l'ho mai visto così.

«Stava solo curiosando.»

«Brutto stronzo.» Jake guarda Eliza, e adesso che sono di nuovo sulla spiaggia, adesso che sono al sicuro, ricordo le parole di Robbie. *Come fanno due persone di quel genere a possedere una barca di questo genere?*

Una cazzata, un idiota che cercava di mandarmi in pappa il cervello.

Jake fa dietrofront, va alla tettoia. Ci rovista per un attimo, quindi si raddrizza e torna da noi. Il sole si riflette sul metallo.

La pistola.

«Ehi, amico!» Nico ha ancora una mano sul mio gomito, si era accorto che ero malferma. «Non è un po' esagerato?»

«Vado solo a parlargli» replica Jake, ma la bocca è una linea dura, sottile.

Eliza lo fissa. «Jake, per favore.»

Lui però la guarda storto. «Che c'è? Vuoi davvero che si metta a ficcanasare, Eliza? Pensaci bene prima di rispondere.»

«Certo che non voglio, ma penso anche che tutte queste stronzate da macho non siano necessarie. E, francamente, le trovo un po' imbarazzanti.»

«Mi dispiace terribilmente di metterti in imbarazzo, tesoro. Come farai a sopravvivere?»

«Volete piantarla, per favore?» È Amma, ci ha raggiunto, i pugni sui fianchi, lo sguardo che corre da noi alla riva. «Sta arrivando.»

È vero, Robbie è già dove l'acqua è bassa, le gocce che gli rotolano giù da quel corpo tutto pelle e ossa, i pantaloncini zuppi. Mi si avvicina anche Brittany.

«Ti ha detto qualcosa? Mentre eravate a bordo?»

Non so perché non glielo riferisco. A lei, né a nessun altro. Tengo per me tutte le cazzate che ha detto su Jake ed Eliza e la barca. Forse non voglio che la tensione monti ancora più di quanto non abbia già fatto. E comunque non mi ha ferito, né aggredito. Mi sono fatta valere, ricordo ancora la bella sensazione, il gesto di puntargli il coltello in faccia. E vedere la paura guizzargli negli occhi.

Non voglio raccontargli neanche questo, quindi mi limito a scuotere la testa. «No. Niente di importante.»

Ormai Robbie è arrivato, ci si piazza davanti, le mani sui fianchi, in faccia il solito ghigno.

«State dando una festa senza di me?»

Jake avanza di un passo.

«Cosa ci facevi sulla mia barca?»

Il sorriso dall'altro non cede di una virgola.

«Curiosavo. Mi pareva di avere capito che l'accordo qui fosse "*mi casa es tu casa*", hai presente?» Indica noi, la tettoia.

«Be', hai capito male. E se ti rivedo sulla mia barca...»

«Cosa farai? Hai intenzione di trasformarti in Crocodile Dundee?»

Sferra qualche pugno in aria in direzione di Jake, facendo sussultare tutti quanti, e scoppia a ridere. La voce di Nico, però, è bassa e minacciosa. «Piantala, amico.»

Jake non batte ciglio. Si limita a sollevare la pistola, la canna a pochi centimetri dalla fronte di Robbie.

«Jake!» urla Eliza.

Indietreggiando, Brittany mi prende per il braccio e mi trascina con sé.

Robbie sta ancora sorridendo, ma adesso ha un'espressione durissima. «Vacci piano, amico. Qui non siamo nel *Signore delle mosche*, e di certo io non sono quel cazzo di Piggy.»

«Ho l'impressione che tu non sia più il benvenuto, *amico*.» Il tono di Jake è lieve, ma l'arma resta puntata su Robbie. Quand'è che ce l'avevo in mano? Appena due giorni fa? Era allora che sparavo alle bottiglie di vino vuote e ridevo?

Adesso non ho nessuna voglia di ridere.

Amma è pallida e Nico ha ancora una mano alzata, quasi avesse intenzione di mettersi in mezzo a bloccare tutto, ma Robbie e Jake non si lasciano distrarre. Robbie apre e chiude le mani lungo i fianchi, flette le dita.

«Dunque è così?» Scuote la testa, si passa una mano sui capelli rasati. «In tal caso, mi sa che levo le tende.»

«Ottima scelta.»

Jake abbassa l'arma e ho l'impressione di udire un unico, grande sospiro di sollievo.

Robbie gira su se stesso, come per andarsene, e già me lo vedo che nuota fino alla sua barca, issa a bordo quel suo corpo scheletrico e leva l'ancora, lasciandoci in pace.

Invece di colpo torna a voltarsi verso di noi, tanto in fretta che nessuno reagisce, supera Jake assestandogli una spallata che per un attimo gli fa perdere l'equilibrio e si precipita nella giungla.

L'aria è attraversata da uno schiocco secco, talmente forte e ravvicinato che lancio un urlo, le mani che mi volano alle orecchie senza però impedirmi di cogliere l'imprecazione di Eliza.

«Cristo santo!»

*Jake gli ha sparato, ha sparato a Robbie, l'ha ucciso, e noi ci siamo limitati a stare qui a guardare*, mi urla il cervello entrando in loop, ma non ci sono grida, e sento ancora Robbie che si muove tra gli alberi, anche se il suono si va facendo sempre più fioco.

E poi c'è silenzio, e noi restiamo a fissare il punto in cui Robbie è sparito, quello in cui la giungla l'ha inghiottito.

# 18

«Dove cazzo è andato?»

Lo sussurro nel buio della cabina, Nico rannicchiato accanto a me. Siamo rimasti in spiaggia ad aspettare, tutto il pomeriggio, tutta la sera, convinti che Robbie sarebbe tornato. La sua barca era sempre lì, dopotutto, appena dietro le nostre, è lì ancora adesso, sono ore che tendo l'orecchio.

Fin qui, niente.

Jake è ancora in spiaggia, lo so. Monta la guardia. Il pensiero dovrebbe essere confortante ma non lo è, e perfino qui sulla *Susannah* mi sento tesa, i nervi a fior di pelle. Ricordo ancora lo sguardo duro negli occhi di Robbie, lo schiocco dei suoi denti serrati mentre mi si avvicinava.

«Si starà nascondendo nella giungla, suppongo» continuo, visto che Nico non risponde. «Ne aveva parlato, ricordi? Mettersi a vivere qui.»

«E allora che lo faccia, Lux. Chi se ne frega?» Con un sospiro Nico rotola via, e io mi sposto per poterlo guardare meglio.

«Frega *a me*! Potrebbe saltar fuori dagli alberi in qualunque momento, prenderci alla sprovvista. Sa il cielo cosa potrebbe combinare.»

«Ascolta Lux, è un tipo strambo, su questo non ci sono dubbi. Però è innocuo. È scappato via senza portarsi niente, aveva addosso solo quegli orrendi pantaloncini stracciati. È Jake quello con una accidenti di pistola. Robbie probabilmente sta solo aspettando che ci togliamo di mezzo per tornarsene sulla sua barca senza che gli spariamo addosso.»

«Quindi non ti importa che si sia comportato in modo super folle con me, e che adesso *se ne stia in agguato da qualche parte qui sull'isola*?» Ho sempre saputo che Nico è un tipo rilassato, certo non è di quelli che si mettono in agitazione per tutto. Ma gli ho riferito quello che mi ha detto Robbie sulla *Azure Sky*, gli ho spiegato quanto ero terrorizzata.

Lui si tira su a sedere, si passa una mano sulla faccia. «Dico solo che stai sopravvalutando il pericolo che rappresenta, tutto qui.» Riabbassa la mano e mi guarda. «Voglio dire, dai, Amma prima mi stava dicendo che è convinta di poterlo sopraffare in caso di corpo a corpo, e lei pesa tipo quaranta chili scarsi.»

Li avevo visti parlare, in effetti, Amma che rideva di non so quale battuta, Nico che le sorrideva di rimando, e mi ero detta che mi sembrava strano che fossero tanto a loro agio, dopo quello che era successo. Adesso so che stavano parlando proprio degli avvenimenti, e che ci scherzavano sopra. Mi mordo le labbra per evitare di farne uscire qualche malignità.

Nico si allunga verso di me, la mano che mi accarezza il braccio. «Mi rendo conto che è stato spaventoso, piccola. E mi dispiace. Ma davvero, non voglio che tu rimanga sveglia la notte a pensare che quello è il male in persona.»

«Non lo farò. Non è questo il punto.» Gli allontano la mano. «E non apprezzo per niente questo tuo atteggiamento da persona troppo superiore per preoccuparsi. Non su una faccenda del genere.»

Non credo di essermi mai arrabbiata con Nico. Non davvero, non incavolata come si deve, e invece eccoci qui. E non ho idea di come reagirà.

Con un sospiro lui mi si avvicina, la testa puntellata sulla mano. «Lux. Possiamo evitare di discutere?»

Non ho modo di rispondere perché mi si avvicina, le sue labbra sulle mie, e anche se sono ancora infuriata e preoccupata, è facile contraccambiare, aprire la bocca ad accoglierlo, lasciare che mi baci come si deve, la sua mano che ora mi corre sulla cassa toracica, rovente contro la mia pelle.

«Fermo, dai» bisbiglio mentre le sue dita si dirigono all'elastico degli shorts che indosso per dormire. «Brittany e Amma potrebbero...»

Lui esala un grugnito, appoggia la fronte alla mia. «Possiamo fare in silenzio» suggerisce con un sorriso, ma non me la sento.

«Non sono a mio agio.»

«E io non sono a mio agio a non toccarti da giorni» borbotta, il naso che mi solletica la guancia.

Una parte di me si rende conto che è un tentativo di distrarmi, ma visto che funziona non mi importa.

«Non proprio quello che avevamo in piano per la nostra prima grande uscita in barca, vero?» gli domando affondandogli dolcemente le unghie nella clavicola.

«Ci saranno altre uscite. Uscite private, solo tu e io. Tahiti.» Mi bacia la punta del naso. «Fiji.» Un altro bacio. «Ovunque tu voglia andare.»

«Sbaglio o è una canzone dei Beach Boys?» Lui ridacchia, e anche se sullo sfondo c'è ancora la preoccupazione per Robbie, dove sia e cosa stia facendo, in questo momento posso metterla da parte.

Solo per poco.

«Be'... se mi prometti di essere *davvero* silenzioso...» butto lì, appoggiandogli la mano sulla nuca.

«Non è di me che dobbiamo preoccuparci.» Con un ginocchio, mi schiude le cosce mentre mi tira più vicina. Mi bacia di nuovo, e io mi inarco contro di lui, perdendomi nella sensazione della sua pelle sulla mia, nel sapore della sua bocca, nel ruvido della barba.

Ho appena iniziato ad accarezzargli il torace quando c'è un rumore.

La porta della cabina si apre, e al di là della spalla di Nico vedo profilarsi una silhouette.

Amma.

«Scusate.» Sussurra appena nel buio, la mano protesa davanti a sé per evitare ostacoli mentre entra. «Avevo bisogno di bere.»

Dubito che veda qualcosa, con questo buio, ma comunque svicolo via da sotto Nico trattenendo a stento un sospiro irritato.

«Non preoccuparti» replica lui, allegro come sempre, e Amma raggiunge il frigoriferino sotto il lavello.

Recuperata la bottiglietta se ne torna in cabina. Nico è pronto a ripartire, ma lo fermo, una mano sul torace.

«Te l'ho detto. Non mi sento a mio agio.»

Si lascia ricadere sulla schiena. «Merda.»

Gli prendo una mano, intreccio le dita alle sue.

«Domani. Domani troveremo un momento.»

Ma l'indomani è impossibile trovare un po' di privacy. Jake ed Eliza sono già in spiaggia quando ci arriviamo e, forse perché stanno ancora pensando a Robbie, Brittany e Amma ci stanno incollate.

«Qualche segno del nostro amico?» si informa Nico, e Jake scuote la testa.

«Niente di niente. Probabilmente è accampato nella giungla, tutto preso dalla sua avventura alla Robinson Crusoe.»

Guardo gli alberi dietro le sue spalle, accigliata. «Quindi lo ignoriamo e basta?»

Jake segue il mio sguardo, alza il mento.

«Non dico questo. Ma, a meno di avviare una battuta di caccia all'uomo, non saprei cos'altro fare.»

Lo dice con un sorriso, ma ricordo ancora la calma con cui gli ha puntato l'arma alla testa appena ieri, il riecheggiare dello sparo dopo che Robbie era corso tra gli alberi.

E se l'avesse colpito? Non ucciso, ma solo ferito. Cosa avremmo fatto se avessimo sentito Robbie urlare o visto il suo sangue sulla sabbia? Cosa cazzo avremmo fatto, in quel caso?

Mi stringo le braccia attorno al corpo e volto le spalle alla giungla ma avverto un brivido tra le scapole, come se qualcuno mi stesse osservando, e so che sarà così finché o Robbie salterà fuori e se ne andrà, o ce ne andremo *noi*.

Il che, mi rendo conto d'un tratto con grande sorpresa, ormai è questione di giorni.

Come molte cose su quest'isola, anche il tempo si è fatto... sfuggente. Flessibile come a casa non è mai.

Ci si avvicina anche Brittany, il costume violetto che contrasta gradevolmente con l'acqua azzurra alle sue spalle. «Una battuta di caccia.» Scuote la testa, ma sorride. «Dio, riuscite a immaginarlo? Noi che ci facciamo largo nella foresta per uccidere Robbie? Sembra *Lost*!»

Jake ride, e persino Nico sorride, ma l'immagine è fin troppo chiara per i miei gusti, è troppo facile vederla. Sento il sudore che mi si raccoglie dietro le ginocchia, tra i seni, nella fossetta sulla schiena, avverto il brivido della paura ma anche l'adrenalina che mi ha attraversato ieri, quando gli ho puntato addosso quel cazzo di coltellino per le ostriche.

*Dovremmo*. Manca poco che lo dica. *Dovremmo andare a cercarlo prima che sia lui a tornare indietro.*

Non mi piace per niente la piega presa dai miei pensieri. Faccio un cenno di saluto e indico l'acqua.

«Vado a farmi una nuotata.»

Ho paura che Brittany proponga di accompagnarmi, invece fortunatamente si avvia per raggiungere Eliza. La guardo stendersi accanto a lei, abbracciarla con fare scherzoso e attirarla a sé, Eliza che ride mentre gli occhiali da sole le scivolano giù.

Brittany è fatta così, ho scoperto, a suo agio con il proprio corpo e i propri affetti, ma non mi ero resa conto che lei ed Eliza avessero già legato così tanto.

Lancio un'occhiata ad Amma per vedere se le ha notate, ma sta parlando con Nico, le teste vicine, e volto loro le spalle, quasi corro nell'acqua.

È tiepida come al solito, il che di per sé è una bella cosa, ma ho la sensazione che mi avrebbe fatto bene lo shock corroborante dell'acqua fredda. Qualcosa che mi schiarisse le idee.

Nuoto un po' in tondo prima di uscire, diretta alla pila di asciugamani che lasciamo vicino al limitare degli alberi.

Ne ho appena preso uno quando la sento. «È tutto a posto, tra noi?»

Mi giro e vedo Amma, una mano appoggiata al tronco di una palma, gli occhiali da sole sulla testa, a tenere indietro i capelli. Sì, è una donna affascinante, ora anche di più con l'abbronzatura dorata e uniforme, una spruzzata di lentiggini sul naso.

«Scusa?»

Incrocia le braccia sul petto, fa spallucce. «Non so. Ho questa sensazione. Come se ti avessi fatto incazzare in qualche modo.» Alza una mano. «Ah, e quando poi sono tornata in cabina, ieri sera, mi sono resa conto che probabilmente vi avevo interrotti, il che mi imbarazza a morte.»

«Oh, non preoccuparti, niente di grave» replico con nonchalance anche se il ricordo mi fa arrossire. «I rischi della vita di bordo.»

Mi sorride. «No, dico sul serio. Sono consapevole che ti farà piacere riaverlo tutto per te una volta chiuso questo viaggio.»

Non rispondo, ed è di nuovo lei a spezzare il silenzio. «Scusa, spero che non ti abbia dato fastidio il fatto che ho trascorso un po' di tempo con lui. Brittany sta facendo quella sua cosa del golden retriever con Eliza e Jake, e io... ecco, è solo che è bello avere di nuovo qualcuno con cui parlare. Nico è bravo ad ascoltare.»

Ripenso alla sera in cui l'ho conosciuto, a quel suo modo di concentrarsi solo ed esclusivamente sull'interlocutore. Eppure, in questa storia c'è qualcosa di strano. Il sorriso di Amma è troppo luminoso, la sua postura un po' troppo rigida.

«In realtà, mi ricorda molto il ragazzo di cui ti ho parlato. Quello con cui avrei dovuto fare il viaggio.»

Il vento soffia tra le cime delle palme, i rami sospirano e ondeggiano, gettando ombre mutevoli sul viso di Amma.

«Il tuo ex fidanzato. Sì, ricordo.»

Amma deglutisce e per un attimo fissa un punto lontano, quindi si gira verso di me, ma non osa guardarmi negli occhi. «Ecco, devo dirti una cosa. Britt e io non siamo state del tutto sincere riguardo a come ci siamo conosciute. Sul fatto di esserci incontrate al college.»

Non so bene come dovrei reagire. Perché mentire su un dettaglio tanto insignificante?

«Ci siamo conosciute in un gruppo di sostegno.» Stavolta i suoi occhi incontrano i miei. «Sostegno per il lutto. L'intera famiglia di Brittany è stata spazzata via in un incidente, da un ubriaco. Madre, padre, fratello minore. Tutti... tutti e tre.»

La voce le si spezza, il mento le trema un po'. Si schiarisce la gola e riprende.

«E io ho perso il mio ragazzo.»

«Oh.» All'improvviso le lacrime del primo giorno, quando mi aveva parlato di lui, si spiegano.

«Raccontiamo la storia del college perché... Ecco, non vogliamo essere *quelle* ragazze, capisci? Quelle tristi, in piena tragedia. Quelle che avevano bisogno di un gruppo di sostegno per il dolore.»

Adesso *sì* che capisco. Ho trascorso gli ultimi anni sforzandomi anch'io di non essere *quella* ragazza.

«Comunque. Io... ecco, ci tenevo a fartelo sapere. Ho pensato che avresti capito.»

«Ed è così.» All'improvviso, tutti i miei pensieri cattivi su Amma, quel torcersi delle budella ogni volta che la vedevo con Nico, mi colmano di vergogna.

Faccio un passo avanti, le metto una mano sul braccio. «E mi dispiace tantissimo.»

«Ti ringrazio. È stato... orrendo, ma adesso siamo qui. E Brittany è felice. Il viaggio è stata un'idea sua, secondo lei la sua famiglia avrebbe apprezzato che usasse così i soldi dell'assicurazione e quelli dell'accordo con la controparte. Erano i classici tipi a favore delle nuove esperienze, del vivere la vita fino in fondo, dell'uscire, andare, fare.»

«E il tuo ragazzo. Anche lui voleva farlo, no? Quindi anche per te questa è la scelta giusta.»

Annuisce, ma sembra più uno spasmo. «Sì. Già. Okay, per oggi direi che come condivisione e smancerie abbiamo dato, eh? Magari il resto della mattinata lo dedico a sbronzarmi.»

«Sempre un'ottima idea.»

Amma si gira, ma poi si blocca di colpo e mi indica qualcosa tra gli alberi. «Alt. Cosa cazzo è quello?»

Ci metto un attimo a capire cosa sta fissando, ma all'improvviso distinguo una forma, qualcosa che penzola tra i rami, e non è un rampicante.

Mi inoltro appena di un paio di passi, ma è come il primo giorno che siamo andati in esplorazione: di colpo tutto tace, l'aria subito greve, anche se vedo ancora Amma alle mie spalle e dietro di lei il mare e il cielo.

Dall'albero pende una corda. Spelacchiata, logora, mi graffia la mano quando mi protendo a sfiorarla, seguendone le spire fino a un nodo.

Do uno strattone e il nodo che pende dal ramo si tende, come un cappio.

Una specie di trappola, probabilmente per catturare gli uccelli, forse perfino qualche lucertola.

*L'amico di Robbie.*

Robbie ha detto che il suo amico era sicuro che qualcuno vivesse ancora sull'isola, che traesse sostentamento dalla giungla, oltre che dai rifornimenti che andava a recuperare di tanto in tanto. Sarà stato lui, chiunque sia, a lasciare questa trappola?

Oppure, mi domando scandagliando il buio della giungla, l'ha messa qualcuno di nuovo?

# 19

Il giorno successivo andiamo tutti alla pozza a cui mi aveva portato Eliza.

Nessuno nomina Robbie, o la trappola che ho trovato ieri, ma so che ci stiamo pensando tutti quanti. È bello fare qualcosa di diverso, cambiare panorama aiuta a distrarsi.

In questo momento sono seduta con Brittany sul bordo della pozza e osservo Nico e Amma che nuotano. Jake ed Eliza si godono l'ombra, quest'ultima adagiata tra le gambe del compagno.

«Come pensate che sarebbe vivere qui?» domanda Brittany. «Voglio dire, certo, è un paradiso e tutto quanto, ma dopo un po' non vi verrebbe a noia? Troppo solitario, no? E poi dai, quanti tramonti si possono guardare?»

È esattamente quello che cominciavo a provare a Maui, ma non mi pare che qui sia lo stesso. Là avevo delle responsabilità, un lavoro, la quotidianità che si intrometteva ogni giorno. Ma qui?

Qui c'è solo... libertà.

«Io sono sicura che mi annoierei» continua Britt. «Mi rendo conto che suona presuntuoso, eppure... non so, secondo me questo è un posto dove vieni per dimenticare. O scomparire.» Scuote di nuovo la testa, i capelli scuri che le si allargano sulle spalle. «E non sono certa di volere nessuna delle due cose. Non per sempre, almeno.»

«Neanche io» replico, ma non sono sicura di crederci davvero.

Brittany mi guarda, ma prima che possa parlare veniamo interrotte da un urletto. Arriva dalla pozza.

Amma è appesa a testa in giù alla spalla di Nico, la pelle che appare chiara contro il torso nerissimo di lui, il bikini precariamente basso mentre Nico si tuffa un'altra volta, trascinandola con sé. Mi sento addosso gli occhi di Brittany mentre li osservo giocare.

A un certo punto, Eliza mi si siede vicina. La guardo. «Dov'è andato Jake?»

Indica la giungla con fare indifferente. «Ha scordato il suo stupido libro. A quanto pare, senza non sarebbe riuscito a godersi il pomeriggio. Di cosa stavate parlando?»

«Ci stavamo chiedendo se ci piacerebbe vivere qui, sull'isola.» Brittany si sistema meglio gli occhiali da sole sul naso. «E abbiamo deciso di no, assolutamente.»

«Idem.» Eliza si mette comoda. «Adoro i tramonti, adoro le spiagge, ma c'è troppo mondo da vedere. E, in tutta sincerità, cominciano a mancarmi le città.» Inspira a fondo. «Neanche l'ombra di un gas di scarico. Come si può vivere di sola aria pulita?»

Nico e Amma stanno uscendo dalla pozza, con la coda dell'occhio lo vedo sistemarle un asciugamano sulle spalle.

«Dove andrete, dopo l'isola?» mi informo.

Eliza fa spallucce. «Mah, in realtà non lo sappiamo ancora. Jake vorrebbe andare alle Fiji, o forse Bora Bora, ma mi auguro di riuscire a convincerlo che Bangkok sarebbe meglio, un piacevole cambio di passo rispetto a tutte queste spiagge bianche e sabbiose.»

Avverto un fremito di invidia. Io tornerò a Maui, finché Nico non deciderà la tappa successiva.

Eliza mi guarda. «Vuoi venire?»

Rido sorpresa, già solo l'idea mi elettrizza. «A Bangkok?»

Annuisce decisa, tanto che diverse ciocche sfuggono allo chignon morbido. «Certo! Perché no? Ci piaci, sei divertente. Ed è evidente che hai voglia di viaggiare.»

«Eccome.» Ci sarebbero altre mille cose da dire, su Nico, sul fatto che abbiamo i nostri piani, eppure non me ne viene in mente nessuna, sono muta come un pesce.

«E allora vieni!» È solo quando alzo gli occhi che mi accorgo che Nico ci sta fissando mentre si tampona i capelli con un asciugamano. Avrà sentito l'invito di Eliza?

E, punto più importante, avrà sentito che io non l'ho declinato?

È quasi sera quando torniamo alla spiaggia, e mentre guardo la laguna mi ci vuole un attimo per capire che manca qualcosa.

All'ancora ci sono solo due imbarcazioni.

La *Last Dance with Mary Jane* è andata.

Mi sento pervadere dal sollievo mentre indico agli altri l'insenatura. «Che dite, ha approfittato della nostra assenza per sloggiare?»

Nico osserva l'acqua schermandosi gli occhi con una mano. «Probabile.»

«Grazie al cielo!» Jake ci fa un sorrisone. «Direi che una festa è d'obbligo. Che ne dite? Stappiamo qualche bottiglia e brindiamo alla scomparsa di quel piccolo stronzetto?»

«Per me va benone.» Nico mi fa scivolare un braccio intorno alla vita.

Fa caldo, siamo entrambi sudati, e non riesco a dimenticare l'immagine di lui e Amma nella pozza, le sue braccia che cingono *lei.* Sguscio via.

Lui non dice niente, ma sento il suo sguardo seguirmi mentre salgo a bordo del canotto, tallonata da Brittany e Amma.

Il sole sta calando piano all'orizzonte, e quando montiamo a bordo della *Susannah* siamo tutti fradici.

Sono la prima a scendere in cabina, impaziente di recuperare una bottiglietta d'acqua fresca dal frigorifero.

Appena metto piede giù dalla scaletta, però, sento qualcosa scricchiolarmi sotto i piedi.

Ho un pezzo di plastica grigia sotto la scarpa. Mi ci vuole un momento per capire: è la nostra radio. O meglio, quello che ne è rimasto. Plastica accartocciata, metallo imbarcato, fili divelti.

«Ma che...?»

«Lux...?»

Nico mi ha raggiunta, si guarda intorno.

«Ne abbiamo una di scorta?» gli domando mentre mi supera per valutare i danni.

«No» replica laconico. «Solo quella» aggiunge poi.

Per un attimo cala il silenzio, poi Nico sferra un pugno contro il bancone. «Stronzo!»

Al suo ruggito balzo indietro, d'istinto, e pesto un altro pezzo di plastica.

«È stato Robbie, vero? Te l'avevo detto che dovevamo preoccuparci di lui!» Sento montare il panico, i pensieri che girano a mille.

«Ti sembra il momento per i "te l'avevo detto"?»

Lo fisso. «Non è per recriminare. Sto cercando di ricordarti che a volte capita anche a me di avere ragione, e che forse dovresti ascoltarmi invece di pensare sempre che sono matta come un cavallo.»

«Bene, è evidente che tu non eri fuori di testa mentre lui sì, okay? Contenta, adesso?»

«No!» Sto urlando, ma non riesco a trattenermi. «Non sono *contenta*, per niente.» Robbie è stato *qui*, sulla *nostra* barca, tra le *nostre* cose. Ci ha tenuto d'occhio, e ha aspettato il momento giusto per la sua meschina vendetta.

«Nico!»

È Jake, sta urlando. Corriamo sul ponte. Lo sguardo di Brittany e Amma corre da noi a Jake che, dal ponte della *Azure Sky*, urla facendosi megafono con le mani intorno alla bocca.

Si vede da qui che è teso, le spalle rigide, la fronte aggrottata, proprio come Nico. È chiaro, non ho bisogno di chiederlo. Robbie ha distrutto anche la loro roba.

«Quanto è brutta?» gli domando.

«Un gran casino. Venite qui, parliamo.»

Ci caliamo di nuovo tutti e quattro nel canottino, i gesti di Nico goffi e irruenti, e nel giro di un attimo siamo sul ponte della *Azure Sky*.

La beata sonnolenza del pomeriggio è completamente svanita, siamo tutti in allarme, rigidi, tesi mentre ci guardiamo intorno. Robbie potrebbe essere ancora in zona. Nascosto dall'altra parte dell'isola. O appostato nella giungla.

E adesso non possiamo chiedere aiuto. Nessun contatto con il mondo esterno. La *Susannah* non ha una radio, la *Azure Sky* neanche.

Siamo completamente tagliati fuori.

«Dobbiamo andarcene» proclamo e cinque teste si girano verso di me.

È uno schifo dover interrompere la vacanza in queste circostanze, ma mi pare evidente che qui non possiamo restare, non con Robbie potenzialmente acquattato nel buio, e senza dubbio pericoloso e in vena di distruggere.

«Calmati, Lux.» Nico mi appoggia una mano sulla spalla.

Mi ritraggo. «Calmarmi? Dici sul serio?!»

«Voglio solo dire che il panico non ci aiuterà.»

«Non è in panico» obietta Eliza cingendomi con un braccio. «Ha soltanto buonsenso. Che cazzo, non abbiamo neanche una radio ed è chiaro che quel tizio è più svalvolato di quanto pensassimo, se è arrivato a fare una cosa del genere.»

«Questo lo capisco. Però Lux fa sempre così. Sempre a fare la melodrammatica.»

Parole che mi colpiscono come un pugno nello stomaco. «Di che cavolo stai parlando?»

Continua come se non avessi aperto bocca. «E comunque, non è sicuro affrontare il mare aperto senza radio. Se ci troviamo nei guai, siamo fregati.»

«Siamo fregati *adesso*!» gli ricordo, ma lui scuote la testa.

«Dammi un attimo per pensare, okay? Magari riesco ad aggiustarle, oppure...»

Mio malgrado scoppio a ridere, incredula. «Con che cosa, con le noci di cocco? Anche a me piace *L'isola di Gilligan*, Nico, ma questa è la vita vera.»

«Lux ha ragione, amico.»

Jake è a braccia conserte, l'espressione impenetrabile dietro le lenti a specchio. «Le radio sono andate. Non c'è modo di sistemarle. In compenso, io ho un telefono satellitare. Non che siano granché affidabili, però se riuscissi a ripristinarlo potrei cercare di mettermi in contatto con le imbarcazioni in zona. Magari c'è qualcuno diretto da queste parti che ha una radio di riserva. Non ci spererei troppo, ma al momento è la nostra migliore opzione.»

«Certo, perché tu sai sempre qual è il passo migliore da fare.» L'espressione di Nico è cattiva, non gliel'ho mai vista prima, sembra così sarcastico e pieno di sé.

Jake però ricambia con un sorriso sicuro. «In questo caso, in effetti è così.»

Prima che la situazione volga al peggio, Amma fa un passo avanti e posa una mano sul braccio di Nico. «Dovremmo controllare l'isola, vedere se riusciamo a trovarlo. Magari non c'è più, vi pare? Magari questo è stato il suo "vaffanculo", e poi è salpato.»

Si volta a guardare Jake con tutta la nonchalance possibile. «Tu hai una pistola, giusto?»

I piedi ben piantati, lui annuisce. «Non è una cattiva idea. C'è solo un altro punto dove si può gettare l'ancora, a parte questa insenatura, e si trova sul lato est dell'isola. Andiamo a vedere se c'è la sua barca. Se c'è, okay. Ci penseremo. Se non c'è, allora significa che Amma ha ragione, l'ha fatto appena prima di andarsene, giusto per romperci l'anima un'ultima volta.» Guarda Nico. «Che ne dici? Vieni con me?»

Nico annuisce, senza guardarmi.

«Voglio venire anch'io» interviene Amma.

Aspetto che qualcuno le dica che è un'idea stupida, ma nessuno apre bocca, e in men che non si dica sono tutti e tre a bordo dello Zodiac e diretti all'altro lato dell'isola.

«Stai bene?» Eliza mi abbraccia, e io scuoto la testa. Sono spaventata e incazzata.

*Sempre a fare la melodrammatica.*

Come se fossi una bisbetica sempre lì a tarpargli le ali, a frenarlo, una palla al piede, invece che il contrario. Sono *io* quella che gli ha suggerito di far riparare la *Susannah*. *Io* quella che ha pulito le stanze in un resort perché potessimo pagare un affitto. Anche se avrebbe benissimo potuto risolvere tutto lui con una telefonata, se solo fosse stato abbastanza uomo da ingoiare l'orgoglio.

«Forza. Facciamoci un drink» propone Eliza.

Ci sediamo sul ponte ormai buio e aspettiamo finché, finalmente, all'incirca due ore più tardi sentiamo ronzare il motore dello Zodiac.

Lo vedo fermarsi prima alla *Susannah*, osservo Amma e Nico montare a bordo, e poi Jake torna da noi.

«Niente!» ci informa subito. «Niente barche, nessuno stronzo. Credo che Amma avesse ragione. Era un ultimo "vaffanculo" prima di strisciarsene di nuovo nel buco da cui è uscito.»

Dovrei sentirmi sollevata, e invece continuo a essere agitata, gli occhi che scandagliano la costa come se Robbie potesse saltar fuori dalla giungla da un momento all'altro.

Jake mi guarda. «Volete che vi riporti sulla vostra barca?»

Lancio un'occhiata a Brittany, che chissà come è riuscita ad addormentarsi sul ponte e si sta svegliando proprio in questo momento. Si stiracchia, liberandosi del telo in cui si era imbozzolata.

«Io sono pronta» risponde recuperando le scarpe.

Io però scuoto la testa. «Vi dispiace se rimango qui, per questa notte?»

Se anche è sorpreso, Jake non lo dà a vedere. «Per me non c'è problema.»

Brittany mi si avvicina. «Sicura?» Ha gli occhi assonnati, i capelli scarmigliati, addosso un vago odore del vino rosso che abbiamo bevuto prima. «Posso restare anche io, se preferisci.»

Sarebbe bello, ma significherebbe lasciare Amma e Nico da soli. E questo non lo voglio proprio. «No, vai. Vi raggiungo domani mattina. Voglio solo...»

Non completo la frase ma non è necessario, mi abbraccia. «Hai bisogno di una pausa. Capito.»

La guardo scendere nello Zodiac, e poi mi risiedo sul ponte e ci rimango a lungo, anche dopo che Jake è tornato. C'è un'altra cabina, di sotto, ma decido di fermarmi qui, in coperta, le stelle sopra la testa.

Non credevo che sarei riuscita a dormire, e invece ce la faccio. Mi sveglio proprio mentre sorge il sole, il cielo che vira a un tenue viola rosato.

Senza fare rumore, mi tuffo in acqua e nuoto fino alla *Susannah*.

La porta della cabina è aperta, probabilmente per fare entrare un po' d'aria. Scendo la scaletta in silenzio, l'idea è di raggomitolarmi nel letto con Nico. Ho deciso che, tutto sommato, possiamo passare oltre.

Peccato che Nico non ci sia, sul tavolo-letto.

Vedo i capelli scuri di Brittany spuntare dalla coperta, ed è come se dentro di me tutto si immobilizzasse.

I miei passi sono silenziosi mentre mi dirigo verso l'altra cabina, il sangue che mi rimbomba nelle orecchie, le mani che tremano mentre apro la porta.

Nico è coricato di schiena, i piedi rivolti alla porta, il torace abbronzatissimo contro il lenzuolo candido sotto di lui.

Amma gli è abbarbicata addosso, la pelle madida di sudore, un braccialetto di perline azzurre intorno alla caviglia.

Non indossa altro.

*Ehi, amico.*

*Spero che il messaggio ti arrivi, qui internet fa schifo ma che ci si può fare, giusto? Sono tornato a Teahupo'o, non so bene per quanto. Cazzo di surfisti, questi coglioni si possono sopportare solo a piccole dosi. Riggs è a Uturoa, al momento, quindi potrei anche raggiungerlo. Sostiene che non è così affollata né piena di turisti, però lasciamelo dire, Robs, dopo Meroe?* Tutto *sembra maledettamente affollato e turistico! Volevo starci solo tre giorni perché pensavo che a tirarla più lunga si finisce per parlare con una palla da pallavolo, hai presente? E poi invece ci sono stato per cosa, una settimana? 8 giorni? Ahahah, merda, ho guardato adesso la data di oggi e cazzo, amico, ci sono stato diciotto giorni. Diciotto! Una cosa folle! Il tempo in quel posto non ha senso.*

*Cmq devi andarci. Mendica, chiedi un prestito, ruba, ma vacci, fratello, fallo succedere, perché là è tutto un altro livello, giuro. Il terzo giorno o giù di lì ne avevo le palle piene di tutto quel ramen e ho attaccato a pescare e a cacciare. Ho preso questo grosso lucertolone del cazzo e l'ho arrostito sul fuoco, stile uomo delle caverne. (Sapeva di culo, ma comunque.)*

*L'unica cosa: se ci vai tieniti pulito perché quel posto ti fa già sbarellare abbastanza di suo! Sembra un'idea fantastica farsi su un'isola deserta, ma credimi, Robs, non lo è affatto. Una sera io ho ceduto e sono finito dritto in* Apocalypse Now, *lì a fare su e giù per la giungla con un cazzo di coltello convinto che ci fosse qualcuno acquattato nelle tenebre. Continuavo a sentire strani rumori, e non intendo rumori da giungla. Rumori da persona, capisci? Passi, respiro, roba così. E devo confessartelo, è stato* DA PAURA. *Ho trovato questa specie di baracca, un reperto della seconda guerra mondiale, probabilmente, e ho ricordato che un mio amico mi diceva che c'era stato un tizio che era rimasto a vivere sull'isola. Suppongo che quella fosse casa sua, ed era da malati mentali. Avevo pensato seriamente di fermarmici, ma poi mi sono detto che sarebbe stata solo questione di tempo prima che arrivasse qualche coglione a giocare a Gilligan.*

*Cmq, Meroe resta una gran figata.* SINISTRA *come pochi altri posti, quindi tieni la testa bene attaccata al collo, amico, ma vacci. Fidati.*

*Fammi sapere come cazzo stai / dove cazzo sei (non lo racconterò a Riggs, so che tra voi due ci sono stati problemi) (cazzo, amico, sono l'ultimo amico con cui non hai avuto problemi?)*

*Ci sentiamo*

*C*

E-mail inviata il 3 dicembre 2019
da Christopher "Chipper" Davidson

# 20

Non so perché mi dirigo alla pista d'atterraggio.

Forse è solo che non ho voglia di vedere nessuno, e so che nessuno penserà di cercarmi qui.

Nico e Amma, Amma e Nico. Continuo a rivederli, i corpi avvinghiati, ricordo ogni momento in cui erano lì a ridere e a parlare, e come mi ripetevo che ero stupida.

«In bocca al lupo» aveva detto Susannah.

A quanto pare, aveva ragione a mettermi in guardia.

Le lacrime mi scendono copiose, ormai, si mescolano al sudore, ma continuo a farmi largo tra le fronde.

Ho già percorso diversi metri quando mi rendo conto che niente mi sembra familiare. O meglio, tutto sembra *fin troppo* familiare. Nella giungla c'è un'uniformità che rende facile confondersi.

Mi fermo, faccio un respiro profondo e mi guardo intorno.

È esattamente come l'altro giorno, rovente e afoso, nell'aria un odore greve, di vegetazione, ma tutto sembra più vicino, come se l'aria e la vegetazione stessa mi stessero schiacciando. Mi avvio nella direzione opposta, ma le foglie sembrano ancora più immobili, il terreno più spinoso.

Non sono in preda al panico, non ancora, ma il cuore

mi accelera mentre avanzo, sperando di trovare il sentiero giusto.

E invece la giungla si fa solo più fitta, il calore più opprimente, e riesco a percepire il mio respiro affannato, la fatica nei polmoni mentre cerco di procedere più in fretta che posso.

Sento gli uccelli cantare sopra la mia testa, e quando guardo su colgo qualche sprazzo di azzurro.

E poi, di colpo, la giungla si dirada, e io esalo un respiro di sollievo, convinta di avere finalmente trovato la pista.

E invece no. È solo l'ennesima radura, l'ennesimo punto in cui la vegetazione è chiaramente stata diradata dalla mano dell'uomo. E proprio di fronte a me, c'è un edificio.

È piccolo, una baracca larga meno di due metri, fatta di metallo già arrugginito qua e là. Al posto della porta c'è semplicemente un'apertura, incorniciata da rampicanti. Dietro, l'interno è completamente buio.

Deve essere appartenuta alla marina, probabilmente una specie di magazzino, eppure subito mi viene da pensare alla trappola che abbiamo trovato tra gli alberi, e all'amico di Robbie. Era sicuro che sull'isola vivesse qualcuno. La paura mi fa rabbrividire, sento un sapore acre salirmi in bocca, il sudore freddo bagnarmi le ascelle, il retro delle ginocchia.

«C'è nessuno?» Mi sento idiota a chiederlo, ma anche terrorizzata.

Nessuna risposta, ovviamente, e mi avvicino un po' di più, chino il capo per guardare dentro la baracca.

È così buio che fatico a vedere – la giungla è talmente folta che blocca quasi tutta la luce – eppure in fondo, nell'angolo, scorgo... qualcosa.

Un fagotto, una zona più scura tra le ombre. Troppo

piccolo per essere una persona. Una borsa, forse? O solo un mucchietto di macerie?

Sto per entrare quando intercetto un movimento vicino al mio piede, guardo giù, qualcosa di verde striscia via.

Rinculo e per poco non pesto la coda del serpente, urlo mio malgrado, ma quello si è già dileguato sotto la baracca.

Sento solo il mio cuore, mi martella nelle orecchie. Devo andarmene.

Quando finalmente arrivo alla spiaggia è vuota, entrambi i gommoni spariti. Forse mi stanno cercando, ma non mi interessa, non in questo momento.

Le gambe mi tremano mentre mi isso sulla *Susannah*, lo stomaco annodato. Spero di non incontrare né Nico né Amma. Non sono ancora pronta ad affrontarli.

Il ponte è vuoto, grazie a Dio, e quando scendo di sotto è chiaro che non c'è nessun altro. Suppongo che Nico e Amma siano andati da qualche parte insieme, il che è al contempo un sollievo e un altro pugnale nel petto.

La cabina è calda e umida, e non ce la faccio ad avvicinarmi al letto. Mi sembra quasi di sentire ancora l'odore del sesso e della lozione solare di Amma, e ho paura di vedere uno dei suoi lunghi capelli sul cuscino che era mio. Mi fermo a guardare dalla soglia, indecisa sul da farsi.

"Va tutto bene" mi dico. "Ancora pochi giorni e torneremo alle Hawaii."

Ma cosa farò, dopo?

Per la prima volta, prendo in considerazione la possibilità che io e Nico superiamo anche questa. Odio il fatto di sentirmi sollevata, all'idea, eppure non riesco a impedirmelo. Sarebbe molto più facile, così. Come se queste due settimane fossero state solo una parentesi anomala, un brutto sogno che potremmo semplicemente ignorare, riportando le cose com'erano.

Se non fosse che durante questa escursione ho capito che *le cose com'erano* implicavano che fosse Nico a decidere tutto, vivendo esattamente come voleva lui, mentre io mi limitavo a scarrocciare nella sua scia.

Mi guardo intorno. La tendina che ho confezionato per l'oblò è leggermente sghemba sul fondo, gli allegri fiori gialli filtrano la luce che entra nella cabina. Mi rendo conto adesso di quanto patetici siano stati i miei tentativi di costruirmi una vita con Nico. La *Susannah* è sempre stata sua. Sempre lo sarà.

Io ci ho solo fatto un giro.

E mi ha già fatto venire la nausea.

Sono tornata qui con l'idea di raccogliere i miei effetti e accamparmi sulla spiaggia per queste ultime sere. Senza il gommone, però, non posso procedere, perciò risalgo sul ponte.

E Nico è qui.

Ha le mani in tasca, la testa bassa. Dalla postura deduco che sa benissimo di essere stato beccato, ma non ho tempo di domandarmi come l'abbia capito.

«Lux...»

Lo interrompo subito. «No. Non farlo.»

«Non credi che dovremmo almeno parlarne?»

Le lacrime mi pungono gli occhi.

«C'è qualcosa di cui parlare? Sul serio?»

Nico mi fissa. La pelle gli si è fatta ancora più scura da quando siamo qui. È talmente abbronzato che luccica, e fa male, vederlo così bello.

Perfino ora. *Soprattutto* ora.

«Quindi hai intenzione di rompere con me su un'isola deserta. Sta succedendo davvero.»

«Ti sei scopato un'altra.» Tengo la voce bassa. Non so dove siano gli altri, e l'intimità che i primi giorni sembrava tanto piacevole ora è opprimente. Mi sembra che non sia mai possibile avere una conversazione privata, che non ci sia modo di evitare che qualcuno origli.

«E mi dispiace tantissimo.» Sembra davvero dispiaciuto, e questa è la parte peggiore. Ma poi riprende la parola. «Però non puoi negare di essere stata un po' lunatica ultimamente, Lux. Ogni volta che volevo parlare con te eri con Eliza e Brittany. E poi ti sei incazzata a morte per quel tizio...»

«Perché metteva una paura del diavolo, Nico! Perché sembrava che non te ne fregasse niente di proteggermi. Perché ce ne saremmo dovuti andare a casa subito, e invece no, e così ora siamo senza radio, e tu ti sei portato a letto un'altra, e adesso siamo bloccati qui. Non puoi certo biasimarmi perché sono incazzata.»

Nico scuote la testa, i capelli che gli ricadono sulla fronte mentre allunga lo sguardo verso l'orizzonte. «Mi rendo conto che è stato poco simpatico...»

«*Poco simpatico*?! Sì, si potrebbe anche definire così.»

«Ecco, vedi? È proprio questo ciò che intendevo. Ti sei comportata da stronza fin da quando siamo arrivati qui, okay? Quindi sì, io sono uno stronzo e sono andato a letto con un'altra, ma siamo sinceri, Lux, non penso che te ne importi più di tanto. Voglio dire, stai per partire con Jake ed Eliza, dico bene?»

«Cosa?»

«Ho sentito Eliza che ti invitava ad andare con loro. E pensa, Lux, non ho sentito te rispondere di no. Ci stavi meditando, ho ragione?»

Resto in silenzio.

«Quindi sì, neanche tu puoi biasimarmi per avere pensato: "Ehi, mi sa che a Lux non è mai fregato un cazzo di me, non davvero. Forse a interessarle erano la barca, e la possibilità di mandare affanculo tutto quanto".»

«Non è giusto!» Ormai non stiamo neanche più *cercando* di essere silenziosi, le nostre voci si levano alte nell'aria aperta.

«Ti eri comportato da stronzo con me, dopo Robbie. Ero arrabbiata. E sì, è stato piacevole sentirmi fare quella proposta da Eliza. Ma solo perché non mi hai sentito dire di no non significa che abbia detto di sì. E in ogni caso non è certo una scusa per prendere e scopare una che conosci da una settimana, e che per di più hai conosciuto sulla nostra barca.»

«La *mia* barca, Lux. La *mia* cazzo di barca.»

Eccoci, l'ha detto.

Non è mai stato un "noi", non nel vero senso della parola, non per Nico. Ma avere un sospetto che aleggia in un angolo della mente e sentirlo dire ad alta voce sono due cose ben diverse.

«Già, la *tua* cazzo di barca» gli faccio eco. «E levo le tende subito, non preoccuparti.»

«Lux...»

Ma io ho smesso di ascoltare. Lascio il mio triste fagottino di effetti personali sul ponte e mi tuffo, diretta alla *Azure Sky*.

Vedo Brittany in spiaggia, allungata su un telo a strisce. Indossa gli occhiali da sole e ha un libro aperto, e scommetterei che ha gli auricolari, quindi non sto nemmeno a fare la fatica di chiamarla o farle ciao. Quindi niente, dritta alla *Azure Sky*.

Eliza aveva detto che sarei stata la benvenuta a bordo in qualunque momento, e mi chiedo se valga ancora. Forse tutto sommato non sarò costretta a tornare alle Hawaii con Nico.

Robbie sosteneva che l'isola fosse maledetta, e per la prima volta comincio a credere che ci fosse del vero. Quei marinai morti nell'Ottocento, la pista d'atterraggio inghiottita dalla vegetazione, il teschio, la baracca abbandonata che ho trovato questa mattina... per essere un posto tanto pieno di bellezza naturale, sembra anche traboccare di pessima storia.

Ho un gran bisogno di bere ma il frigorifero sul ponte è vuoto, perciò apro la porta della cabina e infilo dentro la testa. Provo a darle una voce, «Eliza?», ma lo so che non è qui. Eppure mi sembra strano aggirarmi su un'imbarcazione che non mi appartiene.

Al contrario della nostra cabina sulla *Susannah*, l'interno della *Azure Sky* è luminoso e arioso, il mobilio bianco, le finiture cromate, il pavimento in tek lucido. Mi permetto di immaginare come sarebbe fare vela su Bangkok a bordo di un'imbarcazione del genere.

Apro il frigorifero in acciaio inossidabile e tiro fuori una confezione di birre da dodici, pensando che già che ci sono riempirò il frigorifero del ponte. Purtroppo mi sudano le mani, e una bottiglia mi scivola tra le dita, schiantandosi sul pavimento in una pioggia di vetri ambrati rotti e schiuma.

«Cazzo.» Faccio un passo indietro mentre l'odore di lievito e luppolo invade la cabina.

Mi guardo intorno in cerca di un asciugamano, qualcosa per pulire questo casino, ma è talmente minimalista che non c'è in giro niente che non sia di metallo o di vetro, niente che possa essermi utile.

Apro il mobiletto sotto il lavello ed eccoli, vicino a un flacone di detergente, una pila di asciugamani bianchi.

C'è anche una borsa nera, la cerniera parzialmente aperta.

Risento la voce di Robbie, vedo il suo sorriso sbilenco, gli occhi duri. *Ero curioso di sapere cosa ci fosse su questa barca.*

La borsa di Robbie. Quella che aveva portato a riva quel giorno. Era nera, come questa. Tela, la cerniera mezza aperta perché rotta.

Tiro fuori la borsa sentendomi la moglie di Barbablù.

Non appena ce l'ho in grembo, esalo un sospiro di sollievo. Non è la stessa borsa. Questa è troppo nuova, c'è stampigliato sopra il logo della Tumi, e quando provo la cerniera scorre perfettamente.

Dio, questo posto mi sta rendendo paranoica.

Sto per richiuderla quando ne vedo sbucare un pezzo di cellophane dalla forma strana.

Qualunque cosa sia è pesante, devo usare entrambe le mani per toglierla del tutto.

Sono soldi.

*Una montagna* di soldi. Una pila, stretta stretta e avvolta nella plastica. Dollari americani, euro, sterline inglesi, il viso colorato della regina che mi sorride gentile.

Il cuore mi martella in petto mentre rimetto il pacchetto nella borsa, rendendomi conto solo in quell'istante che ce ne sono altri uguali, lì dentro. Uno è denaro, ma altri due sono più spessi, pesanti. Non ci credo. Panetti di marijuana. Quindi: non solo contanti, ma anche droga.

Nico aveva chiesto a Jake ed Eliza cosa facessero, come si guadagnassero da vivere, e Jake era stato talmente vago che ne avevo desunto che fosse l'ennesimo riccastro che aveva ereditato i soldi. Che non doveva preoccuparsi di mettere insieme del denaro, dato che lo aveva sempre avuto. E dopo averle sentito dire che erano cresciuti insieme, avevo dato per scontato che lo stesso valesse per Eliza.

Evidentemente, invece, c'è anche dell'altro.

È per questo che si trovano qui, su un'isola deserta? Stanno scappando dalle forze dell'ordine?

Di colpo mi rendo conto di quanto poco so di loro, o anche di Brittany e Amma, in verità. Che cazzo, perfino di Nico! Di fatto queste persone sono delle sconosciute, per me, e mi trovo da sola con loro in mezzo all'Oceano Pacifico. Mi sento la testa piena di ovatta, i pensieri rarefatti, la bocca secca mentre riesco solo a pensare che devo rimettere via tutta questa roba, esattamente come l'ho trovata, la borsa accanto ai canovacci.

È in quel momento che sento dei passi sulla scaletta.

Mi giro e vedo Eliza. Mi fissa.

E sorride.

«Ma guarda.» Si mette a braccia conserte, abbronzata e bellissima e incredibilmente calma. «E così, adesso conosci il nostro piccolo segreto.»

# 21

«Non sarà un problema, vero?» mi domanda dopo un lungo silenzio; annuisco: mi viene spontaneo.

Se c'è una cosa in cui Eliza è davvero brava è questa, mi rendo conto: formulare un'affermazione come fosse una domanda, così che la tua unica opzione è concordare con lei.

Muovendo un passo avanti, si protende verso di me e mi sottrae la borsa. «Non è niente di che» continua. «Solo un po' di erba. Non trattiamo roba pesante, capisci? Solo quella divertente.»

Mi rivolge di nuovo quel sorriso a trentadue denti e io annuisco meccanicamente, stile robot.

«Ma certo, il fumo non è niente» mi sento dire mentre già mi chiedo se non ce ne sia anche altro nascosto a bordo, e dove.

È evidente che Eliza mi sa leggere nel pensiero. «Lo so, sembra tanto, e sì, saremmo fregati alla grande se ci beccassero con questa roba, ma sai com'è, grossi rischi, grosse ricompense.»

«Ma certo» ribadisco annuendo in maniera sempre più allucinata, ed Eliza scoppia a ridere e viene ad abbracciarmi.

«Oh, Luxy, non dirlo agli altri, ma sei la mia preferita.»

Ed è assolutamente stupido e assolutamente idiota, ma mi sento avvampare dal piacere. Come ci riesce? Come riesce a far sì che la sua approvazione diventi tanto importante, tanto vitale?

E poi mi guarda negli occhi: «Ma c'è qualcosa che non va, vero, tesoro?».

Mi sfugge mio malgrado. «Ho beccato Nico e Amma. A letto.»

Aggrotta la fronte, un terzetto di rughe fa la sua comparsa sul dorso del naso. «Oh, Luxy. Oh, merda.»

Scoppio a piangere e mi lascio abbracciare di nuovo.

«Che stronzi» borbotta e mi viene da ridere. Mi scosto un poco per asciugarmi le guance.

«Già, infatti. Giuro su Dio, è colpa di questo posto. Ritrovarsi ai margini della civiltà, lontano da tutto e tutti. Secondo me fa impazzire la gente.»

«Hai ragione. E adesso cosa farai? Quando li hai sorpresi, cosa gli hai detto?»

«Sul momento nulla, ero come istupidita, sono praticamente scappata.»

«Ti capisco. Però forse ti sentiresti meglio a chiedere a entrambi una spiegazione...»

Immagino di fare una scenata ad Amma, ma non mi attira neanche un po'. «Al momento, vorrei solo dimenticarmene.»

«Mi sembra un'ottima idea. Che ne dici di restare qui con noi, per un po'? Di posto ne abbiamo da vendere.»

Mi rendo conto che non può essere una soluzione permanente, ma per il momento è quanto mi serve.

«Sarebbe fantastico, grazie.»

Anche se mi piacerebbe un sacco restarmene nascosta sulla *Azure Sky* per il resto del viaggio, so che non è fattibile. E, oltretutto, non sono io quella che ha agito male.

Non è giusto che debba rinunciare all'isola solo perché Nico e Amma hanno deciso di comportarsi da carogne. Tuttavia, mentre nel pomeriggio raggiungo la spiaggia a nuoto, mi sento lo stomaco annodato. Riesco a vedere Brittany sul suo asciugamano, mi sta osservando. Un po' più su lungo la spiaggia, Jake è sotto la tettoia con un libro. Grazie al cielo, Nico e Amma non si vedono.

Non appena metto piede sulla spiaggia, Brittany mi si precipita incontro, le dita congiunte, gli angoli della bocca abbassati in una smorfia tristissima. «Lux.» Sospira. «Merda.»

Scuoto via l'acqua dai capelli, annuendo e sforzandomi di buttar fuori un tentativo di risata. «Già, puoi dirlo forte. Suppongo te l'abbiano già riferito.»

«Me l'ha detto Amma.»

Mi si avvicina e mi appoggia una mano sul braccio. Odoriamo entrambe di acqua salmastra e teli bagnati, ma sotto c'è un odore più aspro, terrigno. Abbiamo smesso un po' tutti di lavarci, entrare e uscire dal mare ci fa sentire piuttosto puliti, anche se in realtà non lo siamo, non davvero. Come è potuto succedere tanto in fretta?

«Mi dispiace tantissimo» esordisce piano e poi di colpo le parole escono a precipizio. «Se avessi avuto il sentore che stava per succedere li avrei fermati, te lo garantisco. Cioè, Amma non è mai sembrata interessarsi a nessun ragazzo mentre eravamo in giro, quindi *mai* avrei pensato...»

«Brittany.»

Copro la sua mano con la mia e lei intreccia le nostre dita e mi guarda.

«Non è colpa tua» la rassicuro. «È solo... succede. Metti insieme due persone passionali, aggiungici lo stress e un mucchio di alcol...»

Ma lei è implacabile. «Non è una scusa. È una cosa schifosa da fare a un'amica.»

È bello sentirmi difendere così, però... «Dai, Britt. Lo sai che io e Amma non siamo amiche. Non davvero.»

Mi piaceva, questo sì, ma non sono stupida. Questo tipo di viaggio non crea legami duraturi. Ero soltanto la fidanzata del tizio che hanno assunto. Scommetto che nel giro di un anno si scorderanno anche come mi chiamo.

Ma Brittany mi stringe la mano. «Noi due *siamo* amiche, però. Dico bene?»

Di nuovo, c'è una tale gravità nella sua espressione, nelle sue parole, che mi sorprende, e a dispetto della perplessità le sorrido. «Sì. Certo che lo siamo.»

«Bene.» Mi stringe in un abbraccio rapido. «Quindi è ufficiale. Sono nella squadra di Lux, e quei due possono andare affanculo.»

Rido anche se mi si stringe la gola. «Okay, be', mi conosci appena da due settimane, mentre sei amica di Amma da molto più tempo, quindi forse non dovresti proprio ripudiarla. Per quanto lo apprezzi.»

«Troppo tardi. Le ho già detto che, appena torniamo alle Hawaii, abbiamo chiuso.»

«Perché è andata a letto con il mio ragazzo?»

Il suo sguardo si spinge oltre le mie spalle. Mi giro e vedo Amma sul ponte della *Susannah*. Ci sta osservando.

«Per un sacco di ragioni» replica Brittany e mi domando quali siano.

Non faccio in tempo a chiederglielo, però, perché ci raggiunge Jake, mani in tasca e caviglie sporche di sabbia. È assolutamente tranquillo e rilassato, e di colpo ricordo che la faccenda di Nico e Amma non è stata l'unico shock della mia giornata.

I soldi, la droga. Né gli uni né l'altra sembrano compatibili con l'uomo che mi sta davanti in calzoncini da bagno color salmone, gli occhiali a specchio da aviatore che riflettono il verdeazzurro dell'acqua e il bianco della sabbia. «Va tutto bene?»

Annuisco, e intanto guardo Brittany. Sono sicura che Eliza gli riferirà tutto, ma non posso più parlarne, per oggi.

Come è possibile essere tanto lontani da qualunque cosa che assomigli anche vagamente alla civiltà e sentirsi comunque così osservati, così studiati?

«Allora, ho delle notizie buone e delle notizie cattive» prosegue lui chinando un poco la testa, in modo da guardarci da sopra gli occhiali. «Questa mattina sono riuscito a fare qualche telefonata con il satellitare. C'è uno yacht diretto qui da Honolulu, passa la settimana prossima, e può portarci delle radio.»

«La settimana prossima?»

Avremmo dovuto lasciare l'isola di qui a un paio di giorni, secondo i piani. E adesso invece viene a dirci che ci vorrà ancora di più?

«Esatto. Dobbiamo aggiungere una decina di giorni alla nostra permanenza. Ma non mi sembra un problema, dico bene?» aggiunge guardando il mare. «Forse dovremo stare un po' più attenti con i viveri, scendere a tre bottiglie di vino a sera al posto delle cinque attuali.» Sorride. «Io ed Eliza comunque non avevamo un piano preciso, non abbiamo problemi di date. A quanto pare Dio ci sta dicendo che dobbiamo divertirci un altro po' tutti insieme.»

Altri dieci giorni.

Altri dieci giorni su quest'isola con l'uomo che amavo e la donna con cui mi ha tradita.

Altri dieci giorni con Eliza e Jake e i loro segreti.

«Per me va bene» replica Brittany, e anche io annuisco, mentre guardo la sabbia e l'oceano e la giungla alle nostre spalle, domandandomi come sia possibile che un posto così vasto e libero sembri una tale trappola.

# *PRIMA*

Eliza non ha mai creduto al destino. Una qualche forza mistica che ti attira proprio là dove dovresti essere, così che tutto si incastri con perfetta simmetria. Ma figuriamoci! Oltretutto, quel tipo di pensiero ti toglie di mano il potere, a suo parere, quindi... 'fanculo.

Ciò nonostante, quando si guarda intorno nel pub affollato e vede Jake Kelly, una pinta in mano, circondato come sempre da un capannello di accoliti, le viene spontaneo domandarsi se, *alla cazzo della buonora*, l'universo non le stia finalmente facendo un favore.

Sa il cielo se non glielo deve.

Dopo sua mamma, dopo Jake e tutto quanto, Eliza è andata alla deriva per anni. Un semestre di università, poi un nuovo ragazzo, con gli occhi azzurri e il fascino immediato di Jake ma senza i suoi soldi, senza quella sicurezza di sé che chissà come Jake possedeva perfino a diciassette anni.

Quel ragazzo – Tom – era durato quasi due anni, e poi Eliza aveva rifatto le valigie alla volta di Londra, dove aveva convissuto con alcune tizie conosciute tramite un annuncio online e aveva lavorato in banca.

Non appena era diventato tutto troppo noioso da reggere, aveva trovato lavoro come barista su una nave da crociera. Di solito faceva la rotta spagnola, da Southampton verso qualche isola, Maiorca e non solo, turisti bruciati dal sole disposti a pagare oro per cocktail che preparava e serviva con il più luminoso e il più falso dei sorrisi.

Non era male, come vita. Viaggiare le piaceva e le mance erano buone. Solo, non era quello che aveva sognato da ragazza.

Certo, approdava in posti bellissimi, ma lo faceva da cameriera, mentre la sua mira era essere lei quella riverita, lei quella che ordinava i drink, non quella che li preparava.

Alla fine, comunque, era riuscita a mettere da parte abbastanza da farsi un viaggetto tutto suo. Scesa alle Canarie, non era più tornata a bordo.

Aveva visto gran parte del sud Europa, si era fermata a Istanbul per un po', sempre unendosi a nuovi gruppi di persone, amici diversi. E con gente così – le persone che incontri sulla strada – il passato non conta e il futuro non c'è. È tutto un glorioso presente, in cui Eliza può essere chiunque voglia. Non serve che racconti che la madre è in galera, non serve spiegare degli anni persi con uomini persi, delle occasioni buttate.

Può reinventarsi ogni volta e tutta questa libertà è elettrizzante.

Ma niente è mai stato tanto elettrizzante quanto il momento in cui si avvicina a Jake Kelly.

In prima battuta lui non la riconosce. È evidente da come l'accarezza con gli occhi, lo sguardo interessato ma come fuori fuoco, semplicemente un uomo che vede una bella donna e calcola tra sé e sé se sia il caso di provarci.

E poi...

Gli occhi che si sgranano, un'espressione che la fa sentire trionfante.

«Porca miseria!» esclama lui mentre gli si avvicina e gli sorride, gli mette una mano sulla spalla, si alza in punta di piedi per baciargli la guancia.

«Ehi, Jake.»

Lui appoggia la birra sul bancone alle sue spalle, tanto velocemente che un po' di liquido trabocca, e già le sue mani le cingono la vita, il sorriso si fa sincero mentre la guarda. La magrezza adolescenziale di lui è sfociata in un fisico solido, il torace più ampio, i lineamenti più definiti. Non è giusto che sia ancora tanto bello e non è giusto che lei ancora si senta arrossire quando la guarda, che torni di colpo ad avere sedici anni, a morire dalla voglia di crogiolarsi nel bagliore del suo fascino.

«Come accidenti ho fatto a sopravvivere dieci anni senza questo viso nella mia vita?» domanda lui con aria sognante ed è fatta, Eliza è andata. Di nuovo smarrita in quel sorriso pronto e in quegli occhi azzurri, e Jake non ha nemmeno bisogno di chiederle di andare a casa con lui.

Semplicemente, lei ci va.

*Casa* è una barca.

Inizialmente la fa ridere, che la porti lì. A quanto pare, ultimamente le barche la perseguitano proprio. Comunque, per lei va bene. Adora l'acqua e ha perfino preso lezioni di vela mentre lavorava sulle navi da crociera. Inoltre, la *Azure Sky* non è una barca qualsiasi.

È stupenda, elegante e lussuosa, ed Eliza percepisce tutto l'orgoglio di Jake mentre gliela mostra.

«Dove hai intenzione di portarla?» gli domanda, e lui la abbraccia da dietro, le bacia il punto dietro il lobo, quello che le fa venire la pelle d'oca.

«Ovunque mi giri.» Jake indica una cartina spiegata sul tavolo.

«Pensavo di partire da lì. Isola di Meroe. Dovrebbe essere una figata memorabile. Un mio antenato ci ha fatto naufragio nel 1800. Quel poveraccio è finito mangiato, se i resoconti sono corretti.»

«Dagli squali?»

Jake esercita una leggera pressione sul punto in cui il collo incontra la spalla. «Dai suoi compagni.»

Eliza si gira di scatto, sempre tra le sue braccia, gli cinge la nuca.

«E perché accidenti vuoi andarci?»

Jake sorride. Ah, quelle fossette... «Per divertimento, tesoro. E a proposito di divertimento...»

Eliza si lascia portare in cabina, mettere a letto, spogliare.

Sono anni che se ne preoccupa, il fatto di pensare ancora a quei pomeriggi nel letto di Jake, era appena un'adolescente, ma nessuno di quelli con cui è stata da allora l'ha colpita altrettanto.

L'ha sempre attribuito al primo amore e agli ormoni adolescenziali, e invece quella notte, sulla *Azure Sky*, scopre di avere avuto torto. È semplicemente... Jake. Qualunque scintilla sia scoccata tra loro da giovani torna subito ad ardere; anche se ci sono alcuni amici che la stanno aspettando, Eliza si addormenta tra le braccia di Jake e si dice che potrebbe restarci per sempre.

La seconda notte sulla barca, Eliza trova la droga.

Non stava curiosando, non proprio. Stava cercando un cavolo di bicchiere da vino, quelli che avevano usato la sera prima erano ancora nel lavello sporchi perché Dio non voglia che Jake Kelly lavi un bicchiere, e di certo non ha intenzione di farlo lei per lui.

Apre un armadietto e vede pile di qualcosa avvolto nella plastica, e per un istante il suo cervello non collega, non le è chiaro cosa siano quella specie di mattoni ricoperti con la pellicola.

Quando si rende conto di cosa sta fissando, in lei succede qualcosa di strano. La pelle le si ghiaccia mentre la rabbia – la rabbia più forte mai provata in vita sua – le ribolle nello stomaco.

È ancora accovacciata davanti al mobiletto quando Jake sbuca dalla cabina, con indosso appena un paio di boxer e un accappatoio, una sigaretta che gli pende dalla bocca.

«Ah. Gli affari di famiglia continuano ad andare alla grande.»

Allegro, come niente fosse, con il suo solito sorriso. Ed è quello, alla fine, a condannarlo.

Il fatto che per lui siano solo affari. Un modo per fare denaro. Denaro *extra*, perché, per quante battute ci faccia, non sono quelli i veri affari di famiglia. I Kelly sono nell'immobiliare. Questa è solo un traffico di contorno, il modo per concedersi yacht di lusso, un guardaroba senza fondo.

*Questo* – ciò che ha distrutto la vita di sua madre e, per molti versi, la sua – per Jake Kelly è solamente divertimento.

E sempre lo sarà.

La condanna di sua madre non gli ha insegnato niente. Nessun rimorso. I Kelly sono andati avanti per la solita strada, come se niente fosse.

*Non mi ha nemmeno mai chiesto di lei.*

Eliza se ne rende conto solo adesso. L'ultima volta che ha visto Jake, sua madre era appena stata condannata e spedita in galera, ma non una volta in questi due giorni Jake le ha chiesto sue notizie. Dove si trova, come sta.

Come se non fosse mai esistita.

Raddrizzandosi sulle gambe tremanti, Eliza si gira a

guardarlo, imponendo al viso di assumere un'espressione indifferente. «Buono a sapersi» risponde, la voce fermissima.

Lui le si avvicina e le bacia la guancia, e lei sorride. Dentro, però, i pensieri corrono, e qualcosa di troppo vago per poter essere definito piano inizia a formarsi.

Eliza non trascorre la notte successiva sulla *Azure Sky*, né quella dopo ancora. Raggiunge gli amici con cui esce in quel periodo, passa diverse ore in loro compagnia girando per musei, negozi, pub e ristoranti, e per tutto il tempo non fa altro che pensare. A Jake, a quell'imbarcazione, ai progetti di lui, a quei pacchetti nascosti sotto il lavello.

Quando il suo telefono squilla, il terzo giorno, il piano non è più così nebuloso.

Eliza guarda il display, sorride al numero del chiamante.

E non risponde.

Non risponde neanche alla seconda telefonata di Jake, né alla terza. Lo lascia aspettare cinque giorni prima di decidersi.

«Vuoi torturarmi?» le domanda non appena risponde, ed Eliza sorride, chiede scusa agli amici e si apparta nel vicolo posteriore del pub in cui stavano bevendo.

«Un po'» ammette, e lo sente ridere all'altro capo del telefono, lo immagina seduto sul ponte di quel magnifico catamarano, abbronzato e lucido e fico da morire.

«Be', funziona» replica lui. «Non riesco a smettere di pensare a te. Non ho nemmeno lavato le lenzuola, renditi conto!»

«Dio, che schifo, Jake! Non sei abituato a essere quello che viene lasciato da solo al mattino, eh?»

«Puoi dirlo forte. Possiamo vederci questa sera?»

Eliza lancia un'occhiata al pub. «Questa sera ho da fare.»

«Ovviamente. Domani?»

«Non arrivo a programmare tanto in là.» Eliza si appoggia al muro, ricorda tutti i pomeriggi trascorsi ad aspettare che la chiamasse, tutti i piani cancellati caso mai lui volesse vederla. «A dire la verità, non sono neanche sicura che sarò ancora in Australia. Credo sia ora di muovermi, sento il bisogno di nuove avventure.»

Se ne pente subito. Si è spinta troppo in là? È stato troppo ovvio?

Trattiene il respiro.

E invece... «Per tua fortuna, quest'uomo adora l'avventura. Ricordi l'isola di cui ti ho parlato? Meroe? Mi sembra arrivato il momento di andarci. Tu, io, la sabbia, le onde. Che ne dici?»

«Jake.» È tutta latte e miele, la calma fatta voce, anche se il cuore le batte a mille, il sangue spumeggia come champagne. «Mi stai chiedendo di partire con te?»

«No. Ti *imploro* di farlo.»

Ed Eliza ride.

Salpano due giorni dopo.

*E, naturalmente, la notiziona di quest'anno è il nostro viaggio alle Hawaii! Il tempo è stato sempre bellissimo, siamo stati davvero fortunati! Spero che siate pronti a vedere tipo un migliaio di foto di delfini la prossima volta che ci incontriamo, perché Dave e io ne abbiamo scattate una montagna...* LOL.

*È successa una cosa un po'* sinistra *durante la permanenza, però. Eravamo andati in un posto che si chiama isola di Meroe. Dave era curioso di vedere questa pista d'atterraggio della Seconda guerra mondiale, e ho pensato ma sì, andiamo, sarà divertente vedere una vera isola deserta.*

*Quando ci siamo arrivati, però, c'era già un'altra imbarcazione. Dave ci è rimasto male, era già pronto a fare il Robinson Crusoe della situazione. Comunque. Li abbiamo salutati, sia via radio sia alla vecchia maniera, vale a dire che li abbiamo chiamati a gran voce, ma non ha risposto nessuno. Certo, ci è sembrato strano, ma ci siamo detti che magari stavano facendo un po' di esplorazione.*

*Proprio allora però ho visto qualcuno sulla spiaggia, ma è tornato tra gli alberi prima ancora che facessi in tempo a guardarlo bene.*

*Ora, sapete tutti che non sono per niente superstiziosa,*

*eppure qualcosa in quella imbarcazione tanto silenziosa e in quella persona che si affrettava a rituffarsi nella giungla... non so, mi ha dato una brutta sensazione. L'isola era stupenda, ma ho detto a Dave che di isole bellissime ce n'erano a iosa, mille altri posti che non mi mettevano addosso una paura del diavolo. E lo strano è che Dave si è subito dichiarato d'accordo con me! Ha detto che quel luogo gli dava i brividi, e così siamo ripartiti. E non ci dispiace per niente!*

Cartolina natalizia della famiglia Mullins,
dicembre 2016

# *ADESSO*

# 22

È il nostro quindicesimo giorno sull'isola.

Se tutto fosse andato come stabilito, saremmo ripartiti ieri e invece eccoci ancora qua.

In attesa.

Io sono ancora sulla *Azure Sky* e così Brittany. Nico e Amma sono rimasti sulla *Susannah*, ed è come se ci fossimo scissi in due universi separati, che interagiscono appena.

Se il nostro gruppo è sulla spiaggia, Nico e Amma stanno sulla barca; se sulla barca ci stiamo noi, loro scendono in spiaggia.

Non so come stiano le cose tra loro. Quello che so, però, è che Nico non ha neanche provato a trattenermi. E, ora come ora, tutto ciò che desidero è andarmene da quest'isola. Lasciarmi alle spalle il caldo e l'umidità, che sono diventati esseri viventi, che mi opprimono. Sfuggire alla claustrofobia e a questa tensione anomala, e alla paura costante, incalzante.

Sto cominciando a sognare posti freschi. Il gelo da aria condizionata di una sala cinematografica. Una passeggiata in spiaggia a dicembre, di buon passo. Il mal di denti e il brivido quando si beve troppo in fretta un cocktail ghiacciato. Sudo persino mentre entro nell'oceano, l'acqua vicino a riva ha la stessa temperatura di quella di un bagno caldo.

Inspiro a fondo dal naso, cogliendo l'ormai familiare sentore di acqua salmastra mista a vegetazione marcescente. Nonostante la crema solare protezione 50 che mi spalmo scrupolosamente ogni poche ore, mi bruciano le spalle e il riverbero del sole sull'acqua già adesso mi dà il mal di testa.

«Ho la sensazione che i tuoi pensieri siano decisamente troppo profondi per una mattinata come questa.»

Jake mi si avvicina, due birre che gli penzolano tra le dita.

Sono ancora un po' ubriaca da ieri sera – da quando il gruppo si è separato in due non abbiamo certo rallentato con l'alcol – ma accetto comunque la bottiglietta. Il primo sorso mi corre sulla lingua, lievito e acido, lo stomaco mi fa una capriola.

«Stavo solo pensando che il paradiso non è esattamente come me l'ero aspettata.»

Riesco a vedermi riflessa nei suoi occhiali da sole. Le spalle lentigginose e spellate, i capelli una massa aggrovigliata e piena di sale, trattenuti da una delle bandane di Nico. Anche se viviamo nelle stesse identiche condizioni, Amma non si è inselvatichita fino a questo punto.

Jake mi sorride e si porta la bottiglietta alla bocca. «Poche cose sono come le pubblicizzano, Lux.» Il sorriso si fa più largo. «Tranne me.»

«Ah, quindi quella del tipo ricco e inetto non è solo una posa?»

Getta indietro la testa e ride, e mi sforzo di non lasciar indugiare lo sguardo sulla gola ampia, sui capelli che gli si arricciano intorno ai lobi.

Tecnicamente Nico è più sexy, ma Jake è... magnetico. Appartengono entrambi alla categoria dei ricchi e affascinanti, ma Jake lo è a modo suo. Certo c'entra il fatto di essere più vecchio di Nico, ma non è solo quello. Nico ce l'ha messa tutta per negare quello che è, l'ambiente da cui arriva. Jake invece ne va fiero, e il piglio e il portamento sicuri e baldanzosi sono davvero attraenti. Nient'affatto irritanti come credevo.

«Vieni.» Mi indica la spiaggia. «Andiamo a esplorare un po'.»

Lo so che è una pessima idea andarcene in giro da soli, visto come mi sento oggi.

Lo seguo comunque.

Camminiamo per un po', seguendo la curva della costa. Non parliamo granché, ma sono molto consapevole della sua vicinanza, del dorso della sua mano che ogni due secondi sfiora la mia.

Finisco in fretta la birra e mi dà alla testa più rapidamente del solito. Quando ci fermiamo per sederci sulla sabbia, la laguna e quella a cui ormai penso come alla "nostra" spiaggia sembrano lontanissime. Come se avessimo trovato un'isoletta privata, lontano da tutti.

Gli alberi qui non sono così fitti e la parte sabbiosa della spiaggia è più stretta, un'esile mezzaluna di rena intorno alle acque turchesi dell'insenatura. C'è qualcosa di liberatorio nel guardare verso l'orizzonte e vedere solo oceano, nessun segno della *Susannah* o della *Azure Sky*. Almeno per un po', posso fingere che ci siamo solamente noi due.

Disteso, appoggiato sui gomiti, con un cenno del capo Jake indica l'acqua. «Mi metteva una paura del diavolo, sai? Il mare aperto.»

«Strano che tu abbia scelto come hobby la vela, allora.» Mi sorride, e la fossetta sulla guancia diventa ancora più visibile. Chissà se ci si è esercitato, su questo sorriso, guardandosi allo specchio, consapevole dell'effetto che avrebbe avuto sulle donne.

«Hai ragione. Ma sono stato cresciuto come il tipico Kelly e i Kelly sono uomini di mare.»

Ripenso a Nico, che ha imparato ad andare a vela in una scuola esclusiva dell'Oregon e mi chiedo come sia possibile che questi due uomini siano tanto simili e, al contempo, tanto diversi.

«E cos'altro fanno, i Kelly?»

Reclina la testa all'indietro, meditabondo. «Vediamo. Frequentano scuole pretenziose, sia in patria sia all'estero. Io sono stato in un paio in Australia, dopo di che il mio vecchio mi ha spedito in Inghilterra, allo scopo dichiarato di darmi una raddrizzata. Non ha funzionato più di tanto.»

«Ah, quindi eri il cattivo ragazzo che viene mandato in collegio. Chiaro.»

«Non così cattivo, dai» replica con un sorriso.

«Peccato.» Sono rossa in viso, la mia stessa spudoratezza che mi dà le vertigini. So benissimo cosa sto facendo. Cosa *stiamo* facendo. Ed è pericoloso e stupido, eppure ho tutte le intenzioni di continuare lo stesso.

Jake distoglie gli occhi dall'oceano e me li punta addosso. «E adesso sta a te. Dimmi, cosa fanno le donne McAllister?»

«Mandano tutto in malora?» rispondo in tono spensierato, ma lui continua a scrutarmi e mi sento a disagio. Torno a guardare il mare, e poi decido di dire la verità. «Ci fidiamo degli uomini sbagliati. Mio padre... suppongo che non fosse cattivo, non davvero. Solo superficiale.»

Non risponde, ma è chiaro che sta ascoltando. «Se n'è andato quando avevo undici anni, però ha continuato a cercare di fare il padre. Per un po', almeno. Ma poi ha avuto altri figli, quindi a un certo punto immagino non abbia più avvertito il bisogno di essere il *mio*, di padre.» Sospiro. «Non è che non gli importasse di me, o che si disinteressasse volutamente, credo. È solo che... non ci riusciva. Non era in grado.»

Penso a Nico con quel suo sorriso pronto e le mani capaci, i grandi sogni che sono sempre, sempre i *suoi*.

*Puoi venire con me, certo.*

Ma era tutto qui. Un'offerta vuota e una promessa ancora più vuota.

Jake appoggia la mano sulla mia. «È da maleducati se ti dico che tuo padre mi sembra un vero stronzo?»

Riesce a strapparmi una risata e scuoto la testa, guardandolo. Si è avvicinato, so bene cosa sta per succedere.

Mi domando se non fossimo destinati a questo fin dal primo momento in cui ci siamo incontrati.

La sua mano è ruvida sul mio viso, per la sabbia, e quando mi passa il pollice sulle labbra sento sapore di acqua salata. Il cuore mi martella in petto, lo stomaco sfarfalla, e lo so che è stupido, so che è un errore, so che finirà solo per peggiorare tutto.

Ma non mi importa.

Non in questo momento, con il sole che ci bacia, novelli Adamo ed Eva, soli in quest'angolo di paradiso, un Eden tutto per noi.

«Dovresti dirmi di smettere» mormora, gli occhi sulle mie labbra.

«Dovrei» concordo, e i suoi occhi salgono a incontrare i miei. Sono quasi dell'azzurro del mare alle nostre spalle, del cielo sopra la nostra testa.

«Lo farai?»

Gli rispondo allungandomi verso di lui e coprendo la distanza che ci separava.

Le sue labbra sono asciutte ma morbide, e quando mi

infila la mano tra i capelli sento un brivido di desiderio corrermi dentro, tanto forte che istintivamente schiudo ancora di più la bocca, la sua lingua che guizza incontro alla mia mentre le dita stringono più forte, la mia mano che va ad appoggiarsi sulla pelle calda e madida del suo torace nudo.

In questo istante, non sembra un errore. Sembra solo un'altra avventura, ma questa è tutta mia. Per la prima volta da mesi sto facendo quello che voglio *io*, non quello che vuole Nico.

E poi quello che vuole Nico è Amma, a quanto pare, quindi 'fanculo.

Me lo merito.

È diverso, con Jake.

La testa non mi permette di dire che è *meglio*, perché persino adesso, persino dopo tutto quello che è successo, ho comunque la sensazione di tradirlo. Detesto che Nico occupi ancora tanta parte del mio cuore da farmi sentire un po' in colpa.

Eppure Nico è l'unico con cui sia stata da un bel pezzo a questa parte, quindi non riesco a impedirmi di confrontarli.

Il tocco di Jake è più fermo, più sicuro. Mi parla per tutto il tempo, chiedendomi cosa voglio, se questo mi piace, se quello può farlo. E gli rispondo di sì talmente tante volte che comincia a sembrare una cantilena, sì sì sì, fino a quando sto tremando e le mie dita gli si aggrappano ai capelli, umidi di sudore sulla nuca, e non ci sono più Nico né Eliza, nient'altro che noi due qui su questa striscia di sabbia ombreggiata con il Pacifico alle nostre spalle e le palme da cocco a ripararci dal sole.

Alla fine restiamo coricati fianco a fianco, gli occhi sui raggi che filtrano tra le fronde. «Mi sembra di essere in un videoclip.»

Jake ride, mi abbraccia. «Non capisco se è un complimento oppure no.»
«Oh, sì. O, almeno, quella era l'intenzione.»
Una parte di me si domanda se dovrei dirgli di Nico e Amma. Se lo facessi, però, potrebbe pensare che è stata solo vendetta.
In parte lo è stata, non fraintendetemi. Ma non solo. Non era una cosa tipo pareggiamo il conto: tu ti sei fatto Amma e quindi io mi faccio Jake.
Solo che, adesso che abbiamo finito e inizio a tornare in me – e ricordo dove mi trovo, dove *ci* troviamo – arriva anche il senso di colpa.
Non per Nico, non molto, ma cazzo, Eliza! Eliza mi piace.
E adesso?
Mi giro verso di lui, vorrei chiedergli come ci comporteremo, ma sembra intuire la mia domanda prima ancora che la formuli, perché mi sfiora la punta del naso. «Il nostro segreto.»
«Certo.» Mi sento sollevata, eppure anche – inspiegabilmente – dispiaciuta. «Il nostro segreto.»
L'ennesimo, da aggiungere al mucchio.
Ci rivestiamo, ci ripuliamo dalla sabbia, prima da soli e poi l'un l'altra, e Jake si protende verso di me, mi strofina il naso sulla tempia, mi bacia il collo, e riesce a farmi sorridere anche mentre mi sento sempre più dispiaciuta. È come la sera dopo il funerale di mamma, l'adrenalina che se ne va lasciando spazio a un orrendo malessere, la sensazione di aver camminato fino al ciglio di un dirupo e, anziché girarmi e tornare indietro, di essermi buttata.
"È l'isola" mi dico. "Qui niente è reale. Niente conta."
«Proviamo a addentrarci qui.» Jake si dirige verso gli alberi ma io indugio, guardo scettica la giungla.
«Hai un machete nascosto nei pantaloncini?»

Sogghigna. «Oh, le battutine che potrei farti. Ma no, è solo che su questo versante non è poi così fitta.»

«E tu come fai a saperlo?»

Ma sta già avanzando e allora mi metto a seguirlo, felice di togliermi dal riverbero atroce del sole.

Jake ha ragione: le fronde sono meno fitte da questa parte, il terreno più facile. Camminiamo in silenzio, la luce che filtra tra le foglie, l'aria pesante.

Ogni passo mi porta più vicino a dover affrontare Eliza, quindi non ho esattamente fretta.

Neanche lui sembra avere fretta e quando vediamo un rampicante carico di fiori rosa acceso ne stacca uno e me lo infila dietro l'orecchio, facendomi avvampare.

Quando poi fa scivolare una mano nella mia, la accolgo e mi lascio condurre nel folto della giungla.

Dopo qualche minuto sento il rumore dell'acqua corrente e, con il senso dell'orientamento completamente polverizzato dal fatto che qui sotto sembra tutto uguale, mi domando se non siamo tornati a quella che ormai considero la nostra pozza.

Poi gli alberi si diradano, e mi rendo conto che è un'altra radura, completamente diversa, più buia e più appartata della nostra piccola oasi. C'è una cascata anche qui, ma l'acqua è pigra, gocciola lenta in una sorta di minuscolo stagno. Nell'aria c'è un odore greve, dolciastro e nauseabondo.

C'è anche qualcosa di pallido sul bordo della pozza, e il mio cervello all'inizio fatica a digerire quello che vede, stordito. *Un piede. Perché quell'affare sembra un piede?*

Solo quando sento Jake borbottare «Coglione del cazzo» me ne rendo conto. Sto guardando il cadavere di Robbie.

# 23

Non avevo mai visto un cadavere prima d'ora, non di questo tipo.

Ero con mamma quando è mancata, ma è stata una cosa sterile, serena, lei circondata dal *bip* dei monitor, l'odore asettico dell'ospedale.

Questo è tutta un'altra cosa.

Indietreggio, la mano che corre a coprirmi la bocca mentre Jake si avvicina.

Chiederlo mi costa fatica. «Che cosa gli è successo?»

Jake sospira, si passa una mano tra i capelli.

«Non ne sono sicuro. È a faccia in giù nell'acqua. Non vedo niente di... ovvio. Ma si può morire in un milione di modi, qui.»

Si accovaccia, si copre il naso con la camicia e sfiora un oggetto lì accanto.

È la borsa di Robbie, quella nera di tela.

Jake la raccoglie e comincia a frugarci, e io mi sento urlare. «Non farlo!»

Mi guarda perplesso.

«È solo che mi sembra... sbagliato. Curiosare tra la sua roba.»

«È morto, Lux. Non credo gli interessi.» Ricomincia a rovistare e all'improvviso esala un suono, una specie di grugnito mentre estrae un oggetto dalla borsa.

È un coltello, una lama davvero terrificante, sembra uscita dritta da un film horror. È ricurvo, il bordo dentellato, l'impugnatura fatta di quello che si direbbe osso, e quando Jake lo lascia cadere ai miei piedi avverto il bisogno di calciarlo via.

Ma poi Jake estrae un altro oggetto.

«Il suo passaporto?» domando riconoscendo la copertina blu scuro.

Jake sfoglia le pagine. «No.» Mi fissa. «Il tuo.»

Sbatto le palpebre, di colpo sono coperta di sudore freddo nonostante i cinquanta gradi all'ombra.

«Cosa?»

«È il tuo.» Jake apre la prima pagina e me la mostra. «Deve averlo preso quando ha rotto le radio.»

Non mi era neanche venuto in mente di controllare i miei effetti personali, in quel momento. Sembrava scontato che Robbie fosse salito a bordo per un unico motivo, ben definito.

Ora mi rendo conto che non ho più aperto la borsetta da quando siamo arrivati, mi sono limitata a ficcarla in un armadietto della *Susannah*. Conteneva solo il cellulare, il passaporto e qualche banconota. Non esattamente effetti di cui ho avuto bisogno in queste ultime settimane. E non l'ho aperta nemmeno quando l'ho portata sulla *Azure Sky*, limitandomi a nasconderla sotto il materasso come fosse una cassaforte.

«Perché?» domando di nuovo, stringendomi forte tra le braccia. «Perché avrebbe preso solo il mio?»

«Boh. Hai detto che avete avuto un brutto scambio. Magari voleva punirti? Sarebbe stato un bel casino tornare alle Hawaii, te lo garantisco.»

*Forse. O forse...*

Guardo di nuovo il coltello, pensando a Robbie che lo brandisce qui, nella giungla.

Il coltello e la mia foto.

Robbie che aspettava.

Tramava?

Probabilmente Jake ha ragione. Probabilmente era solo per incasinarmi la vita, per complicarmi le cose dopo quel diverbio sulla *Azure Sky*, eppure ripenso a tutte le volte in cui ho avuto la netta sensazione che qualcuno mi osservasse dalla giungla e rabbrividisco.

Ora che guardo bene la radura, è evidente che Robbie si era accampato qui. C'è una maglietta drappeggiata su un ramo, ci sono i resti di un piccolo falò, e quando mi avvicino noto alcune lische.

«Il pesce» indico.

Jake si avvicina, sferra un calcio alla cenere e alle lische.

«Razza di coglione. Gliel'avevamo detto, ti ricordi? Eccome se gliel'avevamo detto!»

Sembrerebbe proprio chiaro. Robbie stava sempre lì a cercare di pescare qualcosa. Alla fine c'è riuscito, evidentemente, solo che ha preso il pesce sbagliato. È fin troppo facile immaginarlo qui, con la nausea, avvelenato, che striscia verso l'acqua, la disperazione che lo porta a bere perfino quest'acqua salmastra. Ma è così debole che ci stramazza dentro, neanche riesce a risollevare la testa.

Un incidente. Uno stupido incidente del cazzo.

Ma anche un memento di quanto in fretta questo posto riesca a sopraffare le persone.

Di come le divori.

Guardo Jake. «Dobbiamo dirlo a qualcuno.»

«Giusto. Avvisiamo gli altri che l'abbiamo trovato.»

«Non intendevo solo loro. Non so... forse la guardia costiera? Qualcuno del genere. Sai, magari c'è gente che lo cerca.»

«Lux, nessuno cercherà questo povero bastardo, te lo garantisco. Non è un problema nostro.»

Parole tanto gelide da farmi indietreggiare. «Non possiamo semplicemente lasciarlo qui, Jake.»

Lui sospira di nuovo, quindi si massaggia il collo e si guarda intorno. «Be', io non ho certo intenzione di riportarlo giù alla spiaggia. E tu?»

«Non fare lo stronzo!» sbotto e lui alza le mani, mi viene vicino.

«Ehi. Scusa. Ma...» Mi afferra per le spalle, mi guarda negli occhi. «Lux, questo tizio era un ladruncolo, e forse anche pericoloso. Avevi ragione a temere che non se ne fosse andato davvero. Ma non è colpa nostra se è venuto qui ad avvelenarsi, e mentirei se dicessi che non sono convinto che in fondo per noi è meglio così. Sono sicuro che concordi.»

Una parte di me vorrebbe smentirlo, ma la verità è che... ha ragione.

In fondo, non è quello che volevo? La prima mattina che Robbie era scomparso, quando Jake aveva fatto quella stupida battuta sull'organizzare una partita di caccia, mio malgrado c'era stato qualcosa nella sua proposta che mi aveva attratto, mi aveva detto che mi sarei sentita più al sicuro, è inutile negarlo.

Mi accorgo che sto annuendo e gli permetto di attirarmi a sé, di stringermi.

«Lo diremo agli altri» ribadisce. «E quando arriverà la barca con le radio, lo diremo anche a loro. Fino ad allora, non possiamo fare nient'altro. *Non siamo tenuti* a fare nient'altro.»

Ha ragione e lo so.

«E quand'è che arriva, la barca? Ormai mancano pochi giorni, giusto? Quanto, una settimana?»

Jake odora ancora di oceano, di sale, di me. Mi appoggia il mento sulla cima della testa. «Non più di una settimana. Al limite un paio di giorni in più, se trovano mare mosso, ma ormai ci siamo quasi.»

Ci siamo quasi.

A breve, qui ci saranno altre persone. A breve, potremo andarcene. A breve, quest'isola sarà solo un ricordo, un aneddoto folle dei miei folli vent'anni, da raccontare nei bar o intorno a un falò.

So che non racconterò mai questa parte, però. Non parlerò di me e di Jake e di questo pomeriggio rubato, e non parlerò di Robbie, morto nella giungla, dei miei occhi che continuano a cercarlo, ancora e ancora, mentre ci voltiamo per andarcene, dei miei occhi che continuano a guardarlo finché la giungla non gli si richiude intorno.

# 24

Brittany ed Eliza sono sulla spiaggia quando torniamo, e mi basta vedere Eliza per sentirmi rivoltare lo stomaco per il senso di colpa. Dopo aver trovato il cadavere di Robbie, avevo quasi dimenticato la vergogna di essere stata con Jake, ma adesso che lei mi sorride e mi saluta festosa torna ad assalirmi in pieno.

Non è da me andare a letto con il ragazzo di un'altra. Non ho mai tradito in vita mia. Ed Eliza *mi piace*. Tantissimo.

«Eccovi! Brittany e io stavamo per venire a cercarvi.»

Ossignore, e se l'avessero fatto? Se ci avessero beccati mentre...

L'idea mi lascia la bocca secca, le ginocchia di colpo molli. Che razza di stupida egoista! Sono stata davvero sconsiderata!

«Dove sono Nico e Amma?» domanda Jake, e Brittany si tira su a sedere, la sabbia che le si incolla alla schiena.

«Che cosa succede?»

«Dobbiamo riunirci tutti.»

Eliza si alza in piedi, non sorride più.

«Jake, cos'è successo?»

«Robbie.» Non dice altro, ma grazie al cielo proprio

in quel momento arrivano Nico e Amma, senza bisogno che andiamo a cercarli.

Nico mi guarda di sfuggita. «Che c'è?»

Sono giorni che non ci rivolgiamo la parola e sinceramente credevo che mi sarebbe mancato di più, per quanto mi abbia ferita. E invece, più passa il tempo e più capisco che in realtà non abbiamo mai parlato davvero. Non delle cose importanti, per noi o in generale. Era tutto vago, sogni rosa nebulosi, nessun dettaglio concreto che ci facesse capire cosa desideravamo l'uno dall'altra, niente che ci costringesse a confrontarci con quello che siamo, come coppia. A pensarci bene, ho capito che non eravamo fatti l'uno per l'altra. Mai stati.

Amma è un po' defilata dietro di lui, il viso nascosto dai soliti occhiali da sole oversize. Si tormenta il labbro inferiore, si stringe tra le braccia. Non le vedo gli occhi, ma so che mi sta guardando.

«Robbie è morto.» Mi esce così, le parole come pietre.

Jake mi guarda, le sopracciglia inarcate. «Non ci giri attorno, eh, signorina McAllister?» commenta mentre Brittany sbotta in un: «Cosa?!» ed Eliza resta senza fiato.

Nico si massaggia la nuca come fa ogni volta che è nervoso. «Dio. Davvero?»

«Si era accampato nella giungla.» Mi vedo ancora davanti agli occhi il suo cadavere, i suoi piedi pallidi. «Proprio come vi avevo detto. A quanto pare ha pescato i pesci della laguna. Avete presente, quelli coloratissimi?»

«Quelli velenosi» aggiunge Jake. «Quindi sì, è andato.»

«Cazzo. E adesso cosa facciamo?» domanda Nico.

«La barca con le radio dovrebbe arrivare la settimana prossima, giorno più giorno meno. Glielo diremo. Non ho trovato nessun documento nella sua borsa, e Dio sa dove ha gettato l'ancora. Lasceremo che ci pensi qualcun altro.»

«Bene.» Eliza si mette le mani sui fianchi. «Vorrei poter dire che mi dispiace, ma quel tizio era uno stronzo patentato.»

Sembra quasi che stia scimmiottando Jake, la sua abituale inflessione aristocratica che per un attimo cede il passo alle vocali aperte, all'australiana.

«Come avete fatto a trovarlo?» si informa Eliza.

Adesso lo sguardo di Amma è *sicuramente* puntato dritto su di me, mi costringo a incrociarlo.

«Stavamo facendo un po' di esplorazione della giungla» rispondo imponendomi di non arrossire, di non guardare Eliza con fare colpevole.

«Non ne potevamo più di sole e sabbia, volevamo un po' di avventura» concorda Jake e il suo tono è talmente spensierato e tranquillo che non rivela niente.

«Oh cielo, poveri.» Eliza mi si avvicina e prende ad accarezzarmi le braccia. «Deve essere stato uno spettacolo orrendo.»

Non mi merito la sua comprensione, ma non me ne perdo una goccia.

«Sì, lo è stato. Ma come hai detto, non era un brav'uomo, e come ha detto Jake, be'... non possiamo farci niente, quindi...»

«Sapete di cosa abbiamo bisogno?» Eliza mi cinge in un abbraccio. «Una festa.»

«Perché un tizio è morto?» È la prima volta che Amma apre bocca, e il suo tono è glaciale. Eliza scuote la testa, i suoi capelli mi accarezzano le spalle.

«Niente di tanto morboso, tesoro. È solo che... Sentite, possiamo ammettere che sono stati giorni di merda? Siamo rimasti tutti chiusi nei nostri piccoli mondi, c'è stata parecchia tensione tra noi, e ci si prospetta ancora una settimana di attesa. Non possiamo continuare così. Perciò ecco la mia proposta: che ne dite se ci sciogliamo un po'? Vi va?»

Mi guarda e mi stampa un bacio scherzoso sulla guancia. «Lux? Festa?»

È sbagliato, e macabro, ma non mi viene in mente niente di meglio. Oltretutto sarebbe davvero bello riuscire a ricreare i nostri primi giorni sull'isola, prima che arrivasse Robbie, prima che tutto andasse a puttane.

Premere un tasto. RESET.

Amma mi sta ancora guardando. «Non sapevo che un falò e qualche bottiglia di vino avessero tanto potere.»

«Oh, tesoro.» Eliza mi fa l'occhiolino. «Abbiamo qualcosa di meglio del vino.»

Quella sera approntiamo un falò gigantesco, tanto che mentre gli sto davanti e osservo le fiamme salire in cielo sono un po' spaventata.

Immagino un tizzone, una scintilla che arriva alle foglie, il fuoco che si propaga di ramo in ramo, l'intera isola di Meroe che si incendia all'istante.

L'immagine è talmente nitida che quasi la vedo, ed è allora che mi rendo conto di essere completamente fatta.

Di norma mi tengo lontana dalle droghe, ma dopo una giornata come questa, con i nervi costantemente a fior di pelle, qualche minuto di oblio era parsa una bella idea. L'odore pesante e dolciastro del fumo aleggia su tutti noi, sento le membra pesanti mentre mi lascio cadere sulla sabbia accanto a Brittany.

O quella che *credevo* fosse Brittany.

Invece è Amma, gli occhi scuri e scintillanti alla luce del falò.

«Tu.» La studio, e all'improvviso gli occhi mi sembrano ancora più lucidi, come fosse sul punto di scoppiare a piangere.

Mi fissa. «Mi dispiace. Per Nico. Io... te l'avevo detto che mi ricordava Sterling, e gli stavo raccontando tutto, e non so, è successo, e...»

«Sterling?» Ridacchio. «Il tuo defunto fidanzato si chiamava *Sterling*?»

All'improvviso mi prende una gran ridarella, Amma e Sterling, sembra uscito dritto dal sogno delirante di un WASP, e crollo giù distesa, vinta dalle risate.

«Mi sembra evidente che hai una fissazione per i ragazzi ricchi» la sfotto una volta che riesco a riprendere fiato. Fa una risatina timida e mi si stende accanto.

«È tutto così strano.» E poi alza la voce, urla. «È TUTTO COSÌ STRANOOO!»

Questo mi fa ridere ancora di più, e guardo anche io il cielo, le stelle che brillano e ci vorticano intorno. «TUTTO È STRANO, QUI!» urlo di rimando, e all'improvviso ho la sensazione di stare ridendo troppo forte, come se da un momento all'altro potessi scoppiare a piangere.

Non voglio piangere, perciò mi alzo, tiro in piedi anche lei, le mani scivolose per il sudore mentre ci aggrappiamo l'una all'altra e giriamo lentamente in cerchio.

Non è il caso che la perdoni? Non ho forse fatto la stessa cosa a Eliza? E come può essere importante, se in questo posto niente è vero?

Sull'altro lato del fuoco, Nico siede da solo e Jake con Eliza, ed è di nuovo proprio come la nostra prima sera insieme. Solo che io ero con Nico, e Jake era soltanto il tizio carino con la ragazza simpatica, e come ha fatto ad andare tutto a rotoli tanto in fretta?

Amma si scosta, ridacchia, crolla sulla sabbia, e all'improvviso c'è anche Eliza – come ha fatto ad arrivare così in fretta? Ma non era seduta con Jake? – e invece no, adesso è Brittany quella ferma al buio, mentre Nico fa un altro tiro dallo spinello di Jake.

Il tempo è insieme rallentato e accelerato, e io sono felice e triste insieme. Prendo lo spinello che mi offre Eliza, aspiro un'altra boccata di fumo denso, dolciastro, lascio che scenda nei polmoni e il mondo si fa annebbiato e confuso.

Mi allontano dal fuoco, le palpebre appesantite e i piedi malfermi, incespico intontita, stordita. È diventato tutto così faticoso, mi corico, la sabbia fresca contro la pelle bollente.

*Ho fumato troppo.* È un pensiero distante, di colpo mi sento stanca e strana, il braccio troppo pesante per sollevarlo, i piedi che scavano nella sabbia.

Il cielo sta ancora vorticando.

Guardo alla mia destra, e persino questo sembra uno sforzo eccessivo, come se al posto della testa avessi un macigno che mi ciondola sul collo.

Nico è sul limitare della giungla, il corpo che si staglia contro la luce del fuoco. Non ce l'ho più con lui e vorrei dirglielo, ma non riesco ad aprire la bocca, riesco solo a starmene qui mentre Nico si separa in due persone, due ombre.

Due Nico.

Bene, questo faciliterà le cose. Amma può prendersene uno e io posso prendermi l'altro.

L'idea mi fa ridere, o lo farebbe se non avessi tanto sonno.

I due Nico fluttuano ai margini della mia visuale, ma mi accorgo adesso che uno è più piccolo, più magro.

Non due Nico. Nico e Brittany.

Sbatto le palpebre. No, non Brittany. Dev'essere Amma, perché adesso si stanno baciando, le due ombre che si fondono in una.

Alla luce del falò, i capelli di Amma sembrano più scuri, e vedo le mani di Nico alzarsi, come se volesse spingerla via.

Ma è questione di un attimo e poi già la sta abbracciando, e si stanno ancora baciando, e io chiudo gli occhi, non voglio vedere.

Quando li riapro, sia Nico che Amma sono spariti.

# *PRIMA*

Amma sta staccando l'etichetta di una bottiglia di birra in un bar di Canberra e si domanda come accidenti abbia fatto a permettere che la situazione degenerasse fino a quel punto.

Chloe e Brittany siedono a un altro tavolo, in un séparé in fondo al locale, con un gruppetto di ragazzi in camicie a righe e pantaloncini color cachi, e Amma sa che sarà l'ennesima sera in cui resterà a guardarle flirtare e pavoneggiarsi e ridere, e poi, la mattina, avranno fasci di banconote nelle borsette – e sosterranno di averle prelevate al bancomat – o un orologio o simili, e si lanceranno occhiatine complici perché ehi, non sono forse furbe, non sono forse intelligenti, e lei non è forse quella sempliciotta, fiduciosa?

Dovrebbe tornare a casa.

Stava quasi per farlo, a Londra.

Quando Brittany aveva proposto di seguire Chloe in Australia, Amma aveva pensato che fosse un'idea folle e stupida, e avrebbe potuto dirlo. Mettere fine a tutto quanto.

Ma lei e Brittany erano salpate insieme per quell'avventura, e non le era sembrato giusto: non poteva lasciarla con Chloe.

Chloe, con il sorriso luminoso, gli occhi duri e le dita veloci.

Quasi quasi la ammira, davvero. È bravissima ad attirare le persone, a fare sì che si fidino di lei. E, come Amma continua a ripetersi, non è che i tizi che raggira non possano permettersi le perdite. Amma la capisce bene, Chloe.

Solo che non vuole prendere parte alle sue bravate.

Ma non può neanche abbandonare Brittany. È in debito con lei. Più di quanto Brittany sappia.

Riesce ancora a vedersi, lì che ridacchia, l'imbuto tenuto in alto mentre la birra scivola giù lungo il tubo, la brezza salmastra e rovente della Florida che le soffia i capelli sul viso, la pelle ancora piacevolmente accaldata dal sole della giornata.

Un'infinità di birre che scendono in un'infinità di gole, e poi un frigorifero vuoto, Amma che mette il broncio, che abbraccia il fidanzato.

«Piccolo, non vorrai lasciare la tua ragazza senza birra durante le vacanze di primavera, vero?»

Ubriaco – Dio se era ubriaco! – gli occhi scuri che faticavano a mettere a fuoco il suo viso, e Amma lo sapeva, sapeva *perfettamente* quanto fosse sbronzo, eppure gli aveva chiesto comunque di andare a comprare altra birra.

E lui l'aveva fatto.

E quella famiglia di tre persone (*quattro, la famiglia era composta di quattro persone, l'altra era rimasta in camera con il muso, ignara che da un minuto all'altro le sarebbe stato sottratto tutto quanto in uno scontro spaventoso*), non l'aveva visto che le piombava addosso finché non era stato troppo tardi.

E così adesso eccola qui, in questo bar di merda in questa città noiosa, piatta e verde e piena di edifici governativi, un postaccio mortale. Non è certo l'avventura che aveva in mente.

Non è neanche l'avventura che aveva in mente Brittany, però l'impressione è che se la stia spassando alla grande, il viso rosso di un'eccitazione che tutti quei ragazzetti con i loro bei vestiti da ricchi pensano sia dovuta a loro.

In questo momento Brittany e Chloe si stanno alzando, salutano i ragazzi, e Brittany fa segno ad Amma che se ne stanno andando.

Lei non ha ancora finito la sua birra, ma si alza comunque.

Ci sarà un altro bar, ora, un altro locale, finché Chloe non deciderà che per questa sera è sufficiente. Funziona sempre così.

Proprio mentre arrivano alla porta, però, una mano afferra il braccio di Chloe e la blocca.

Amma si paralizza, il sangue che le si gela nelle vene mentre il tizio, uno studente di legge con un bel completo e occhiali costosi, guarda male Chloe.

«Il mio orologio.» La voce è tesa, e Amma vede Brittany sgranare gli occhi.

Chloe si limita a fissare il ragazzo, poi si libera dalla sua presa con una risata incredula. «Non ce l'ho il tuo cazzo di orologio, amico.» Ma lui le sta già frugando nella borsa, e anche se lei fa un versetto oltraggiato, lui tira fuori un Rolex d'oro, la bocca stretta in una smorfia dura.

Chloe ha un attimo di smarrimento. Amma lo vede, l'istante in cui la maschera cade, e quello successivo, quando recupera l'armatura con cui attraversa la vita.

«La mia borsetta era per terra, coglione. Probabilmente ci è scivolato dentro.»

«Ma certo.»

Amma trattiene il fiato. Chissà cosa succederà ora?

Ha il cuore che va a mille. Si era abituata a vederle... cavarsela. Piccoli scippi, che le erano sempre sembrati innocui.

Lo sembrano molto meno ora che la gente le fissa, i volti accigliati, Steve il barista che già sta prendendo il telefono.

Ma poi Chloe sorride, si strofina al ragazzo. Gli fa le fusa. «Ehi. Ti dico io cosa facciamo. Ti pago da bere per risarcirti del fatto che la mia borsa si sia trovata sulla strada del tuo orologio, va bene?»

Non dovrebbe funzionare. Il ragazzo era incazzato nero appena un attimo prima, e invece, con grande stupore di Amma, l'espressione dura cede il passo a un sorriso riluttante.

«Sfacciata. E va bene. Però devi smetterla di chiamarmi coglione.»

Si gira e torna nel bar. Prima di seguirlo, Chloe fa un cenno a Brittany. «Vi raggiungo dopo, okay?»

Non rientra all'ostello che a mezzanotte passata.

Amma la sta aspettando, seduta sul letto, la nostalgia di casa che le stringe le viscere come non mai.

«Hai rischiato di farci arrestare» le sibila, la voce bassa. «Brittany e io saremmo state espulse dal paese, o ci avrebbero confiscato i passaporti, o...»

«Okay, ma non è successo, giusto?» la interrompe Chloe. È immusonita, si muove al buio, sta già raggiungendo la finestra, in mano un pacchetto di sigarette.

«Non *questa volta*» replica Amma continuando a sforzarsi di tenere la voce bassa nonostante la rabbia che la divora. «E solo perché ci è andata bene.»

«No, Amma.» La fiammella dell'accendino guizza nel buio. «Lo sai *a chi* è andata bene? A quegli stronzi del cazzo che questa sera erano nel bar. A quegli altri stronzi del cazzo che erano in Italia. A tutti gli stronzi del cazzo che se ne vanno in giro con i loro Rolex e le loro auto eleganti, e continuano a vivere alla grandissima anche se alle spalle si lasciano un casino dietro l'altro, senza venirne mai toccati. Sono *loro* quelli fortunati. Pensi che a Brady sarebbe mancato tanto il suo orologio? No, sarebbe semplicemente andato a comprarsene un altro, scordandosi di questo in men che non si dica. Per loro è tutto rimpiazzabile, tutto usa e getta.»

Amma non dice niente ma ripensa a una festa in piscina, tre anni prima. Un orologio rovinato perché lui si era scordato di toglierlo prima di tuffarsi, la risata in cui era scoppiato quando Amma gliel'aveva fatto notare. *Be', ne volevo comunque uno nuovo*.

Chloe fa un tiro, la punta della sigaretta che brilla rossa prima che la ragazza soffi fuori una nuvola di fumo. «*Noi* siamo usa e getta, per quella gente.»

Per la prima volta, Amma si rende conto che Chloe non lo fa solo per divertirsi. È arrabbiata. Anzi, furibonda.

E questo la preoccupa ancora più di quando pensava che l'altra fosse semplicemente una sconsiderata, il tipo di persona che si prende quello che vuole e 'fanculo il resto. Non era per questo che se ne andava a spasso per il mondo, volando dove la portava il vento?

Brittany si è svegliata e si è appollaiata sul bordo del suo letto, vede Chloe prendere la mano di Amma.

«Non ci meritiamo qualcosa anche noi?» La stretta di Chloe è fredda e forte, le unghie scavano nella pelle di Amma. Quest'ultima non può fingere di non essere incuriosita, di non sentirsi così anche lei, a volte. L'ingiustizia di quanto ha perduto, di quanto le è stato sottratto, le fa venire voglia di urlare.

Come può un solo errore – certo, un grosso errore, ma resta comunque solo quello, un *incidente*, un singolo giudizio sbagliato in una intera vita di scelte giuste – mettere fine a tutto?

Ma ciò non significa che sia giusto mettersi a rubare.

Amma sottrae la mano all'altra. «Questa è solo una scusa. Di brutte cose ne succedono a tutti, ogni giorno. La vita è ingiusta. Ma questo non significa che possiamo fare quel cazzo che vogliamo.»

«Be', forse dovremmo.» Chloe ha risposto sottovoce e Amma la osserva lanciare un'occhiata a Brittany – Brittany, che continua a fissarle con quei suoi occhioni grandi – e Amma si rende conto di aver perso.

La mattina successiva Amma esce a prendersi un caffè, ma quando passa davanti al bar dove sono state la sera precedente vede che l'ingresso è sigillato dai nastri gialli della polizia. Si è radunata una piccola folla, tutti che cercano di sbirciare all'interno.

Amma si sente gelare, sta per andare a chiedere a un curioso cosa succede.

Ma non lo fa.

Continua a camminare, il polso che corre, lo stomaco annodato, finché non arriva all'ostello. Nell'atrio, tira fuori il cellulare e cerca il nome del bar.

C'è un articolo, lo scorre in fretta, coglie le frasi chiave.

*Brady Hendrix, studente di legge, ventitré anni, overdose.*

Triste, ovviamente. Tragico, addirittura.

Non criminale. Non necessariamente. Un incidente, molto probabilmente.

Può succedere a tutti.

Ma le mani di Amma tremano mentre torna in camera. Continua a vedere il sorrisetto di Chloe mentre lo seguiva di nuovo nel bar.

Brittany e Chloe non ci sono, ma la borsa di Chloe è aperta sul letto.

Anche mentre sta già frugando tra le sue cose, Amma si domanda cosa si aspetti di trovarci. L'orologio, un portafogli, qualche segno del fatto che alla fine Chloe ha comunque portato via qualcosa a Brady Hendrix?

"Non significherebbe comunque che c'entra con la sua morte" si dice, ma una parte di lei, profonda, primordiale, le dice che se trova l'orologio, allora avrà la sua risposta.

Però non c'è niente. Nessun Rolex, nessun cellulare, neppure i soliti fasci di banconote che Amma si è abituata a vederle sventolare orgogliosamente, lei e Brittany.

«Cosa stai facendo?»

Chloe è in piedi sulla soglia, un bicchiere di caffè in una mano, Brittany alle sue spalle, e Amma leva le mani dalla borsetta.

«Niente.» E poi, per sicurezza: «Cercavo un assorbente».

La bocca dell'altra si storce in un sorriso. «Ah ecco, adesso abbiamo capito perché in questi giorni facevi tanto la stronza» scherza, e Amma nota lo sguardo che corre tra le altre due, avverte tutto il peso di quell'*abbiamo*.

Riesce a vedere il cerchio chiudersi. Adesso lei è fuori.

# ADESSO

# 25

La mattina successiva mi sveglio sulla spiaggia, e per un istante ho la sensazione di essere sul punto di morire.

Ricordo a stento la notte precedente, una nebbia di fumo e fuoco, e anche se avevo fumato un'altra (unica) volta in vita mia non ricordo di essere stata così male. In questo momento venderei l'anima al diavolo per una bottiglietta d'acqua.

Mi alzo lentamente, levandomi la sabbia dalle gambe prima di girarmi verso la laguna.

Il sole si è appena alzato, il cielo è rosa, l'acqua immobile, vitrea.

È così bello che mi ci vuole un momento per rendermi conto che qualcosa non va.

Alla mia sinistra, la *Azure Sky* galleggia tranquilla al suo solito posto.

Ma è l'unica imbarcazione.

La *Susannah* è sparita.

Brittany è imbozzolata in una montagna di teli alle mie spalle, e quando la scuoto per svegliarla i suoi occhi sono gonfi, le labbra secche e screpolate.

«Che c'è?»

Senza dire una parola, le indico l'acqua. La fissa senza

comprendere e poi capisce di colpo cos'è che mi ha sconvolto tanto.

«Dov'è la *Susannah*?» Si tira su a sedere, adesso è sveglissima. «E dov'è Amma?»

E di colpo ricordo tutto. La festa. Nico che baciava Amma. Il mio cervello annebbiato dalla droga inizialmente l'aveva presa per Brittany, ma visto chi si sta scopando Nico, di sicuro era Amma.

E adesso la barca è sparita, e Brittany e io siamo rimaste sole sulla spiaggia.

L'altro giorno, avevo avuto la sensazione che l'isola cominciasse a darmi la claustrofobia. Adesso, mentre osservo tutta quest'acqua, la trovo peggio che minuscola. Se Nico ci ha lasciate qui...

No.

No, non lo farebbe. Nico è tante cose, e alcune le ho capite solo di recente, e fanno schifo, ma non è *così* stronzo. Non mi abbandonerebbe qui, non mi lascerebbe da sola in mezzo a degli estranei, per partire all'avventura con una nuova ragazza.

O sì?

«Dobbiamo dirlo a Jake ed Eliza.» Indosso ancora gli shorts e la maglia di ieri sera, ma non mi importa, mi tuffo nell'oceano e comincio a nuotare. La loro barca è a pochi metri, e l'acqua è così calda e tranquilla che ci metto un attimo.

Mi isso sul ponte, mi levo dagli occhi i capelli bagnati e guardo il punto in cui si trovava la *Susannah*, ancora sbalordita dalla sua assenza.

«Lux?»

Mi volto.

Amma è qui, stravaccata su una delle panche a prua. Sembra un po' malmessa, i capelli una matassa scarmigliata, gli occhi rossi mentre li strizza per guardarmi.

Mi sento invadere dal sollievo.

*Non è partito con Amma.*

Il portello che separa la cabina dal ponte si apre e ne emergono Jake ed Eliza, assonnati e stropicciati, eppure chissà come sempre bellissimi e splendenti.

Eliza mi guarda. «Cosa succede?»

Indico la laguna. «Nico se n'è andato. O, almeno, la barca è sparita.»

Proprio in quell'istante arriva anche Brittany, scuote i capelli gocciolanti, e fissiamo tutti insieme l'oceano deserto.

«Cosa? Ma come? Non ho sentito niente, questa notte. Anche se, be', dobbiamo ammettere che eravamo tutti un po' fuori.» Jake si volta a guardare Amma. «Quand'è l'ultima volta che l'hai visto?»

Non ero preparata a questo dolore. Fa male, quanto in fretta Amma sia diventata "Quella che sa dove si trova Nico", perché è maledettamente evidente che io non lo sono più.

«In spiaggia, ieri sera. La luna era stupenda e io ero... be', lo sapete. Strafatta, perciò mi sono tuffata. Chiaramente ho sbagliato imbarcazione, comunque sono salita a bordo e mi sono addormentata. In verità, è tutto un po' confuso.»

Torno a guardare il punto in cui si sarebbe dovuta trovare la *Susannah*, quasi che in questo modo mi fosse possibile farla riapparire. La serata di ieri è una nebbia unica, eravamo tutti fatti. È per questo che Nico è riuscito a salpare l'ancora senza che *nessuno* l'abbia sentito?

Non ce la faccio a muovermi, le mani tra i capelli, lo stomaco sottosopra. Jake fa un passo avanti, mi prende per il braccio. «Ehi, ehi, ehi. Niente panico, okay? Probabilmente è solo andato a farsi un giro. Magari voleva restare da solo per un po', schiarirsi le idee.»

«Questa non è una cazzo di canzone di Jimmy Buffet, Jake, è la realtà!» sbotto. «E se gli succede qualcosa...»

Questo suo essere sempre tranquillo mi irrita a morte. Ieri trovavo riposante il suo fascino rilassato, e pure parecchio sensuale. Oggi vorrei tanto che qualcuno si agitasse insieme a me.

Invece niente.

Brittany continua ad asciugarsi i capelli mentre Eliza si limita a guardarci, le braccia conserte.

Amma si passa le mani sul viso e poi di colpo si china a frugare in una borsa di tela che ha ai piedi. Tira fuori un cellulare, e avverto subito un'ondata di sollievo. È vero, possiamo chiamarlo al cellulare, possiamo chiamare qualcuno...

«Cazzo.»

Brittany alza gli occhi al cielo.

«Lo sai che qui non c'è segnale.»

Esalando un grugnito frustrato, Amma scaglia il telefono su una pila di teli a strisce. «Lo so, è solo che pensavo... non so, volevo solo provarci.»

La gola mi si chiude, il sudore mi corre lungo la spina dorsale. Starsene fuori dai radar, completamente scollegati. Sembrava liberatorio, all'inizio, ma adesso ricorda più una trappola, pronta a scattare per catturarci. Niente radio per contattare il mondo esterno, nessun modo per restare in contatto neppure tra di noi se finiamo separati...

Siamo soli.

E mentre una volta questo pensiero mi avrebbe colmato di una sensazione molto vicina all'esaltazione, ora riesce solo a scatenare del panico.

Amma si fa correre le mani tra i capelli, si guarda intorno, e all'improvviso si tuffa, le bracciate regolari che fendono l'acqua mentre torna alla spiaggia.

*Ma che cazzo...*

«Lux, ascolta.» Jake mi si avvicina, ma sta attento a non toccarmi. «Se Nico non torna entro qualche ora, allora cominceremo a preoccuparci. Per adesso, però, rilassiamoci, e diamo per scontato che si sia svegliato stordito e confuso come tutti noi e abbia pensato che un po' di brezza fresca gli avrebbe fatto bene.»

È del tutto logico, ma l'umore sull'isola è stato teso fin da quando è arrivato Robbie, come se stesse montando un temporale, e vorrei tanto che fosse già scoppiato. Vorrei avere una scusa per urlare e dare di matto.

Invece annuisco. Terrò botta ancora per un po'. Aspetterò.

Nuoto fino alla spiaggia nella speranza di raggiungere Amma, ma si è già dileguata.

Seduta sulla sabbia, me la faccio correre tra le dita mentre scruto l'orizzonte. Jake ha ragione, probabilmente Nico aveva solo bisogno di sgranchirsi un po' le gambe, per così dire. Magari doveva schiarirsi le idee riguardo a me e Amma. D'altronde l'isola adesso sembra per qualche motivo più minuscola, angusta. Come se ci si stesse richiudendo intorno, sempre di più, un bozzolo opprimente.

Persino ora, mentre mi guardo alle spalle, giurerei che la giungla è un po' più vicina di ieri. Torno a guardare la laguna, sforzandomi di ignorare la sensazione che qualcosa – o qualcuno? – mi stia spiando dal folto degli alberi.

"Nico è sull'altro lato dell'isola" mi dico. "Tornerà a momenti."

Le onde sciabordano contro la riva. Al nostro arrivo questo suono mi era parso tanto tranquillo, un vero conforto. Ora mi dà ai nervi.

La giornata si trascina. Brittany viene a portarmi dell'acqua e altra crema solare, siede un po' con me, alla fine torna sulla barca di Jake ed Eliza.

In men che non si dica il sole sta tramontando, il cielo che divampa nel solito incendio di arancioni e rosa che la prima sera mi avevano incantato. Adesso, vederlo mi fa rivoltare lo stomaco. Tramonto significa quasi notte, e se Nico non torna prima che faccia buio...

Ancora non riesco a credere che mi abbia lasciata qui. D'altra parte, non avrei neanche mai pensato che mi avrebbe tradita, proprio sotto il mio naso. La verità è che non ho la minima idea di cosa sarebbe capace di fare. Il Nico che ho conosciuto a San Diego, quello che mi ha promesso di mostrarmi il mondo, non mi avrebbe fatto questo.

Ma Nicholas Johannsen III? Chi accidenti lo sa?

I miei pensieri tornano a Susannah, ferma sul molo, gli occhi rossi. *In bocca al lupo*. Insieme alla paura più immediata del *come cacchio farò ad andarmene da quest'isola*, c'è un'inquietudine più profonda che non riesco a scrollarmi di dosso. Il nocciolo è questo: non è che ci ho messo un attimo a riporre tutta la mia fiducia in un uomo che di fatto non conoscevo, non davvero. La realtà è che non mi sono mai preoccupata di conoscerlo. Come per tutto il resto nella mia vita, ho semplicemente lasciato che questo – che *Nico* – mi succedesse. Era carino, gli piacevo, mi ha offerto una via di fuga. E io l'ho colta al volo, ignorando un sacco di campanelli d'allarme che non avrei dovuto ignorare, e così adesso mi ritrovo qui, su quest'isola in mezzo al nulla, niente barca, nessun vestito, zero possibilità di contattare il mondo.

Niente Nico.

Cercavo una via di fuga, e mi ritrovo letteralmente in trappola.

Sono ancora seduta sulla spiaggia quando il sole scende sotto la linea dell'orizzonte. I miei occhi cercano il famoso raggio verde, quello che Nico sostiene che si riesca benissimo a vedere, se solo si guarda con attenzione. Ma non c'è. Un'altra promessa vuota.

Il cielo scolora da rosa arancione a lavanda a viola e alla fine è blu scuro, le stelle così brillanti che luccicano come lustrini su un abito da sera.

Non mi rendo conto che sto piangendo finché non sento il sale sulle labbra.

# 26

Torno alla barca a nuoto, ormai non mi importa più di cosa potrebbe nascondersi nell'acqua buia.

Sento Jake ed Eliza ridere e parlare, il sibilo e lo schiocco delle lattine di birra che vengono aperte.

Nico manca da stamattina e questi cretini se ne stanno qui come niente fosse, l'ennesima sera in paradiso.

Non appena salgo sul ponte, Eliza mi fissa, gli occhi sgranati.

«Oddio, Lux, stai bene?»

Togliendomi i capelli dalla faccia, la fulmino con lo sguardo. «Secondo te?! Nico non è tornato. E non so dove cazzo sia finita Amma, oltretutto. Voi siete semplicemente... rimasti qui seduti tutto il giorno?»

Jake sospira, mette giù la birra e viene ad abbracciarmi. Mi scosto con rabbia, quasi inciampo.

«Perché nessuno è preoccupato? Perché non ve ne frega un cazzo? Nico è *scomparso*. La *barca* è sparita. Robbie è un cadavere e Amma... Amma ha deciso di trascorrere la notte nella giungla?»

In piedi sul ponte, è difficile ricordare la prima sera che ho trascorso qui, appena due settimane fa, quando addirittura mi sono permessa di credere di aver trovato una famiglia, incontrando queste persone.

Ciò che allora era sembrato intimo adesso è opprimente, l'acqua scura che ci circonda, che ci imprigiona.

Nico potrebbe essere lì dentro.

Brittany sbuca dalla cabina, sul viso un'espressione ebete.

«Che succede?»

«Lux è preoccupata per Nico» spiega Eliza, il tono un filo condiscendente.

Ho la sensazione di essere stata catapultata ai confini della realtà. Perché si comportano tutti come se io stessi esagerando? Perfino Brittany, che si limita a emettere un suono comprensivo mentre mi raggiunge sul ponte, le braccia protese verso di me. «Lux...» come fossi un bambino che fa le bizze. «Sarebbe poi così strano se fosse semplicemente tornato a Maui?»

«Ehm... *sì*! È il *mio ragazzo.* Non mi avrebbe mollato su un'isola deserta. Oltretutto, voi l'avete addirittura pagato per farvi portare qui e poi riportare indietro.»

Lei lascia cadere le braccia. «È vero, però... ecco, non mi sembra esattamente un tipo affidabile, o sbaglio?»

*Non pensavi che si sarebbe scopato Amma, invece l'ha fatto.*

*Non pensavi che ti avrebbe lasciato attaccata a una cima di sicurezza rotta durante un temporale, invece l'ha fatto.*

*Non lo conosci per niente, giusto?*

*E lui non conosce te.*

«Lux.» Eliza mi si avvicina e una nuvola del suo profumo mi avvolge. Ha un'espressione gentile, la voce dolce. «Non hai pensato che magari ha scoperto di te e Jake?»

Il cuore sembra fermarsi nel mio petto, la pelle che un minuto fa bruciava ora è ghiacciata.

«Co... cosa?»

Guardo Jake, è impassibile, e poi Brittany.

Nessuna sorpresa, nessuno shock.

Lo sapeva anche lei.

Lo sapevano tutti.

Torno a guardare Jake, ma Eliza sta già scuotendo la testa. «Non è stato lui a dirmelo. Non sono così cretina, sai? "Eravamo a esplorare la giungla." Ma per piacere. L'avrebbe capito chiunque, le...» alza le mani, indica l'aria tra me e Jake, «...vibrazioni erano palpabili. E sinceramente, Lux, non sono sconvolta. Succede. Perché mai dovremmo privarci di possibili esperienze?» Allungando una mano, mi scosta i capelli dal viso. «Però non tutti sono così aperti, dico bene?»

Un capriccio alla "Voglio tornare a casa" mi sale in gola, neanche avessi due anni.

Come accidenti ho potuto pensare che queste persone – queste bellissime, splendenti, false persone – potessero essermi amiche?

La *Azure Sky* ondeggia dolcemente sull'acqua scura, il cielo sopra la nostra testa è trapuntato di stelle, sfavillanti contro tutto quel nero, e io sono intrappolata in un incubo da cui non riesco a svegliarmi.

D'un tratto, però, la consapevolezza che Nico potesse sapere cos'era successo tra me e Jake cambia tutto.

Eliza mi rivolge un sorriso che mi dà i brividi. «È *davvero* tanto difficile immaginare che possa aver deciso di andarsene, una volta saputo che l'avevi tradito? »

«Non l'ha fatto.»

Ci giriamo tutti di scatto a guardare Amma. Si sta issando sulla scaletta, gronda acqua da tutte le parti. È pallida, i capelli aggrovigliati e nei suoi occhi c'è un'espressione selvaggia, furibonda.

«La *Susannah* è all'ancora sull'altro lato di quest'isola del cazzo» annuncia e il mio mondo si capovolge un'altra volta.

«Lui non c'è, però.» Amma rabbrividisce. «E il gommone è lì.»

«E allora dov'è finito?» La voce mi esce esile e rauca per il panico, strabuzzo gli occhi mentre scandaglio la spiaggia, quasi che all'improvviso potesse sbucare dalla giungla e mettersi a salutarci.

«Che cosa gli hai fatto?» La voce di Amma non è flebile come la mia. È ferma e gelida. Mi volto, convinta che la domanda sia per Jake.

Ma lo sguardo di Amma è inchiodato su Eliza.

«Cosa gli hai fatto?» urla e all'improvviso le si lancia addosso.

Scoppia il caos. Amma strilla e piange, Eliza alza le mani per parare i suoi pugni, Jake cerca di dividerle mentre Brittany resta a guardare, singhiozzando. «Fermati, Amma, basta!» Continua a ripeterlo, ancora e ancora.

Riesco a bloccare Amma premendole un pollice nel punto più delicato del polso. «Cristo, Amma, fermati! Eliza non ha fatto niente a Nico.»

Amma molla Eliza e si gira a guardarmi.

«Stupida oca! Pensi che questa gente ti sia *amica*? Ma hai la minima idea di quello che sta succedendo qui?»

«Oh, proprio tu parli di amici?!» grida Brittany e poi mi guarda, gli occhi enormi, spiritati.

«So bene che Amma te l'ha raccontato. Di come ci siamo conosciute. Della mia famiglia.»

La voce le si fa tesa, le parole tremanti e piagnucolose. Annuisco, confusa.

«E ti ha raccontato anche del suo povero fidanzato defunto, vero?»

Amma sembra svuotarsi. Le spalle si afflosciano, incespica un poco, non ha più alcuna voglia di lottare.

«Lo sapevi» dice infine Amma, il tono di colpo piatto.

«Sapevo che lo sapevi. Mi dispiace che tu l'abbia scoperto prima che potessi spiegarti tutto, ma Brittany...»

«Mia cara Lux, ecco una bella storiella per te» continua Brittany, come se Amma non avesse aperto bocca. «Il suo ragazzo non è morto. È solo in galera. Vuoi spiegargliene tu la ragione, Amma?»

La notte inizia a vorticarci intorno, la *Azure Sky* ci ondeggia sotto i piedi, cielo e acqua sono scuri, ed Eliza trattiene Brittany, e Amma si allunga verso Brittany proprio mentre Jake muove un passo avanti, sempre a fare il pacificatore, le braccia protese.

Amma però probabilmente pensa che la voglia colpire, perché attacca a dimenarsi come una furia e una gomitata mi prende in piena faccia.

Il dolore mi esplode intorno al naso, vedo le stelle e poi tutto si fa buio. Sento un fiotto di sangue scendermi sul viso.

Non sono certa del seguito.

Altre urla, e io che indietreggio, ma Amma sta ancora avanzando verso di me, e io scivolo sul mio stesso sangue, Amma mi si avvicina ancora di più, io mi tiro indietro...

E lei mi sbatte addosso. È inciampata? Voleva placcarmi? È stata spinta? Non lo saprò mai. So solo che all'improvviso stiamo precipitando nel vuoto, e poi l'acqua mi si richiude sulla testa, salata e calda come il sangue che ancora mi sprizza dal naso.

C'è buio, e sento molto male, l'acqua salmastra che fa bruciare tutto. Le mani di Amma annaspano, mi cercano e all'improvviso mi ha presa, e il mio cervello implora aria, libertà.

Di colpo mi torna in mente il giorno dello squalo. Quell'immagine nella mia testa, il mio piede che le intercetta la mandibola, salvando me, condannando lei.

Non era solo una fantasia.

Era un presagio.

Le mani di Amma mi stanno ancora addosso, mi impediscono di risalire in superficie, e io scalcio e spintono, e di colpo c'è un suono vuoto, un tintinnio.

Le mani di Amma mi mollano.

Ci sono delle urla, qualcuno mi chiama, ma in preda al dolore e al panico mi limito a nuotare.

*Torna a riva. Torna a riva, trova la barca di Nico, scopri cos'è successo, vai, vai, vai...*

I muscoli mi bruciano, ho i polmoni in fiamme, raggiungere l'isola sembra al di là delle mie forze. E poi all'improvviso ecco, ci sono, mani e ginocchia toccano la sabbia, rantolo, sono in preda ai conati.

Cerco di trascinarmi un po' più avanti ma il mio corpo cede e crollo, e il mondo si fa buio.

Quando riapro gli occhi, il cielo è di un rosa delicato, ancora scuro sui bordi, il sole non è ancora salito sopra l'orizzonte.

Mattina. Nessuno è venuto a cercarmi, e appena sollevo la testa vedo che la baia è vuota.

La *Azure Sky* è sparita.

Sono completamente sola.

Ho del sangue incrostato sotto il naso, intorno alla bocca, sul mento, e mi raddrizzo a sedere disgustata, cerco di toglierlo, mi sfugge una smorfia, fa male, il panico già mi batte la grancassa nel cuore.

*Sono sola, mi hanno abbandonata, mi hanno abbandonata, sono sola su quest'isola e non c'è acqua, non c'è cibo, sono sola.*

Mi alzo ed entro nell'acqua bassa, con le mani a coppa mi lavo il viso, tremo come una foglia mentre mi sforzo di respirare, di *pensare*.

Con la coda dell'occhio vedo una forma pallida vicino a me, allungata sulla sabbia.

Una mano, il palmo in alto, le dita ad artiglio.

Seguo la mano fino a un braccio lungo e snello, e poi su, alla manica di una maglia nera.

È Amma, giace nell'acqua vicino a riva, guarda il cielo, gli occhi spalancati e terribilmente, orribilmente vitrei.

Morta.

*PRIMA*

«Mi dispiace, tesoro, ma mi è parso meglio dirti la verità.»

Brittany siede in un parco con Chloe, su una panchina. Sono ancora a Canberra, e anche se a casa sua adesso è primavera, qui è autunno. Le foglie stanno cadendo, il sole è ancora tiepido ma la brezza è diventata fresca. La ragazza fissa il cellulare che le ha passato Chloe, non riesce a togliere gli occhi dalla fotografia.

Risale a due anni prima.

Ritrae Amma, un sorriso enorme, sulla pagina Facebook di qualcuno. È un po' più magra di adesso e ha i capelli più corti, a stento le arrivano alle spalle.

Abbraccia un ragazzo il cui viso è fin troppo familiare a Brittany, l'ha visto in tribunale, quella faccia infesta i suoi incubi.

Sterling Northcutt.

L'uomo – *no, il ragazzo, il ragazzo, il giudice non aveva forse continuato a chiamarlo così? Oh, quel bravissimo ragazzo, così brillante, non aveva mai commesso un errore in vita sua, mai neanche uno finché non si era sbronzato di brutto quell'unica sera per poi mettersi al volante e falciare l'intera vita di Brittany* – che le ha sterminato la famiglia.

«Non capisco» dice ora lei, il corpo ancora paralizzato, il cuore che batte a metà del suo ritmo normale mentre fissa Amma, la sua migliore amica – l'*unica* davvero in grado di capire quanto Brittany si sentisse sola – con le braccia al collo dell'uomo che le ha rovinato la vita.

Amelia-Marie e Sterling, «adorabili e innamoratissimiii», recita la didascalia, e Brittany continua a guardare quel nome, Amelia-Marie, domandandosi se non ci sia un errore, sapendo che non c'è.

*Amma.*

«Hai detto di averla conosciuta in un gruppo di sostegno, giusto?» domanda Chloe e Brittany annuisce, ricordando l'odore di caffè bruciato che aleggiava nel salone. Ricordando Amma, che aveva scelto proprio la sedia vuota accanto alla sua; ricordando che quando lei le aveva raccontato tutto quello che le era successo, Amma non aveva aperto bocca. Si era limitata ad annuire, ad allungarsi verso di lei e prenderle una mano. All'epoca, Brittany si era sentita grata che non le avesse chiesto ulteriori dettagli, che non avesse fatto domande. Ora però si rende conto che è perché sapeva già tutto quello che c'era da sapere.

Amma era scoppiata a piangere durante quella prima seduta e vederla crollare aveva inondato Brittany di sollievo. Quanto era stato bello, una sconosciuta che condivideva la sua sofferenza. Quanto era stato bello, non sentirsi più così disperatamente sola.

«Ti avrà stalkerata, o roba del genere. Ha mentito raccontandoti che le era morto il fidanzato, no? L'ha fatto per avvicinarsi a te. È fuori di testa, te lo dico io. E non è tutto qui. È piena di soldi.»

Altre foto, altri link.

Amma in un'elegante scuola cattolica, foto di lei a cavallo – a *cavallo*, cazzo! – sulla pagina Facebook di sua madre, un'altra di lei da piccola, davanti alla torre Eiffel con i genitori e due ragazzine più grandi.

Strano a dirsi, ma è quest'ultima immagine a togliere il fiato a Brittany.

«Aveva detto... mi aveva detto di non essere mai stata a Parigi.»

Chloe la abbraccia. «Cristo, che stronza bugiarda.»

Brittany scuote la testa, gli occhi colmi di lacrime. «Mi ha mentito su *tutto*. Sulla sua famiglia, sul suo passato. Sulla sua vita, sui suoi viaggi. Perché?»

«La gente è strana. Magari è una sorta di espiazione? Qualcosa tipo: "Mi dispiace che il mio ragazzo ti abbia fatto fuori la famiglia, permettimi di rimediare diventandoti amica".»

A queste parole Brittany fa una smorfia, lo stomaco che le si chiude. Amma era in tribunale? L'ha vista là? Per forza. La storia deve avere avuto inizio quel giorno orrendo.

«O forse era semplicemente curiosa su di te, chi lo sa? In ogni caso, è da malati di mente. Ed è anche bella complicata, come balla da tenere in piedi per così tanto tempo.»

È più che da malati. È un tradimento, talmente grosso che è difficile crederci, e all'improvviso Brittany è furibonda, cazzo se è furibonda...

«Tu come hai fatto a scoprirlo?»

Chloe fa spallucce.

«C'era qualcosa in lei che non mi convinceva, perciò ho fatto un paio di ricerche. È saltato fuori subito.»

Ma certo. Ma certo, le risposte erano proprio lì, solo che Brittany non ha neanche mai pensato di cercare informazioni su di lei, le ha creduto quando le ha detto di non essere sui social, che dopo quello che era successo al suo ragazzo aveva preferito togliersi dalla rete. E lei... lei le aveva creduto, tutto lì.

Le aveva creduto, cazzo!

«Ma suppongo che ora la domanda sia un'altra. Cosa hai intenzione di fare?» chiede Chloe.

Brittany non ne ha idea. Affrontare Amma? Mostrarle quello che ha scoperto?

Si immagina già la scena. *Buongiorno, Amelia-Marie.*

Ma non è abbastanza. Sarebbe uno scossone, forse la turberebbe.

Ma non le farebbe male.

«Ci devo pensare.»

«Ma certo.» Chloe lascia cadere l'accendino nella borsetta. Mentre lo fa, Brittany coglie un lampo d'oro, vede il cinturino di un orologio. Le sembra familiare. Ma, sinceramente, di recente ha visto tanti di quegli orologi, catenine e perfino anelli, che non può esserne certa.

Quando si svegliano, la mattina successiva, Chloe non c'è.

Per un pezzo, Brittany si rifiuta di credere che se ne sia andata per sempre.

«Sarà uscita a prendere il caffè. Tornerà» dice ad Amma.

Ma la giornata si trascina mentre restano sedute sui rispettivi letti, concentrate sui cellulari, il materasso di Chloe che rimane vuoto.

Nessun biglietto, nessun messaggio. Niente di niente, come se fosse semplicemente svanita nella notte.

Come se non fosse mai esistita.

Ad Amma sarebbe piaciuto, riflette Brittany, i pensieri che si fanno via via più cupi.

Chloe le è stata davvero amica, in questa faccenda. Era lei, quella davvero divertente; lei, quella che ha permesso loro di continuare a viaggiare; lei, quella che ha impedito loro di tornare a casa, dove tutto è cupo e triste.

È lei, quella che l'ha aiutata a passare nel *dopo*.

Lei, l'unica davvero sincera, al contrario di Amma, che non ha fatto altro che mentirle.

Il terzo giorno che Chloe è sparita, Amma si tira su a sedere sul letto. Ha ombre scure sotto gli occhi, i capelli tutti arruffati. Non è mai stata così malmessa, e Brittany si sente invadere da una gioia meschina.

«Ascolta» dice Amma con un sospiro. «Secondo me, se n'è andata. Voglio dire, lei è di qui, giusto? Magari è tornata a casa. Sydney, o ovunque sia.»

Brittany vorrebbe ribattere che Chloe non avrebbe semplicemente tagliato la corda senza salutare, ma la verità è che non ne è certa. «Forse.»

«E, a dirtela tutta, anche io mi sento pronta a tornare a casa.» Amma fa un sorrisetto esangue. «O, almeno, il mio conto in banca è pronto a vedermi tornare a casa.»

"Se non fosse che sei ricca sfondata" pensa Brittany. "Se non fosse che, quando tornerai a casa, tu avrai qualcuno ad aspettarti. Tu ce l'hai ancora, una famiglia. E Sterling sarà anche in galera, ma un giorno ne uscirà."

È questa la parte che Brittany trova più difficile da capire. Mesi e mesi a condividere il cordoglio, ad appoggiarsi l'una all'altra, mesi e mesi di "ti capisco benissimo", ed erano tutte stronzate? Amma ha una *famiglia* da cui tornare. Ha delle sorelle, una madre, un padre. Il peggio che le sia capitato è che il suo ragazzo è finito in galera.

E invece ha fatto credere a Brittany di essere sulla sua stessa barca. Ora tutta quell'insofferenza ha un senso. Quella sua esasperazione celata a stento quando Brittany passava intere nottate a piangere.

Fa malissimo pensarci, così tanto che per un attimo Brittany ha l'impressione di non riuscire a respirare, come se avesse un pugnale conficcato nel petto.

Amma non è mai stata davvero sua amica.

Ma Chloe sì, e ora Chloe è sparita.

«Va bene.» Scende dal letto, recupera il borsone. «Possiamo tornare a casa.»

«Siamo state bene, giusto?» chiede Amma.

«Benissimo.» Brittany si sforza di ignorare il nodo alla gola mentre cerca abiti puliti. Acquistare il biglietto aereo per tornare la lascerà completamente a secco, ma per fortuna ha ancora i soldi che le ha dato Chloe l'altra sera, forse all'aeroporto riuscirà a farseli cambiare in dollari...

Mentre fruga nel borsone sente qualcosa, aggrotta la fronte, controlla.

È un cellulare.

Non il suo. Quello è ancora in carica, di fianco al letto. Questo è nuovo, e Brittany si domanda se l'abbia preso per errore o se non le sia caduto nel borsone, chissà come.

Lo gira e vede che c'è un messaggio.

*Sorpresa, bellissima!*

Chloe.

Continuando a dare le spalle ad Amma, Brittany studia il cellulare, legge tutti i messaggi spediti da Chloe, il cuore che si gonfia di gioia, e di un'emozione più fosca.

Chloe non l'ha abbandonata con Amma.

*Che ne dici, stella?*, recita l'ultimo messaggio. *Ci vediamo nel Pacifico?* ☺

Le loro avventure non sono finite. Sono solo iniziate.

Lasciando cadere il cellulare nel borsone, Brittany si gira verso Amma con un sorriso. «Che ne dici di una piccola deviazione prima di tornare a casa?»

# ADESSO

# 27

Mi allontano dalla spiaggia, malferma sulle gambe, travolta dall'orrore. La lite di ieri sera è avvolta nella nebbia, come qualcosa successo a un'altra persona. Le urla, la caduta in acqua, l'acqua salata in bocca... potrebbe essere un sogno, se non fosse per il cadavere di Amma che rende tutto così maledettamente reale.

Non ho idea di dove sto andando mentre risalgo incespicando dalla riva. Il sentiero che ci siamo aperti nella giungla è parecchi metri alla mia sinistra, qui dove sono io la vegetazione è quasi impenetrabile, eppure mi ci butto lo stesso, come una bambina in cerca di un posto dove nascondersi dopo avere fatto qualcosa di sbagliato.

Sono scalza e il sottobosco mi ferisce i piedi mentre cerco di avanzare, sono già madida di sudore nonostante stia battendo i denti.

Una spina mi si conficca nel palmo, il dolore è così acuto e inatteso che gli occhi mi si inondano di lacrime. Ma me lo merito, giusto? Amma non ha forse sofferto quando si è resa conto di non riuscire a respirare, quando i suoi polmoni imploravano di ricevere un po' di aria?

Il sangue gocciola sulla vegetazione, imbrattandola via via che procedo.

Qui dove mi trovo è più scuro ma io continuo a muovermi, via, via, via da Amma, via dagli altri prima che scoprano quello che ho fatto, via da tutto.

La luce filtra sinistra tra gli alberi, getta ombre lunghe, strane, misteriose. Mi cullo la mano dolorante, la avvolgo nel lembo della maglietta e mi guardo intorno, cerco di capire dove sono.

Amma ha detto che la *Susannah* era ormeggiata sull'altro lato dell'isola. Non dovrebbe volerci molto ad attraversare la giungla, sono poco più di tre chilometri, posso farcela senza problemi. Se riesco a raggiungerla, perfino se Nico non c'è, quantomeno avrò una speranza di tagliare la corda. Potrei aspettare la barca con le radio, ma come potrei spiegare i due cadaveri sull'isola, e io qui, tutta sola?

Il caldo all'interno è soffocante come al solito, qui la brezza del mare non arriva. I rampicanti che si snodano ovunque sul terreno sono fibrosi e duri, sembra di camminare sulla carta vetrata, ci vuole poco perché i miei piedi comincino a sanguinare. La mano mi pulsa, faccio respiri profondi con il naso, mi sforzo di concentrarmi su altro, qualunque cosa fuorché il dolore, la paura.

Ho l'impressione di camminare da secoli, ma quando mi guardo alle spalle vedo ancora il punto da cui sono penetrata tra la vegetazione, i rami spezzati o piegati. Riesco perfino a scorgere sabbia bianca e cielo azzurro.

"Vai alla barca, vai alla barca" continua a ripetermi il cervello. Devo andarmene da questa maledetta isola. In questo posto c'è qualcosa di letale e sbagliato.

Eppure, le parole di Amma di ieri sera – la barca sull'altro lato dell'isola, ma nessuna traccia di Nico – mi saettano in testa. *Dove cazzo è andato?*

Mi blocco di colpo.

La giungla sembra stranamente silenziosa.

Niente più canti degli uccelli, niente più fruscio del vento tra le cime degli alberi e all'improvviso divento consapevole di un altro suono, un ronzio basso.

E proprio mentre lo riconosco, d'un tratto mi accorgo di qualcos'altro. Un odore, sotto quello salmastro dell'acqua, sotto quello della vegetazione. Un odore più cupo, più dolciastro, più nauseabondo.

Putrefazione. Decomposizione.

Amma è vicino all'acqua, la pelle già verdastra, i lineamenti deformati...

Ma no, è troppo distante. Non è il suo cadavere, quello di cui sento l'odore. È qualcos'altro, qualcosa più vicino.

Ed è allora che me ne accorgo.

Sotto un cespuglio di felci, vedo la suola di una scarpa.

Di un sandalo. Un sandalo Teva.

Anche in quest'afa opprimente, mi sento ghiacciare mentre mi dirigo verso Nico.

È a faccia in giù e di questo sono grata.

Sono troppo stordita per urlare mentre fisso le sue spoglie, il nero nugolo di mosche che gli ronza intorno alla testa. I capelli sono diventati scuri e appiccicosi, impastati di sangue, ma non ce la faccio ad avvicinarmi di più per capire cosa gli è successo. Sono ancora gelata, tremo così tanto che mi fa male, e i pensieri mi corrono a mille mentre cerco di dare un senso a quello che vedo.

*È caduto. Ha picchiato la testa ed è morto sul colpo. Come Robbie. È caduto. È stato un incidente. Un terribile incidente.*

Se non fosse che...

A due passi da lui c'è un machete, senza dubbio abbandonato lì dopo che ha reso il suo servizio.

Riconosco il nastro adesivo azzurro intorno all'impugnatura, ricordo di averlo visto in mano a Jake quando stava aprendo un varco nella giungla, un giorno che ormai sembra risalire ad anni fa, a una vita fa.

È il machete di Jake, e ha ucciso Nico.

Jake ce l'aveva anche il giorno della festa sulla spiaggia. L'ho visto servirsene per tagliare alcuni rami per il falò.

Cos'è successo? Hanno litigato? Nico l'ha aggredito per colpa mia? O c'era qualcos'altro?

Sarebbe bastato un colpo secco. Nico potrebbe benissimo non essersene accorto.

Come molto altro che gli è successo nella vita, anche la morte potrebbe averlo colto di sorpresa.

Raccolgo il machete.

Ci sono mosche anche sulla lama, ancora ricoperta dal sangue di lui, e mi faccio forza, la pulisco su un albero vicino, meglio che posso. Avrà anche ucciso Nico, ma salverà me.

# 28

Devo muovermi più in fretta.

"Sei una che sa sopravvivere, Lux." Me lo aveva detto Brittany e spero proprio che avesse ragione.

So di essere più forte di quanto credessi. Ho puntato quel coltello contro Robbie e se la scelta fosse diventata o lui o me, so che l'avrei ucciso.

Ma non avrei voluto farlo allora, proprio come non vorrei dover arrivare a nulla del genere adesso. Voglio solo tornare alla *Susannah*, e andarmene.

Voglio dimenticare che quest'isola sia mai esistita.

Cammino con il sudore che mi inzuppa, mi stilla negli occhi facendoli lacrimare, mi brucia sulle braccia, gli stinchi, le mani, dappertutto. Ma continuo a muovermi, e mentre cammino penso di nuovo a quei marinai, lasciati a morire e marcire in quello che avrebbe dovuto essere un paradiso terrestre.

Penso al teschio che abbiamo trovato e mi domando da dove sia arrivato. A chi appartenesse.

Più cammino e più mi viene caldo, mi gira la testa. Non bevo da un secolo, e ora sto pure perdendo liquidi a litrate. Ho i crampi allo stomaco, il cervello annebbiato e d'un tratto ho l'impressione di udire dei passi alle mie spalle.

Piroetto su me stessa, il machete pronto a colpire, ma non c'è niente. Solo foglie, altri alberi, altra giungla.

Ricordo Robbie parlare di qualcuno che vive qui, è un chiodo fisso.

Ma si stava solo prendendo gioco di me. Non c'è nessun altro qui, e forse questo fa ancora più paura. Nessuno sconosciuto ha ucciso Nico, non c'è un mostro nascosto nella giungla. Devono essere stati per forza Jake, Brittany o Eliza.

Una delle persone di cui mi fidavo. Una delle persone che chiamavo amici.

Sarebbe più facile credere qualunque altra cosa, ma non posso più permettermi quel lusso. Non posso chiudere gli occhi davanti a ciò che sta succedendo, e così continuo ad avanzare, un mantra nella testa. *Arriva sull'altro lato dell'isola, trova la* Susannah...

E, proprio allora, la giungla si dirada.

Il sole si riflette sull'acqua, e mi sembra di vedere l'albero della *Susannah*.

Supero le ultime piante e incespico sulla spiaggia e sì, è lei.

La barca di Nico.

La mia barca.

E lì, tra me e la salvezza, ci sono Eliza e Brittany.

Non sembrano sorprese di vedermi, neanche se brandisco il machete, i muscoli del braccio che urlano di dolore.

«Lux, fermati!» mi grida Brittany, ed è allora che vedo il sole brillare sulla pistola che Eliza mi punta addosso.

«Lux, Brittany ha ragione» dice Eliza, calma. «Quello non serve.»

Manca poco che le scoppi a ridere in faccia. «Non *serve*?! Avete ucciso Nico! Siete delle carogne!» Ormai sto urlando. «So che lo avete fatto!»

«E tu hai ucciso Amma, ma non ne stiamo facendo una tragedia, giusto?» replica Eliza.

Abbasso il machete e scuoto il capo. «Non l'ho uccisa. È stata... mi stava tenendo sotto, stava cercando di affogarmi... è stata autodifesa. Un incidente.»

La luce danza sull'acqua, me la fa sembrare vicinissima, e al contempo lontanissima.

Libertà. Fuga.

«In ogni caso, non importa. Sei tu quella con cui vogliamo parlare. Vogliamo spiegarti.»

«E allora non puntarmi addosso una pistola.»

«Hai ragione.»

La abbassa, e per una frazione di secondo penso di aggredirle. Ma loro sono due, io una sola. Inoltre, voglio proprio sentire cos'ha da dire. Ho bisogno di trovare un senso in quello che sta succedendo.

In ogni caso, mantengo la presa sul machete.

«Non saremmo dovuti arrivare a questo punto. Volevamo solo divertirci.» Eliza fa saettare il suo magnifico sorriso. «Vivere un'avventura.»

Interviene Brittany. «Amma e io l'abbiamo conosciuta all'inizio del nostro viaggio. Chloe. Cioè, Eliza. Quando l'abbiamo conosciuta, però, si faceva chiamare Chloe.»

«Brittany e io ci siamo piaciute subito» riprende Eliza. «E avevamo la stessa... diciamo *filosofia di vita*.»

«Filosofia?» Non capisco.

«Il mondo si prende parecchio da noi, vero? Donne come noi. Donne che non si sono viste servire tutto su un vassoio d'argento. Donne con poche opzioni. Perciò, a volte dobbiamo farci restituire almeno una parte. Crearci da sole le nostre opzioni.» Mi fissa. «Sono sicura che mi capisci, vero Lux?»

Non rispondo, il cuore che mi batte forte nel petto, il rumore delle onde nelle orecchie.

«Perciò una sera, a Roma, ho sgraffignato il portafogli a un gruppo di stronzetti americani. Loro non se ne sono neanche accorti, e noi abbiamo avuto i soldi per divertirci un po' di più. Nessuno si è fatto male, non è successo niente. È stato... appagante, ecco. E poi è diventato qualcosa di più. Altri portafogli, qualche orologio, una volta un passaporto solo per farla pagare a un tizio. E poi siamo partite per l'Australia.»

L'accento cambia, ricorda quello di Jake. «È stato lì che mi sono imbattuta di nuovo in Jake, e...» Eliza torna a sollevare la pistola, ma per un attimo allontana lo sguardo da me, guarda il cielo. «Mia madre ha trascorso dieci anni in carcere per colpa del padre di quello stronzo. Dieci anni... e tutto perché il tizio di cui si era innamorata – che guarda caso era anche il suo datore di lavoro – le aveva chiesto di trasportare un cazzo di borsone di droga per lui, e lei l'aveva fatto, perché si fidava di lui. Lo sai dove ha trascorso *lui* gli ultimi dieci anni?»

Scuoto la testa, non che si aspettasse davvero una risposta.

«Nella sua bella villona di Sydney.»

«Sterling Northcutt neanche se li è beccati, dieci anni» mormora Brittany, il mento che le trema. «Il tizio che ha sterminato la mia famiglia. Il ragazzo di Amma. Fedina pulita, famiglia bene. Il contorto senso della giustizia della Florida. Gli hanno dato cinque anni, fuori dopo tre. Significa che uscirà il cazzo di *anno prossimo*, Lux. E dove andrà allora? Di nuovo nella sua bella villa nel Connecticut. Di nuovo da Amma. O almeno, l'avrebbe fatto, se lei non fosse...»

La voce le si spezza e vedo che deglutisce a vuoto, ma non saprei dire se è sconvolta per la morte di Amma, o solo arrabbiata. Mi viene in mente ora: nella lite di ieri sera, Brittany se l'era presa con Amma, con il suo ragazzo. Il suo ragazzo, che guarda un po' non è affatto morto.

«Mi ha mentito» prosegue Brittany. «È diventata mia amica per chissà quale motivo perverso.»

«Gesù Cristo.» Cerco di dare un senso a tutto quanto, rendendomi conto all'improvviso che non ho mai davvero capito nessuna di queste persone, mai saputo nulla delle correnti oscure che scorrevano sotto quelle facciate spensierate e luccicanti.

Eliza torna a guardarmi. «E lo sai dove sarebbe andato Nico una volta stanco di giocare al piccolo marinaretto? Di nuovo dalla sua famiglia, nella sua – ebbene sì, hai indovinato – bella villa. E ti sembra giusto?» conclude scuotendo la testa.

«Perciò, a Chloe è venuto in mente questo piano. Lei avrebbe raggiunto quest'isola deserta con un ricco coglione conosciuto anni fa, mentre io ci sarei dovuta venire con Amma e poi ci saremmo incontrate qui.» Brittany mi regala quel suo sorriso dolce che ho trovato tanto affettuoso e tenero quando ci siamo conosciute a Maui.

«E volevi portare qui Amma per ammazzarla?»

«Non metterla in questi termini. Come se avessimo davvero avuto in mente degli *omicidi*. Come se ci divertissimo a uccidere la gente. Amma ha fatto una cosa crudele. Sbagliata. La famiglia di Jake ha rovinato la vita di Eliza. Sarebbero morti, certo, ma non sarebbe stato omicidio.»

«Sai, gli incidenti capitano molto facilmente, in posti come questo» aggiunge Eliza. «Puoi morire per almeno un milione di motivi, qui. Alzi troppo il gomito, e affoghi. Mangi la cosa sbagliata, e finisci avvelenato. Imbocchi il sentiero sbagliato nella giungla, e... be', sa il cielo in che cazzo di guai ti ritrovi. Un vero peccato, un'orribile tragedia, perdere così due compagni di viaggio, ma ehi, capita.»

La guardo. «E così tu ti saresti beccata il catamarano.

Il catamarano di Jake. Il denaro di Jake. Anzi, *voi due* ve lo sareste beccato.»

«Esatto.»

Certo, ora capisco, quadra tutto, in modo terribile ma quadra. Tranne che...

«Perché coinvolgere me e Nico?»

Eliza fa spallucce. «A Brittany serviva un modo per portare Amma sull'isola. Tutto qui. E certo non sarebbe stato male avere un testimone che potesse confermare la nostra versione dei fatti. Brittany voleva ingaggiare un vecchio lupo di mare, ma...»

«Ma Amma voleva Nico. E lui non voleva venire senza di te.»

Non ero pronta a ricevere quel colpo. Fa malissimo.

So che Nico non era il ragazzo giusto per me. So che era volubile ed egoista e che mi avrebbe spezzato il cuore. Ma l'ho amato, e lui ha amato me, abbastanza da volermi al suo fianco in questa avventura.

«E poi ti abbiamo conosciuta» continua Brittany. «E ho capito. Ho capito che era destino, e che c'era un motivo se eri qui con noi. Che dovevamo venire su quest'isola tutte insieme, per ottenere giustizia.» Non distoglie mai lo sguardo, gli occhi nei miei. «Noi ce lo meritavamo. E anche tu.»

Il mondo barcolla e io sbatto le palpebre, il sole è accecante, la sabbia rovente sotto i miei piedi, e poi sotto le ginocchia mentre mi cedono.

«Cosa vuoi dire?»

«Non ci arrivi? Sei come noi. Hai perso tantissimo, eppure continui a mettercela tutta, a cercare di far succedere qualcosa di nuovo, qualcosa di bello. Nico non ti avrebbe mai dato quello che desideravi. Eliza ha ragione, alla fine si sarebbe stancato di giocare al marinaio. E non solo quello. Voglio dire, quanto accidenti ci ha messo a farsi

Amma? Perché venivano dallo stesso mondo. Alla fine avrebbe sempre e comunque scelto una come lei rispetto a una come te. L'ho capito subito, quella prima sera.»

Brittany avanza di un passo, si interpone tra me ed Eliza. «È per questo che ti ho chiesto di venire con noi. Eliza e io abbiamo perso le nostre famiglie. Tu hai perso la tua. Ma possiamo regalarcene una nuova. Insieme. Eliza senza Jake, io senza Amma, tu senza Nico. Siamo libere.»

Gli occhi di Brittany guizzano sul machete, ce l'ho ancora tra le dita ma la presa è molle, e quando la guardo mi rendo conto che qualcosa in lei si è spezzato, forse molto prima di quest'isola, ma qualunque espressione abbia negli occhi non è sana. Neanche lontanamente.

Di colpo nella mia mente va a posto un tassello. «Tu. Eri tu, quella che ho visto con Nico. Sei stata tu a...»

«È stato facilissimo convincerlo a seguirmi» ammette, e negli occhi nocciola le scende un velo di tristezza. «Non ha minimamente opposto resistenza, quando l'ho baciato. Non stava pensando ad Amma, e di sicuro neanche a te. E tu ti meriti di meglio, Lux. Sapevo che non saresti mai stata libera, non davvero, finché lui non fosse sparito. Per sempre.»

Brittany. La dolce, divertente Brittany, con i suoi sorrisi enormi e l'abbraccio facile, che brandisce un machete e lo cala sul cranio di Nico.

«Avevamo *corretto* l'erba, così era bell'e che partito. Non ha sofferto, te lo garantisco.»

È vero? Non lo saprò mai. Proprio come non saprò mai se davvero ha ucciso Nico per me, o se semplicemente era un'altra cosa che voleva sottrarre ad Amma, proprio come quest'ultima, nella sua testa, le aveva sottratto la famiglia.

Cerco di riempire i vuoti. «E la barca? Come avete fatto...?»

«Jake» risponde Eliza.

*Jake. Dov'è adesso? Ancora sulla* Azure Sky*?*

«Gli ho detto che Nico mi aveva fatto delle domande sulla droga, quanta ne avevamo, cosa ce ne facevamo. Che era strafatto, era diventato aggressivo con Brittany e così lei se n'era dovuta sbarazzare. Jake ha convenuto che sarebbe stato più semplice farti credere che se n'era semplicemente andato anziché spiegarti l'intera storia, perciò ha spostato qui la *Susannah*.»

È incredibile fino a che punto mi abbiano mentito tutti quanti, i segreti che mi hanno tenuto nascosti per tutto questo tempo. Non mi ero accorta di niente. Mi piego in due, sono in preda ai conati, lo stomaco che si attorciglia.

Eliza fa un passo avanti, la pistola sempre in mano. Mi scruta. «Lo so che ora come ora sembra difficile, ma Brittany ha ragione. Dovevi liberarti di lui, prima che lo facesse lui con te.»

Scrollo la testa. «No... non voglio avere niente a che fare con questa storia.»

«Ma guarda che è anche la tua storia. Ti guardo e vedo una donna che ha letteralmente pulito la merda degli altri perché il suo ricco fidanzato potesse giocare al lupo di mare. Una donna il cui padre l'ha abbandonata per ben due volte. Una donna che si merita un po' di felicità, finalmente. Il mondo si è preso la famiglia di Brittany. Si è preso la tua. Si è preso la mia. Perciò, lasciamelo ribadire: abbiamo diritto a una rivalsa.»

Sento uno schianto, e all'improvviso Jake sbuca dalla giungla, e tutto succede in un attimo.

Eliza gli punta addosso la pistola, Brittany si slancia verso di lui, parte un colpo, è così forte che urlo, le mani che mi corrono alle orecchie mentre fisso Jake, in attesa di vederlo afflosciarsi sulla sabbia.

E invece, a cadere è Brittany.

# 29

Il sangue di Brittany scorre sulla sabbia, che da bianca trascolora in rosso scuro, ma sopra di noi il cielo è sempre azzurro, davanti a noi l'acqua sempre limpida.

Continua a sembrare il paradiso, ma adesso lo so: è l'inferno.

Robbie, Amma, Nico, e ora Brittany. Tutti morti, il loro sangue che va a impregnare la terra insaziabile di quest'isola.

Dopo il rimbombo del colpo d'arma da fuoco, resta solo silenzio.

«Oh, cazzo.» È Eliza, gli occhi sgranati, la testa tra le mani. «Oh cazzo, oh cazzo, oh *cazzo*.» Si avvicina al cadavere di Brittany.

«Eliza, ma che dia...» Jake tace di colpo. In un lampo, Eliza punta l'arma su di lui.

Lo sparo riecheggia forte, ma questa volta non mi fa saltare, neanche mentre Jake urla, si afferra il polpaccio e crolla a terra.

"Anche il suo, di sangue" penso frastornata. "Ora Meroe ci ha assaggiato tutti, manca solo Eliza."

«È tutta colpa tua!» gli urla. «Se non mi avessi spaventato, Brittany non sarebbe morta!»

«Non sarebbe morta se tu non le avessi sparato, brutta puttana!» Jake si stringe la gamba ferita. «Stronza del cazzo!»

È stato un bel tiro, sul polpaccio gli si stagliano due fori puliti, il sangue gli ribolle tra le dita mentre cerca disperatamente di esercitare pressione sulla ferita.

«Non è pazzesco?» mi dice Eliza fissando Jake che si dondola. «Uomini. Ci idolatrano, ma appena facciamo qualcosa che non gli va diventiamo stronze e puttane.»

«A dire la verità, se mi sparassi ti chiamerei così anch'io» replico decisa, e questo le strappa un sorriso, anche se l'espressione si intristisce di nuovo quando guarda Brittany.

«Andrà tutto bene» mormora, e ho la netta sensazione che stia parlando con se stessa. «Possiamo ancora farcela. Tu e io. Andrà tutto bene, vero?» domanda scrutandomi.

Si inginocchia nella sabbia e si allunga a chiudere con dolcezza le palpebre di Brittany, di colpo scossa da un brivido. «Possiamo trovare una spiegazione. Lo abbiamo fatto con Robbie, non vedo perché non dovremmo riuscirci anche in questo caso.»

«Robbie?» Il mio tono è indifferente. Sto ancora guardando Brittany, morta nella sabbia.

Eliza sventola la pistola, la punta anche addosso a me, ho un sussulto. «Ah, già. Questa non la sai. Robbie non se n'era andato, era solo venuto a ormeggiare da questo lato dell'isola per poi nascondersi nella giungla. Jake l'ha trovato, vero?»

Anziché risponderle, lui la guarda in cagnesco, il fiato sempre più corto.

«Vedi, Lux, Robbie non aveva solo distrutto le nostre radio. Si era anche fregato parte della droga di Jake. Naturalmente è stata la prima cosa che il coglione è andato a controllare, subito dopo aver trovato le radio distrutte.

E se c'è una cosa che Jake detesta, è che la gente lo derubi. Perciò è andato a cercare Robbie, e se ne è occupato.»

«Ma... il... il pesce» balbetto. «Robbie aveva mangiato un pesce velenoso, è morto per quello.»

Eliza mi guarda con un sorriso di scherno. «E chi è stato a fartelo credere, Luxy cara? Chi ti ha portata dritta al suo cadavere, perché voi due poteste "scoprirlo", insieme, e tu la piantassi di temere che fosse in agguato da qualche parte?»

*Jake.*

Quel pomeriggio, dopo la spiaggia, dopo quello che avevamo fatto, era stata sua l'idea di tagliare per la giungla.

È stato lui a portarmi dritta da Robbie.

Eliza fa un altro passo verso di me. Mi ritrovo la pistola davanti alla faccia. Me la sta porgendo.

E io la prendo.

Il metallo è caldo della sua mano, pesante come lo ricordo. «Adesso è tutto molto semplice» dice sorridendomi.

Eliza. Eliza che, quale che sia la ragione, ancora desidero compiacere.

È il suo superpotere. Ti offre la versione di te che potresti essere, quella che saresti se solo fossi abbastanza coraggiosa da provarci.

«Puoi spararmi» mi dice. «Uccidermi. Prendere Jake e tornare a Maui, spiattellare alle autorità l'intera, sordida storia. Oppure...»

Fa un passo indietro, allarga le braccia. «Spari a Jake. Dopotutto, è l'unico rimasto. Li mettiamo tutti sulla stessa barca e la affondiamo. Con la droga. Tutto in fondo a questo cazzo di oceano, tranne il denaro e la *Susannah*. E ce ne andiamo. Nessuno sa che eravamo qui, e se anche lo scoprissero abbiamo una versione facile da raccontare.» Sgrana gli occhi, il labbro inferiore che comincia a tremare. «Questo tizio è comparso dal nulla, ed era davvero losco, e noi abbiamo deciso di andarcene. Perché, è successo qualcosa?»

La maschera innocente scivola via, sostituita da un'espressione molto più astuta. «Siamo state davvero fortunate a toglierci dalla circolazione prima che andasse tutto a rotoli. Peccato per gli altri.» Schiocca la lingua, scuote la testa. «Grazie al cielo siamo tipe giudiziose.»

Mi alzo e lei si protende su di me, le dita che mi scostano i capelli dal viso. «Avremmo dovuto essere in tre, tu, io e Brittany, ma possiamo farcela anche in due, Lux. Possiamo prenderci tutto.»

Ha ragione.

Di qui a qualche mese potremmo essere parecchio lontane, con tutto il loro denaro nelle tasche e la *Susannah* – già mia sulla carta – sotto i piedi.

Potremmo andare ovunque.

Libertà.

L'unica cosa che ho sempre desiderato. Quella per cui Eliza era disposta a uccidere.

Devo solo uccidere anche io e, finalmente, la avrò.

Alzo la pistola e lei mi rivolge un sorriso radioso. «Bravissima ra...»

Non finisce la frase. Premo il grilletto e il proiettile la becca giusto sotto la mascella, la testa che si rovescia all'indietro mentre si accascia nella sabbia.

I talloni sbattono un paio di volte, il corpo ha una convulsione, ed è finita.

Accanto a me, Jake china la testa, prende lunghi respiri profondi. «Cazzo. Cazzo, Lux.»

Ha gli occhi azzurri come il cielo sopra di noi, ma il colorito della pelle è cadaverico. «Grazie» mi dice, indicando Eliza. «Toglile la camicia, devo farmi un laccio emostatico. La ferita non è profonda, ma ho perso parecchio sangue.»

Jake e io possiamo andarcene insieme. Mollare la *Azure Sky*, prendere solo i soldi, mollare anche la droga, movente perfetto per tutta questa violenza.

Possiamo farlo, Jake e io.

Jake, che ha ucciso Robbie.

Jake, che ha guardato Nico, coperto di sangue e morto nella giungla, e ha deciso che era meglio farmi credere che mi aveva abbandonato piuttosto che dirmi la verità.

Jake, che forse è diventato la preda di Eliza, ma che in prima battuta è ed è sempre stato un predatore.

Oppure, ho una terza opzione.

Posso prendermi quello che Eliza ha costruito.

Denaro, libertà, possibilità di scelta. L'intero mondo che mi si schiude davanti.

Jake mi guarda e il sole è rovente sul viso, le mie mani ghiacciate, ma anche ferme, ferme come mi ha insegnato lui, e mi rendo conto che su una cosa Robbie aveva ragione: non è quest'isola a cambiare le persone. Si limita a trasformarle nella versione più nitida di se stesse, le affila come la lama di un coltello.

Sollevo l'arma e non cedo neanche mentre Jake alza entrambe le mani, il mio nome sulle labbra.

Prendo la mira. Il grilletto mi affonda nel dito.

Cosa sono io, una volta tolti tutti gli orpelli?

*Una che sopravvive, cazzo.*

*Interrogatorio di Jessica Cartwright, passeggera della* Easy Rider.
*Oggetto: Isola di Meroe.*
*Condotto dal detective Daniel Kekoa, Dipartimento di Polizia di Maui.*

*Jessica Cartwright*: Sul serio, non so cosa potrei dirvi che non vi abbiano già detto gli altri. Non sono neanche stata io a trovarli. È stato Tucker. Avete già parlato con Tucker? [*Nota: la signora si riferisce a Tucker Brett, proprietario della* Easy Rider *al tempo della vicenda.*]

*Detective Daniel Kekoa*: Ci abbiamo parlato, ma a quanto ci ha riferito è stata lei la prima a scendere sull'isola, quindi volevo capire se si sia accorta di qualcosa che non andava, se abbia notato qualcosa di strano.

JC: Cioè, tutto quel cazzo di... mi scusi. Tutto quel cavolo di posto era strano. Tipo, non so, davvero stupendo mentre ci stavamo avvicinando, ma poi appena Tuck ha gettato l'ancora ho sentito di volermene andare.

DK: Potrebbe spiegarsi meglio?

JC: Non so, dava i brividi, ecco. Come fosse infestato dai fantasmi. Forse perché era molto silenzioso. Sulla spiaggia c'era della roba. Una tela cerata disposta su dei rami, qualche libro, un frigo portatile. Era come se qualcuno si fosse allontanato giusto un attimo e fosse lì lì per tornare. Sapevamo che ci dovevano essere sei persone sull'isola, per via della telefonata, il tizio australiano che aveva detto che avevano bisogno di una radio. E quindi avevo pensato, saranno tutti lì ad aspettarci, no? Perciò ecco, è stato stranissimo non vedere nessuno.

DK: Sulla vostra barca eravate in quattro, giusto?

JC: Sì, esatto. Io, Tucker, la mia migliore amica, Ashley, e il suo ragazzo, Bobby. È stata Ashley a trovare... sa. Il primo.

DK: Potrebbe essere più specifica?

JC: La prima persona morta. Il primo cadavere. Non capisco cosa vuole che dica.

DK: La prima vittima. Nicholas Johannsen.

JC: Esatto. Era... aspetti, possiamo fare una pausa?

[*L'interrogatorio viene sospeso per ventitré minuti.*]

JC: Okay. Grazie. Quindi, sì, Ashley si era addentrata nella giungla. Le piacciono quelle stro... quella roba. L'abbiamo sentita urlare, però sinceramente pensavo che avesse visto in un serpente, roba del genere. Di certo non avrei pensato a un cadavere.

DK: E quindi cosa avete fatto, dopo che l'ha trovato?

JC: Bobby è tornato di corsa alla barca per usare la radio. Tucker voleva continuare a cercare lì intorno, e a me sembrava un'idea stupida, ma ero come... paralizzata? Ha presente quello che dicono in quei programmi, tipo *Dateline* e simili, sulla gente che trova un cadavere e lo scambia per un manichino? Non è affatto andata così. Non c'erano dubbi che fosse un cadavere. Ricordo di averlo pensato. Tipo, lo guardavo e pensavo: "È un cadavere. Prima era una persona, e adesso è morto". E quando ho visto le foto, dopo, è stato stranissimo. Cioè, questo tizio era veramente fico. Chiedo scusa. È un pensiero superficiale, suppongo, eppure è quello che mi è venuto in mente. Che aveva l'aspetto di qualcuno che avrei tanto voluto conoscere, e adesso era morto. Le sembra strano?

DK: Nient'affatto. Ma sarebbe meglio restare in tema...

JC: Certo. Scusi. Comunque, abbiamo continuato a procedere finché non siamo arrivati a questa spiaggia, ed è stato allora che Tucker ha trovato gli altri. Io non li ho visti perché si è affrettato a spingerci indietro, ma ricordo l'odore, e... È vero? Quello che dicono su internet, che era pieno di granchi e topi o quel che era?

DK: Le condizioni dei cadaveri erano compatibili con la predazione tipica dell'isola.

JC: Gesù. Okay, mettiamola così. [*Il soggetto fa una pausa.*] È solo che è talmente... sbagliato. Quel posto stupendo. Davvero, è uno dei luoghi più belli che abbia mai visto, un paradiso, il paradiso terrestre o simili, e poi trovi questa... [*Il soggetto scoppia a piangere.*] Come si fa ad avere voglia di andarci, dopo quello che è successo? Perché non avete raso tutto al suolo con il napalm, dopo aver visto quel che era capitato? Perché se ne avessi la possibilità, io lo farei. Lo cancellerei dalle cazzo di mappe.

DK: Signora Cartwright, scusi, se solo potesse...

JC: Guardi che sono seria. Ci siamo andati per divertirci, e abbiamo trovato sei cazzo di cadaveri. E sa l'altra ragazza, quella che non riescono a trovare? È ancora lì, ci scommetto. O nell'oceano, o divorata da quei granchi maledetti. Continuo a pensarci. Mi sembra quasi di vederla, morta e rosic...

DK: Okay. Facciamo un'altra pausa, va bene?

[*L'interrogatorio viene sospeso.*]

# *NEL DOPO*

# EPILOGO

Caroline vorrebbe non essere mai venuta in Thailandia.

È bellissima, certo, vivace e pittoresca, i panorami e i suoni così diversi da quelli di casa sua, nello stato di Washington. Ma è seduta da sola in questo squallido bar, la cinghia dello zaino intrecciata intorno alla caviglia per accertarsi che – ci manca solo quello – non la derubino, e sta letteralmente piangendo nella sua birra.

Cielo, quant'è patetica!

Tanto per cominciare, non si sarebbe mai dovuta invischiare con Tanner.

È l'ex della sua compagna di stanza, il che è allo stesso tempo un maledetto cliché e una violazione del codice femminile. E questo rende ancora più frustrante il fatto che, proprio ora che sta facendo il viaggio della vita e dovrebbe essere all'apice del divertimento, sia invece qui a fare *questo*: scorrere le foto di Instagram di una ragazza che neanche conosce, una che si chiama Ainsley.

Continua a ripetersi i nomi in testa, stile mantra. *Ainsley, Ainsley, Ainsley e Tanner, Tanner e Ainsley.*

Riesce già a immaginare le partecipazioni di nozze.

Ovviamente, potrebbero anche non arrivare fino a quel punto. Forse Ainsley, con quei suoi capelli lucidi e i prendisole colorati e la pelle dorata, è solo una sbandata.

È questo ciò che le ha detto Tanner ieri sera, quando lui e Caroline hanno avuto un diverbio a suon di sussurri nell'ostello.

*Ero ubriaco, è stato solo divertimento, siamo in vacanza.*

L'ha detto ogni volta che ha fatto qualcosa di idiota durante il viaggio. Si è fatto rifilare dell'erba sospetta da un tizio ancora più sospetto? *Siamo in vacanza!* Ha scordato di controllare la prenotazione in albergo, così che sono finiti a dormire in un parco? *Ehi, è un'avventura, giusto? Ci si aspetta che sia un po' imprevedibile.*

Si fa beccare nel bagno con le mani infilate su per il vestito di un'altra?

*Innocuo divertimento! Vacanza! Niente di che!*

Caroline detesta quando le dice queste stronzate, perché la fanno sentire stupida e meschina e bacchettona, e la spingono a chiedersi perché ogni volta che un uomo fa una cazzata poi si comporta così, spinge la donna a pensare che in qualche modo la colpa sia *sua*, che se solo fosse un po' più rilassata e pronta a divertirsi, allora sì che lo farebbe contento.

Caroline tira su con il naso e continua a scorrere le foto.

Ainsley in bikini, in Italia, gli addominali scolpiti. Ainsley, che mima chissà quale simbolo con la mano insieme alle ragazze della sua confraternita femminile. Ainsley, che solleva temeraria un calice di vino rosso mentre siede su un divano bianchissimo.

Caroline sa di doversi fermare, ma non ci riesce. E sa che perfino in quel momento probabilmente Tanner e Ainsley stanno scopando nel bell'albergo di lei, perché quel mattino Caroline ha visto il messaggio mentre Tanner era sotto la doccia.

*Sempre d'accordo per le 3?* gli aveva scritto Ainsley.

*Puoi giurarci*, era stata la risposta di Tanner.

Caroline aveva aspettato per tutto il giorno il momento in cui Tanner si sarebbe improvvisamente ricordato di avere delle commissioni da fare, un amico da incontrare, una scusa qualunque per volatilizzarsi, una che implicasse che Caroline non avrebbe assolutamente potuto accompagnarlo.

Alla fine, aveva scelto "amici dei genitori".

Che non sapevano che aveva la ragazza. Troppo complicato da spiegare, non voleva metterla a disagio, ma sarebbe tornato nel giro di un paio d'ore, e poi sarebbero potuti andare a farsi una birra sulla spiaggia. Non sarebbe stato carino?

Caroline non sa cosa le dia più fastidio, la scusa cretina di lui o il non avere avuto le palle di smascherare il suo bluff, limitandosi a sorridergli a denti stretti mentre lo guardava allontanarsi.

E dopo aveva fatto i bagagli.

Solo che c'è un problema. Acquistare un nuovo biglietto aereo la lascerebbe a secco, ed è tutto così maledettamente *ingiusto* e stupido.

Perché quando Tanner rientrerà, quando lei gli manderà un messaggio per comunicargli che lo sta lasciando, a lui in realtà non fregherà niente. Anzi, sarà un sollievo.

Dopotutto, *lui* di denaro ne ha a pacchi. Il suo viaggio continuerà, e ci saranno altre Ainsley, e tutto quello che resterà a Caroline delle ultime due settimane saranno una scottatura e una storia triste.

La ragazza beve un altro sorso di birra, che nel frattempo è diventata calda, sgasata.

Fuori ha cominciato a piovere, il rumore delle gocce rimbomba sul tetto in lamiera. I motorini sfrecciano, sollevando pozze d'acqua e saturando il locale all'aperto di gas di scarico e odore di gomma bruciata.

Caroline non vuole andarsene.

Avrebbe ancora tantissimo da fare qui, tantissimo da vedere, da esplorare. Potrebbe sempre tornare all'ostello, fingere di non avere visto i messaggi sull'appuntamento, chinare il capo e ricavare almeno *qualcosa* da quella faccen...

«Stai bene?»

Sorpresa mentre si crogiolava nella sua infelicità, Caroline alza gli occhi e vede una donna seduta sullo sgabello accanto al suo. È bella, capelli rosso acceso e lineamenti forti, grandi occhi verdi. Ha le spalle scoperte e leggermente scottate dal sole, e quel tipo di aspetto scompigliato dal vento che fa pensare che trascorra un mucchio di tempo all'aperto.

«Sì, è solo...» Caroline beve ancora un po' di birra, anche se non ne ha nessuna voglia. «Problemi col mio ragazzo.»

«Ah. Ragazzi. La causa di almeno l'ottantacinque per cento delle lacrime nei bar.»

Suo malgrado, Caroline scoppia a ridere. La sconosciuta sembra simpatica. Amichevole. Emana una sicurezza e una tranquillità che Caroline vorrebbe tanto proiettare a sua volta. Come se stesse bene in qualunque posto, con qualunque persona.

«E» aggiunge l'altra, puntellando un gomito sul bancone, «se con quel ragazzo ci stai facendo un viaggio, la percentuale sale a un bel novantadue netto.»

È questa battuta, unita al sorriso invitante, che spinge Caroline a spiattellarle l'intera storia. Ed è solo mentre la sente raccontata ad alta voce che si rende conto di quanto suoni stupida. Di quanto poco conti, nel grande schema delle cose.

La sconosciuta però non la guarda con commiserazione o condiscendenza. Lei *capisce*. Caroline ne è certa. È qualcosa negli occhi, nel modo in cui annuisce davanti a certi dettagli, tipo la stupida didascalia sulla foto che Ainsley ha postato su Instagram – *mat-thai da legare!!!* – o le ancora più stupide bugie di Tanner.

«Comunque, ora la scelta che mi rimane è tra dilapidare quello che mi è rimasto per tornare a casa, oppure... non lo so. Tornare da lui, suppongo, e fare finta di niente. Voglio dire, potrei cercare di cavarmela da sola per le prossime tre settimane, per poi rivederlo solo quando è ora di volarcene indietro.» Il pensiero di avere di nuovo a che fare con Tanner la sfinisce, ma Caroline è consapevole che probabilmente è la sua unica scelta. Farsi durare gli ultimi fondi il più possibile, e sperare che Tanner non annulli il suo biglietto facendosi rimborsare e mollandola a terra.

Ma cazzo, come scelta fa proprio schifo. Lasciargli tutto quel potere quando l'unica cosa che davvero vorrebbe è scaricarlo una volta per tutte.

L'altra annuisce ancora, poi si guarda in giro. «O forse ci sono anche altre opzioni?»

«Tipo quali?»

Un sorriso. «Ci sono sempre delle opzioni. Soprattutto quando ti sbarazzi della versione di te che ti ha portata a questo punto. Puoi restare ancorata al passato, oppure vivere nel dopo, sai?»

*Nel dopo.*

Caroline non sa bene cosa significhi, ma le piace come suona.

Anche questa sconosciuta le piace.

E poi, alla terza birra non è più una sconosciuta. Ha un nome, tanto insolito che Caroline non l'aveva mai sentito.

E ha anche una barca.

E quella sera, quando Caroline si intrufola nella camera di Tanner all'ostello, è consapevole di *avere* delle opzioni. La sua nuova amica gliene ha appena mostrate alcune. La prenderà a bordo della sua barca, e insieme salperanno per qualunque posto desiderino. Serve solo che prima Caroline faccia una cosa.

Trova il fermaglio per le banconote in un cassetto, sotto la biancheria intima.

Lo prende, se lo lascia scivolare in borsa, quindi sgattaiola fuori nella notte, verso il bar e la sua nuova amica, verso la libertà, e la sorprende quanto è facile. Come ci sia stato un prima, in cui lei era triste e infelice e intrappolata, e ora, appena poche ore più tardi, uno splendido dopo si stia spalancando davanti ai suoi occhi.

E Caroline non deve fare altro che tuffarcisi.

# *Ringraziamenti*

Ho desiderato scrivere questo libro fin da quando avevo dodici anni e per la prima volta mi è capitata tra le mani una copia di *And the Sea Will Tell* nella biblioteca locale. Vedo ancora la copertina turchese, il teschio che ghigna lascivo. Arrivare finalmente a scrivere il mio "omicidio in barca" è un (lievemente macabro) sogno che si è fatto realtà, e ne sono immensamente grata a tutti coloro che mi hanno aiutato a realizzarlo.

Holly Root è stata la mia agente per oltre un decennio, e spero che continuerà a salvarmi la pelle aiutandomi a far giungere in porto le mie idee per molti altri decenni a venire. Questo romanzo ha beneficiato particolarmente delle sue ottime osservazioni nelle fasi di pianificazione, e le sono davvero riconoscente per la perizia dispiegata.

Sarah Cantin ha capito il testo fin dalla prima battuta, e da allora ha spinto per farlo diventare più bello e più ambizioso di quanto io mai avrei potuto sperare. È forse il romanzo più complicato che io abbia mai scritto, e se non fosse stato per il suo genio editoriale sarebbe colato a picco un'infinità di volte, e io con lui. Grazie infinite, Sarah, per tutto il tuo lavoro e per non avermi mai sgridata perché facevo all'incirca 354 battutacce nautiche ogni volta che ti mandavo una e-mail riguardo al manoscritto.

Grazie anche a Sallie Lotz, alle sue osservazioni sempre precise e al suo sguardo sempre acuto.

L'intera squadra della St. Martin's Press è un sogno, e mi riferisco a tutti, sono stata strafortunata di avervi al timone. I miei libri e la mia carriera sono in ottime mani con voi.

Come sempre, grazie alle mie amiche, in questo caso soprattutto ad Ash Parsons, Kerri Muñoz e Vicky Alvear Schecter, che hanno saputo di questa storia fin dalle sue prime bracciate e da allora fanno il tifo per me. Per quando verrà pubblicata mi auguro che saremo tutte rientrate al convento, a esplorarne i meandri e scandalizzare le suore.

E, ovviamente, alla mia famiglia. Vi voglio bene.

PEFC™
PEFC/18-31-226

Certificato PEFC

Questo prodotto è realizzato con materia prima da foreste gestite in maniera sostenibile e da fonti controllate

www.pefc.it

Piemme usa carta certificata PEFC
che garantisce la gestione sostenibile delle risorse forestali

GRAFICA VENETA
GV CARBON NEUTRAL

Questo libro è fabbricato da Grafica Veneta S.p.A.
con un processo di stampa e rilegatura certificato 100% carbon neutral
in accordo con PAS 2060 BSI

Finito di stampare presso Grafica Veneta S.p.A.
Via Malcanton, 2 – Trebaseleghe (PD)
Printed in Italy